KB154231

설
화

설화

안영실 장편소설

차례

프롤로그

　그것은 빗살과 격자살이 교차된 꽃살문이었다. 문이라기보다는 창에 가까운 크기였는데, 잎은 문살에 새겼고 살이 만나는 지점마다 매화꽃이 피어 있었다. 나뭇결이 다른 것으로 보아 꽃은 뒤를 뾰족하게 깎아 문살 사이에 박아 넣은 것 같았다. 꽃살문은 낡아서 등뼈처럼 나뭇결이 드러났는데 꽃에는 흰 색소가, 잎에는 녹색 색소가 희미하게 남아 있었다. 그는 꽃살문을 들여다볼 때마다 이렇게 정교하고 섬세하게 공력을 들인 사람을 짐작해보곤 했다. 그 사람은 어떤 생각으로 꽃살문을 만드는 긴 시간을 견뎠을까? 무엇을 위해 누구를 위해서 그 사람은 지극함을 표현했을까?

　그는 수공으로 만든 물건을 좋아하여 어머니가 처녀 적에 수놓았다는 베갯잇과 복주머니를 갖고 있었다. 세월의 흔적이 묻어 꼬질꼬질한 그것을 그는 서랍 맨 아래 칸에 두었다. 현관에 장식한 정교한 군함 위에는 다섯 대의 전투기와 미사일, 통나무배와 뗏목까지 있었다. 그가 일 년이나 걸려서 직접 만든 물건이었다. 경주 좌판 앞에서 그가 꽃살문을 보고 발길을 멈춘 이유도 수고의 시간을 알아보았기 때문이었다.

"매화꽃살문이네요. 누가 이렇게 예쁜 걸 만들었을까요?"

"아주 오래된 거여. 사람들이 몰라보는데, 진짜 오래됐다구."

하나만 남은 앞니를 보이며 노파는 꽃살문을 들어 그에게 내밀었다. 물건을 금방 받지 않은 것은 이상하게도 어디선가 본 듯한 느낌 때문이었다.

"몰라보면 그만이지 뭐."

노파는 꽃살문을 내려 치마폭 사이에 감추었다.

"정말 오래되어 보이네요. 절에 가야 있는 꽃살문을 어떻게 갖고 계실까요? 잠깐만 보여주시겠어요?"

노파는 마음이 바뀐 듯 고개를 저었다. 더 묻고 싶은 마음을 숨기고 그는 좌판에 놓인 물건을 뒤적거렸다. 보자기를 펴고 옹색하게 펼친 좌판에는 신라 왕관 모조품과 조악한 열쇠고리, 지나치게 화려하게 나염된 손수건 등이 두서없이 놓여 있었다.

유월의 태양은 더웠고 먼지가 날리는 아스팔트 길은 점점 뜨거워졌다. 노파가 눈을 비비는데 치마폭을 빠져나온 꽃살문이 덜컹 소리를 내며 쓰러졌다. 그는 바닥에 떨어진 그것을 얼른 주워 들었다.

"저런, 좋은 춘양목으로 만든 귀한 물건인데, 부서질 뻔했네요."

그는 소중한 시간을 받쳐 들듯 조심스레 꽃살문을 노파에게 건넸다.

"이걸 알아보는 사람은 처음이구만."

"결을 보니 북쪽으로 자란 가지를 잘라 쓴 것 같아요. 나이테가 촘촘하고 단단하잖아요. 돋을새김한 꽃살문은 봤지만 꽃을 따로 만들어서 붙인 꽃살문은 처음 봅니다."

"자넨 모르겠지만 이곳으론 마음이 드나들었어. 아주 오래전, 그땐 참 고운 나이였는데…… 그 사람이 예쁜 창문을 만들어줬지."

노파는 추억을 더듬듯 먼 언덕 너머로 시선을 두었다. 왕들이 잠들어 누운 언덕은 너그럽고 완만한 선을 그리며 평원을 향해 다리를 뻗고 있었다.

"몸이 아니라 마음만 드나들라고 만든 문이어서 이렇게 작군요. 꽤 낭만적이네요. 문살마다 예쁜 매화로 점이 찍혔으니, 드나들 때마다 마음이 콩닥거렸겠어요."

"말해 뭐 해. 마음이 콩다쿵 콩다쿵 뛰었다구. 게다가 꽃그늘이 생기면 가슴에 퍼렇게 멍이 들곤 했어. 절집 공양간 일이 좀 힘들잖우? 그런데도 이 꽃살문을 보는 재미로 그 일을 다 해냈다니까! 그 시절을 말하면 뭐 하누. 이젠 이빨 빠진 할

망구가 된걸. 맘에 들면 점심값에 가져가. 갖고 다니기도 몸이 돼서…… 등짝이 죄다 쑤셔."

노파는 갑자기 좌판을 걷더니 바로 건너편에 있는 음식점을 향해 앞서 걸었다. 꽃그늘이 뭔지 알고 싶은 호기심을 앞세우고 그는 노파를 따라 음식점 안으로 들어갔다. 돌솥비빔밥을 시키고 기다리는데 노파의 눈가가 젖어드는 것을 보았다.

"어르신에겐 추억이 깃든 물건인데, 제가 가져가도 되겠습니까?"

"아무것도 아냐. 늙으면 눈물이 싱거워져. 해를 봐도 눈물이 나고 달을 봐도 눈물이 흐른다니까. 젊은이가 마음 드나드는 법을 아는 듯 보이니 주지 않고 배길 수 있겠나? 물건도 시절과 인연을 따라나서는 게지."

노파는 합죽한 입으로 반찬으로 나온 단무지를 오물거리고 된장국을 들이켰다.

"누가 꽃살문을 만들었나요?"

"그건 알아 뭐 해? 그냥 가져가. 문이 열릴지도 모르니."

노파는 알아듣기 힘든 말을 횡설수설 쏟아냈다.

"못으로 고정되어서 쉽게 열리지는 않겠어요."

"사람에 따라 물건 쓰임새가 다른 법이야. 마음이 아니라 다른 게 드나들지도 모르지. 할 수만 있다면 말이야."

노파는 퉁명스럽게 내뱉더니 돌솥에 코를 박고 급히 밥을 먹기 시작했다.

"꽃그늘이 뭔지 알고 싶은데, 말씀해주세요."

"자넨 달빛을 타고 극락을 간다는 말을 들어봤나?"

질문을 던지고 노파는 입을 닫았다. 식당을 나온 노파는 좌판을 걸은 보따리를 머리에 이더니, 인사도 받지 않고 손을 앞뒤로 휘저으면서 가버렸다. 그는 노파의 등 뒤에 대고 꾸벅 절을 했다.

꽃살문을 옆구리에 끼고 그는 이글거리는 보도블록 위를 한참 동안이나 걸었다. 이상하게도 어디선가 그를 쳐다보는 눈길이 느껴졌다. 사실 경주역에 내렸을 때부터 그는 야릇한 기분이었다. 몸을 더듬는 아지랑이 같은 기운이 스멀거리며 그의 몸을 휘감았고, 멀지 않은 곳에서 누군가 그를 집요하게 바라보는 느낌이 들어 당혹스러웠다. 주변을 두리번거려봤지만 대릉원의 커다란 언덕만이 뜨거운 거리에서 두리번거리는 그를 곁눈질하고 있었다. 돌아서면 또 몸에 와 감기는 집요한 눈길.

'일부러 숨었으니 이제 와서 나를 찾을 리는 없지.'

그는 침을 퉤 뱉더니 문득 떠오른 시간을 짓뭉개듯 신발로 문질렀다. 아마도 때 이른 더위가 그의 등짝을 사정없이 달궜기 때문이겠지만, 그는 조금 전 꽃살문을 집어 들었던 그 사람이 아니었다. 분노로 얼굴이 벌겋게 달아오른 채 그는 발아래 걸리는 작은 돌멩이들을, 불쑥불쑥 떠오르는 지난 기억들을 사정없이 걷어차며 걸었다. 그의 앞에 택시가 와서 설 때까지 그는 무작정 걷고 또 걸었다. 낡은 꽃살문을 옆구리에 끼고 지친 몸으로 택시에 올라타면서, 그는 쓸데없는 애물단지를 샀다며 후회했다.

그는 이십여 년간 세 번이나 이사를 하면서도 그 애물단지를 버리지 못했다. 낡은 꽃살문은 어디에 처박혔는지 알 수도 없었고 찾을 필요도 없었는데, 이삿짐을 쌀 때마다 나타났고 그때마다 버릴 물건으로 분류되었다. 이상하게도 그는 이삿짐 트럭이 떠나기 직전에 그 낡은 문짝을 이삿짐 사이에 다시 끼워 넣곤 했다. 버려야 한다고 생각했지만 어쩐지 그럴 수가 없었다. 여러 번 이사한 흔적을 말해주듯 꽃살문은 나날이 낡아갔다. 처음부터 귀퉁이가 조금 깨진 상태였지만, 방구석에 처박힌 채 건조되어 이제 나무의 결이 낱낱이 드러났다. 꽃도 몇 개는 어디론가 떨어져나가고 없었다. 경주에서 그것을 살 때는 장식품으로 사용할 작정이었는데, 거실에 꺼내놓고 보니 구색이 맞지 않아 그만두었다. 칠을 해보려고 페인트를 사기도 했는데, 일을 벌이는 것이 귀찮아서 그만두었다. 어느 날 그는 굳어버린 페인트 통을 찾아냈다. 굳어진 흰색 페인트는 공교롭게도 사람의 옆얼굴과 닮아 보였다. 느닷없이 기억의 한 모서리가 떠올라서 그는 당황했다. 그것은 떠올릴 때마다 아프지만 종내 잊히지 않는 한 사람의 얼굴이었다. 그는 다시 경주에서의 야릇한 기분에 사로잡혔고, 자신을 피해 경주로 떠났던 동그란 얼굴을 떠올렸다.

처음부터 꽃살문은 열리지 않았다. 원래 열리지 않던 것이 아니라 오래되어 틀이 어긋나자 파손을 막기 위해서 고정시킨 것 같았다. 그는 창문을 고정시킨 나무못과 꽃 모양을 고정한 방법이 궁금했다. 그는 문살에 붙은 꽃받침 아래로 면도날과 송곳을 밀어 넣어, 망가지지 않게 살살 긁어냈다. 틈 사이의 먼지와 끈끈하게 눌어붙은 더께를 조심스럽게 걷어내고 끝을 좀 더 밀어 넣었다. 천천히 꽃봉오리를 들어 올리자 꽃은 기이한 한숨 소리를 내면서 구멍을 벗어났다. 마침내 꽃받침 아래 뽀얀 나무의 속살이 드러났다. 틈에 박혀 있어서 결이 깨끗하게 보존되어 있었다. 그는 문을 고정시켰던 나무못도 빼기로 했다. 망치로 조심스럽게 문틀을 사방으로 두드리자, 오래된 먼지가 피어오르더니 문틀이 기울어졌다. 기우뚱한 문틀의 양쪽을 잡고 흔들자 신기하게도 박혔던 나무못이 조용히 일어섰다. 일 센티나 될까 싶은 가느다란 나무못이 문틀에서 빠져나왔다. 그러자 이상한 일이 일어났다. 삐그덕 소리를 내면서 꽃살문이 열린 것이었다. 그는 눈을 휘둥그렇게 떴다.

꽃살문 안쪽에는 믿을 수 없는 풍경이 펼쳐지고 있었다. 바람이 불고 해가 쨍쨍한 날, 어떤 집 마당의 풍경이었다. 마당의 양쪽에 어슷비슷 걸린 줄에 파랗고 푸르스름한 천들이 바

람에 환하게 펄럭거렸다. 눈앞에서 전개되는 모습은 그에게
가장 익숙했지만, 처음 보는 장면이기도 했다. 그것은 그가
써내려간 이야기의 첫 시작, 설 길사가 집에서 쪽물을 내는
풍경이었다.

쪽
내는
날

왕경* 율리 설 길사의 집. 마당 이쪽저쪽을 가로지르는 긴 줄에 다채로운 파랑들이 건들거리고 있다. 저마다 농담이 다른 파랑들은 하늘을 향해 깨금발을 딛는 아기처럼 다리를 번쩍 들어 올렸다가 와르르 웃는 소리를 내며 떨어졌다. 뒷마당에는 소녀 하나가 햇볕을 받아 반짝거리는 항아리들 사이를 돌아다니고 있다. 설 길사의 딸 설화다. 쪽이 발효된 항아리를 열면 코를 찌르는 고약한 냄새가 풍겼고 쪽물과 잿물이 일어나 둥둥 떠다녔다. 설화가 콧등을 찡그리며 고개를 돌리는데 구름 몇 조각이 항아리 속으로 들어와 냉큼 발을 담갔다.

마당에는 쪽빛으로 염색된 천들이 바지랑대를 중심으로 좌

---

* 신라의 서라벌을 말함.

로 또 우로 길게 펄럭거렸다. 설 길사는 첨벙첨벙 당그래*를 저으면서 쪽의 잠을 깨웠다. 긴 장대 끝에 달린 당그래가 독 속의 쪽물을 저을 때마다 당그르탁탁 리드미컬한 음악이 만들 어졌다. 처음에는 쑥색이었던 물을 계속 저으면 슬며시 녹색 이 일어서다가, 물빛이 다시 파란빛을 띨 때면 독 위로 대추알 만 한 짙은 거품이 괴었다.

"애야, 이번엔 꽃물이 꽤 실하구나."

설 길사가 큰 소리로 딸을 불렀다. 설화는 가벼운 발걸음으 로 앞마당으로 나왔다.

"아유, 볕도 참 눈부시네요, 아버지!"

설화는 쨍쨍한 하늘을 바라보다가 바람에 젖혀지려는 바지 랑대를 얼른 붙들었다.

"아버지, 뒷마당 독에도 물발이 섰던데, 일이 바빠지겠어요."

풋잠을 자다가 놀라서 깬 강아지가 어리둥절한 눈으로 두리 번거리더니 길게 기지개를 켰다. 습한 더위에 쉬지 않고 일을 했기에 설 길사의 베저고리와 잠방이가 흠뻑 젖어버렸다.

"어이쿠, 일이 참 되기도 하다! 물이나 좀 다오."

당그래를 멈춘 설 길사가 허리를 펴면서 끄응 소리를 냈다. 정지로 뛰어 들어간 설화는 살강에서 그릇을 꺼내 물을 떴다. 정지 안에 묻은 독 속의 물은 한여름에도 시원했다. 설 길사는

* 흙을 고르거나 재를 긁어모으는 도구, 고무래의 방언.

물을 벌컥벌컥 들이켰다. 턱으로 물이 흘러내렸다.

"어어, 그 참 시원하구나!"

설 길사는 흐르는 물을 훑어 얼굴에 북북 문질렀다.

"잿물 농도는 맞았니?"

"아직 약해서 한 번 더 내려야 해요, 아버지."

설화는 뺨 옆으로 흘러내린 머리카락을 훑어 귀 뒤로 넘겼다. 뽀얗고 여린, 비밀을 말하려는 표정의 섬세한 귓바퀴가 드러났다. 설화는 소매를 걷어붙이고 분주히 움직였다. 설화의 손이며 팔뚝에는 쪽물이 묻었고, 흰 목덜미와 뺨도 얼룩투성이였다. 쪽물 얼룩은 여간해서는 잘 지워지지 않아, 씻어도 한참 동안 손가락과 손톱 밑에 검푸른 자국이 남았다. 설화는 베를 펼친 시루에 잿물을 쏟아부었다. 물 떨어지는 소리가 잦아들자 설 길사가 혀를 차며 탄식했다.

"쯧쯧. 못난 애비 때문에! 어미만 있어도 고생이 덜했을 텐데."

딸에게 시선이 붙들렸던 설 길사의 당그래가 다시 첨벙첨벙 움직였다. 해는 중천에서 빛나고 마당에는 쪽이 발효되는 고약한 냄새가 가득했다. 땡볕 아래로 파랗고 푸르며 시퍼렇게 물든 베들이 바지랑대를 사이에 두고 숨바꼭질에 여념이 없다. 당그래는 두 식경* 동안 더 움직였다. 독 속의 꽃 거품

---

* 한 끼 음식을 먹을 만한 시간.

이 사라지고 진한 감청색으로 변했다.

"이제 다 되었구나!"

설 길사는 쪽마루에 벌렁 드러누우며 긴 한숨을 풀어놓았다. 늘어진 처마 그늘 밑의 쪽마루는 제법 서늘한 기운이 남아 있어 볕과 땀에 익어버린 등판을 식혀주었다.

어제 해 질 무렵에 쪽꽃이 필 듯 말 듯 봉우리들이 자글거리는 것을 보고, 설 길사는 새벽부터 몸을 재게 놀렸다. 새벽 안개를 딛고 집을 나선 설 길사는 낮으로 쪽을 베어 마당으로 옮기고, 커다란 항아리에 차곡차곡 눌러 담은 후에 우물물을 퍼서 독을 채웠다. 그리고 쪽물 염색을 부탁받은 베 닷 필을 색깔별로 염색했고, 잠을 깨울 쪽에는 당그래질을 시작했다. 해는 아직 중천인데 벌써 등이며 어깨가 부서질 듯 아팠다. 통증을 오래 참으며 살아온 설 길사의 미간에는 굵은 주름이 놓였다. 딸은 염색된 베를 뒤집어 널며 아버지를 향해 환하게 웃었다. 딸을 보면 이태 전 먼저 세상을 떠난 마누라가 떠올랐다. 웃는 모습이며 여윈 어깨와 소처럼 순한 눈이 영락없이 어미를 탁했다.*

'평생 고생만 하더니, 나를 남겨놓고 혼자 가버렸는가, 못난 사람!'

* '닮다'의 방언.

울컥하는 모습을 딸에게 들킬까 봐 설 길사는 눈을 감았다. 마누라는 자나 깨나 설화의 혼사를 걱정했다. 엇나가는 말이라곤 생전 해본 적도 없는 순한 사람이었는데, 일만 하다가 병을 얻었다. 생쥐 볼가심할 것도 없는 살림인지라 삼 년이나 앓는 동안에 변변한 약을 써보지도 못했다. 무슨 병인지 알지도 못한 채 시름시름 앓는 마누라를 보면서 설 길사는 몹시 애간장을 끓였다. 어느 날 마누라는 자다가 슬그머니 목숨 줄을 놓았다. 낮에 당그래를 치며 고되게 일했던 설 길사는 곁에서 마누라가 죽어가는지도 모르고 코를 골며 잤다. 허망하게 아내를 잃은 슬픔으로 그는 마음의 병을 얻었다. 그때 얻은 가슴앓이로 인해 숨이 차고 힘든 일은 할 수가 없었다. 작은 밭뙈기에 짓는 농사조차 감당하기 어려워서 잡초만 무성하게 키우다가 작년에 간신히 보리 몇 섬의 소출을 냈고, 올봄에는 쪽을 심었다. 아내를 잃은 후 처음으로 내는 쪽물이었다. 그나마 설화가 아니었다면 꿈도 꾸지 못할 일이었다.

젊었을 때 설 길사는 월성 내의 염관*에서 일을 했다. 쪽을 내고 니람을 만드는 염장(染匠)으로 직책은 길사였다. 쪽은 추출하는 과정에서 냄새가 많이 나고 염색도 품이 많이 드는 천한 일이었다. 쪽물이 귀하던 시절에는 알아주는 직업이었는데 이제는 그렇지 못했다. 동네 사람들은 그의 뒤에서 염쟁

---

* 신라시대 염색을 담당하던 관청.

이라며 손가락질했다. 그나마도 나이가 많아져서 그만두었는데, 배운 도둑질이라더니 그가 할 수 있는 일은 쪽 내는 일뿐이었다.

"이젠 허리가 뻐근해서 쉬는 날이 많으니…… 어찌 살꼬!"

설 길사가 한숨을 내쉬었다. 설화가 목침을 가져와 아버지 머리 밑으로 밀어 넣었다. 건들바람이 장난스럽게 설화의 치맛자락을 건드리다가 목덜미의 솜털을 부풀리면서 혼자 자지러지더니, 이내 마당으로 달려가면서 푸른 베들을 들까불었다.

마당에는 줄을 타고 쪽으로 염색된 베가 다시 펄럭거렸다. 바람의 장난질에 푸른 천들은 길고 둥글게 부풀어 하늘로 솟았다가 다시 땅으로 곤두박질쳤다. 연옥색에서 도라지꽃 같은 푸른색, 가을 하늘처럼 맑은 파랑, 깊은 물에서 몸을 뒤채는 검푸른 장어의 몸을 닮은 색도 있다. 쨍한 하늘 아래 엷고 짙으며 가볍고 깊은 파랑의 군무가 눈부셨다. 설 길사는 누워서 염색된 천을 바라보았다. 같은 빨랫줄에 걸려서 하늘과 바람을 함께 공유해도 염색된 색깔에 따라서 저마다 다른 자세로 펄럭이는 것처럼 보였다. 연옥색은 점잖은 부인네의 치맛자락처럼 살짝 움찔하다 마는데, 도라지꽃 빛은 흉내 내기 좋아하는 어린아이처럼 마냥 고개를 내두르며 장난질을 쳤다. 그런가 하면 물장어의 몸빛으로 염색된 검푸른 천은 장중한 가락을 지어냈다.

"살림살이는 빈한도골(貧寒到骨)이라도 쪽 염색한 천들이 펄럭거리면, 이상하게도 부자 장상 부럽지 않구나."

설 길사도 자신의 허벅지를 툭툭 치면서 모처럼 빙그레 웃음을 비쳤다. 설화는 뜨거운 땡볕을 받아 말라가는 위쪽과 아직 덜 마른 아래쪽을 위아래로 바꾸느라 분주했다. 처음에 걸어놓은 그대로 마르면 염색물이 흘러내려 위는 흐리고 아래는 진한 색으로 염색되기 때문에, 천의 품질이 떨어졌다. 말릴 때는 색의 농담을 고르게 하는 일이 중요했다. 설화가 입은 검푸른 색의 옷은 돌아가신 어머니가 입던 옷이었다. 쪽물이 튀어도 얼룩이 보이지 않게 하려고 서른 번이나 거듭 염색한 물장어 빛깔이었다.

설화는 가라앉은 잿물을 쪽이 일어선 항아리에 부었다. 이제 가끔 당그래로 까딱까딱 저어주면 쪽 색소가 가라앉고, 보름쯤 지나면 니람이 만들어질 것이다. 서라벌에는 쪽물 염색한 옷이 크게 유행했다. 흰 옷에 묻은 흙 얼룩은 쉽게 지워지지 않는데, 쪽물 옷은 때가 잘 타지 않고 빨면 쉽게 지워졌다. 그동안에는 뻘이나 숯, 상수리나무, 소나무 등으로 염색했으나 쪽물로 얻은 푸른색의 화사함에 비할 수는 없었다. 또한 쪽물천은 다듬이질을 해놓으면 비단처럼 반질반질하게 윤이 났다. 그래서 옷감을 쪽으로 염색하려고 정제된 니람을 사러 오는 사람들이 많았다.

쪽마루에서 버드나무 목침을 베고 누웠던 설 길사는 곧 굵게 코를 골았다. 쪽을 얻는 일은 뜨거운 볕을 지고 오래도록 당그래를 젓고 또 저어야 하는 고된 작업이라서, 아무 때고 머리만 대면 잠들었다. 갑자기 요란스럽게 짖어대는 강아지 소리에 설 길사가 눈을 떴다.

"누가 왔느냐?"

설 길사가 뻑뻑한 눈을 비비며 몸을 일으켰다.

"아이쿠, 어째서 또 허리가 말썽이라니!"

날카로운 통증이 할퀸 허리를 부여잡으면서 설 길사는 툇마루에 기대앉았다. 한껏 목을 빼고 사립문 밖을 기웃거렸지만 사람의 모습은 보이지 않았다. 그런데도 어린 강아지는 힘껏 짖고 또 짖어댔다.

"점박아, 왜 그러니? 벌써 배고파?"

설화의 손길이 닿아도 강아지는 이리 뛰고 저리 뛰며 깡깡 짖었다.

강아지가 그토록 짖어대는 이유는 울타리 밖에서 몸을 낮춘 채 웅크린 소년 때문이었다. 한 식경 전부터 소년은 설 길사네 앞마당을 훔쳐보고 있었다. 소년의 이름은 가실. 사량부*에서부터 숨이 차도록 뛰어온 참이라 호흡이 거칠었다. 싸리나무로 숭덩숭덩 거칠게 엮은 울타리는 멀리 보면 안의 사정이 잘

---

* 신라 서라벌의 6부 중 하나.

보이지 않지만, 가까이 들여다보면 안에서 무엇을 하는지 훤히 들여다보였다. 마당에는 설화가 염색된 천을 걷고 너는 일을 반복하고 있었다.

줄에 얹혔던 천을 걷어서 뒤집기 위해 팔을 들 때마다 위해*가 올라가고 치마도 따라 올라가서 매끈한 발목이 살짝 드러났다. 그럴 때마다 가실은 구멍에 눈을 더 갖다 대고 주먹을 움켜쥐었으며 어깨를 움츠렸다. 쪽물이 튀어 얼룩점이 찍힌 설화였지만 가실에게는 여전히 화사한 매화로 보였다. 설화가 이마와 목덜미의 땀방울을 소매로 문지르는 모습을 보다가 가실은 저도 모르게 한숨 소리를 냈다. 그 바람에 잠시 조용하던 마당 안의 강아지가 또다시 소리를 높여 짖었다.

"애야, 밖에 좀 나가보렴!"

당그래를 멈추고 설 길사가 딸에게 손짓을 했다. 가실은 걸음아 날 살려라 달아났다. 설화가 사립문 밖으로 나갔을 때는 아무도 없었다.

"아버지, 밖엔 아무도 없어요. 어린 것이 어미가 그리워서 공연히 짖나 봐요. 요 귀여운 녀석아, 벌써 밥값을 해보겠다는 거니?"

설화는 점박이의 머리를 부드럽게 쓰다듬고, 매무새를 가다듬으면서 치마를 툭툭 털며 딴청을 피웠다. 누가 다녀갔는

* 저고리.

지 짐작할 수 있었지만 아버지에게 사실대로 말할 수는 없었다. 설 길사가 이마의 땀을 닦으면서 혀를 찼다.

"두 이레가 간신히 지난 녀석이니 어미 품이 그립기도 하겠지. 어쩌면 막쇠 녀석이 엿보고 있었는지도 몰라. 동네 사람들 말을 들어보면 그놈이 집집마다 사정을 파악하러 몰래 염탐하러 다닌다더라. 막쇠가 본시 야젓잖은 놈이긴 했지만, 예전과는 아주 딴판이 되었더라고. 공등*이 된 후로 동네 사람들 대하는 태도가 여간 달라졌다니까. 군주** 나리의 비호로 그 자리를 꿰찼다는 소문이 사실인지…… 아, 그놈이 무슨 수로 군주의 은혜를 입었겠어? 괜한 소리들이지. 개구리 올챙이 때 생각은 못한다는 말도 있지만, 아는 사람이 더 무서울 줄은 몰랐구나. 공등이란 직함을 가졌다고 어떻게 사람이 그리 바뀔 수가 있단 말이냐! 산 입에 거미줄을 칠 수 없다지만 아무리 그래도 아는 사람들을 전쟁터로 보내다니. 그저 시절이 어렵고 하 수상한 탓이지 누굴 탓하겠느냐. 전쟁만 없어도 그럭저럭 풀칠은 하겠는데, 이젠 당장 내일 무슨 일이 생길지 모르니, 꿈자리도 뒤숭숭한 게……"

국경에서는 늘 전투가 끊이지 않았다. 가야와 왜의 잦은 전

---

* 호적과 통계를 담당하던 하급 관리.
** 지방 행정의 책임자로 사찬(沙飡)의 관등에 있던 사람이 가장 많이 취임했고, 진골 출신에 한해 직을 맡을 수 있는 것은 다른 고위직과 같았다.

쟁으로 피폐해진 나라는 다시 고구려와 백제와의 전쟁에 대비하기 위한 징집령이 반포되며 들썩였다. 나라에서는 평민 중에서 정(丁)*에 해당하는 사람들에게 모두 군역을 지게 했다. 정을 파악하러 가가호호 훑고 다니는 공등의 눈을 피해서 사내들은 아궁이 속에 숨거나 산으로 도망가기도 했다. 그러나 관리들의 눈은 매서웠다. 마을 단위로 사람은 물론이고 마소와 전답, 뽕나무나 호두나무, 잣나무까지 샅샅이 조사하여 기록했다. 죽은 나무나 죽은 소까지 파악하는데, 사람이 숨을 만한 곳이 있을 리 없었다. 공식적으로 군역을 피하려면 겸포** 열 필을 내주어야 했다. 살 만한 집 사람들은 겸포를 바치거나 군역을 대신할 사람을 샀다. 입에 풀칠하기도 바쁜 평민들은 몸 밖에 가진 재산이 없으니, 전쟁터로 나갈 수밖에 없었다. 육십 세에 가까운 노인에게도 국경을 지키는 번을 서는 수자리로 차출한다는 명령이 내려올 정도였다.

"아버지, 지난번에 막쇠가 와서 한 말이 사실일까요? 아버지께서 수자리로 가시게 되었다네요! 부역은 쉰일곱 살까지만 부과된다고 들었는데, 왜 아버지에게 수자리로 가라는 명령이 내려졌을까요? 아마도 잘못 알았을 테죠, 그렇죠?"

"내 막쇠에게 실제 나이를 알려주었으니, 그 명령은 없던

---

* 16~57세의 성인 남자를 칭하며, 군역의 대상이었다.
** 비단을 여러 겹으로 겹치어 짠 천.

것이 될 게다."

설 길사의 말끝이 흐렸다. 올해 예순둘로 이미 몇 해 전에 부역을 치르는 정남(丁男)의 나이가 지난 설 길사는, 작년에 호구조사를 한 공등이 나이를 쉰다섯으로 적는 바람에 수자리로 차출된다는 통보를 받았다.

'꼭 그렇게 되어야 하는데. 만약에, 만약에 그 명령이 취소되지 않아서 내가 수자리로 가게 된다면 어찌하누! 혼기가 꽉 찬 저 아이는 누가 배필을 맺어줄 것이며, 혼자 쪽을 낼 수도 없을 테니…… 무엇으로 호구지책을 삼아 살아가겠는가! 이런 허리로는 아무래도 수자리까지 가긴 틀렸는데. 딸 혼사도 못 치르고 죽으면 먼저 간 마누라 얼굴을 어찌 본단 말인가……'

정지로 들어가는 딸의 뒷모습을 보면서 설 길사는 콧등이 시큰하고 가슴이 뻐근해졌다. 바위로 명치를 짓누르는 듯 같은 통증이 덮쳐 설 길사는 가슴을 움켜쥐었다.

"아버지! 아프세요?"

설화가 놀라 다가왔다. 설 길사는 손을 들어 괜찮다는 표정을 지어보였다.

"화야, 다시 음성서*로 들어갈 방법은 없겠니? 이 일은 너무 고되어서 혼자 감당하기는 어려워."

---

* 음성서(音聲署). 예부에 소속되어 궁중음악을 담당하던 곳.

가슴을 문지르며 설 길사가 힘없이 말했다.

"다시 들어갈 수만 있다면 더없이 좋겠지요. 그런데 제 발로 나간 사람을 다시 써주긴 할까요? 향비파를 연주하는 사람을 다시 뽑았다고 하던데, 다른 악사로 채워졌을 거예요. 제가 내일 음성서에 가서 알아볼게요."

설화가 다가와 조심스럽게 아버지의 등을 문질렀다. 등을 문지르면 아버지는 통증이 훨씬 줄어든다고 했다.

"됐다. 이제 괜찮으니……"

설 길사는 설화의 말간 얼굴을 건너다보았다.

"이리도 착한 녀석을 어찌해야 좋단 말이냐!"

설화는 열두 살부터 예부의 음성서에서 향비파를 다루는 악공이었다. 어머니가 가끔 연주하던 향비파를 어깨너머로 배웠는데 그 기예가 출중했다. 설화는 어렸을 때부터 율리의 잔치에 불려나가 연주를 하곤 하다가, 관리의 눈에 띄어 음성서의 악공으로 일하게 되었다. 설화가 악공으로 연주하고 받는 녹봉이 빈한한 살림에 크게 보탬이 되었다.

"어미의 병간호를 하겠다고 음성서를 그만둔다고 했을 때 말릴 걸 잘못했어. 내가 같이 앓지만 않았더라도 아직 음성서에 다닐 텐데 말이야."

설 길사는 다시 당그래를 잡았다. 허리가 반으로 동강나려는 듯 날카로운 통증이 계속되어 툇마루에 주저앉았다. 아무래도 오늘 일은 그만 접어야 할 성싶었다.

"그럼 물발이 선 저 뒤꼍의 쪽들은 어쩌누…… 저걸 몽땅 썩게 둘 수야 없지."

설 길사는 기신기신 일어서서 다시 당그래를 움켜쥐었다. 그때였다. 잠잠하던 점박이가 다시 짖기 시작했다. 점박이는 밖을 향해 뛰쳐나갈 것처럼 줄을 당기며 무섭게 짖었다. 살구나무를 지나 누군가 울타리를 돌아 들어오고 있었다. 설 길사는 불안한 심정으로 당그래를 놓고 목을 뺐다. 설화도 두려운 눈빛으로 아버지를 쳐다보았다.

*

사립문을 들어선 사람은 공등 막쇠였다. 막쇠를 보자 두 사람은 당황한 기색을 감추지 못했다. 막쇠가 무슨 말을 꺼낼까 걱정이 되어 설화는 두 손을 모아 잡고 아버지를 쳐다보았다. 아버지도 표정이 흔들리고 있었다.

"길사 어르신, 다시 찾아뵙습니다요. 헤헤."

둘둘 말린 죽간* 뭉치를 든 막쇠가 싱글거리며 마당으로 성큼 들어섰다.

"길사 어르신, 쪽 색이 제법 맑게 잘 나왔네요. 서라벌에

---

* 대나무로 엮은 뒤 그 위에 글씨를 쓰는 기록 수단.

쪽물 옷이 대 유행이더군요. 올해는 니람이 더 많이 팔릴 테니 곧 부자가 되시겠어요, 영감님."

막쇠는 마당에 널린 푸른 천들을 훑어보면서 죽간을 손바닥 위에 놓고 탁탁 내리쳤다. 대나무로 묶은 죽간들이 서로 부딪치며 메마르고 강팍은 소리를 냈다.

"막쇠, 딴 소리는 하지 말고 본론부터 말해보게. 수자리에 나가라는 명령은 취소되었겠지? 보게나, 나는 허리가 이렇게 휘어져서 펴지도 못하네. 설마 이렇게 골골하는 늙은이를 전쟁터로 끌어내려는 건 아니지? 말해보게. 아, 웃고 있지만 말고 대답을 해보란 말일세."

마음이 급해진 설 길사가 채근하듯 묻자, 싱글거리던 막쇠의 얼굴이 굳어졌다. 죽간을 펴던 막쇠는 질린 표정으로 서 있는 설화를 흘낏 바라보더니, 설 길사에게 눈을 찡긋해 보였다.

"아 어르신, 이렇게 더운데 물이라도 한잔 주면서 청해야 되는 거 아닙니까? 듣자 하니 이 댁 우물물이 그렇게 차고 시원하다던데. 참, 쪽물이 잘 발효되라고 넣는다는 그 감주 같은 게 있으면 더 좋겠지만 말입니다."

막쇠는 여전히 설화를 흘끔거리며 이죽거렸다.

"이 더운 날씨에 감주가 어디 있겠나? 진골들의 금입택에는 얼음 창고까지 있다는 소문을 듣긴 했네만. 화야, 어서 물이나 한 사발 내오너라!"

말이 떨어지기도 전에 설화는 정지로 뛰어가 물이 찰랑찰

랑한 사발을 들고 나왔다. 막쇠는 사발을 받으면서 설화를 위 아래로 다시 훑었다. 설화는 막쇠의 끈끈한 시선이 날름거리 는 혀처럼 느껴져 미간을 찌푸렸다. 옷깃을 움켜쥔 설화는 뒤돌아서 정지로 뛰어 들어갔다. 살강 위에 얹힌 사발들도 정지에 움츠린 설화와 함께 숨을 죽였다.

'아버지 일이 아니라면 어렸을 때처럼 대거리 한 판 했을 텐데!'

설화는 정지 문 뒤에서 주먹을 움켜쥐며 중얼거렸다.

"옛날에는 내가 소리만 질러도 꼼짝도 못하던 놈인데."

막쇠는 사발을 내려놓고 입맛을 다시면서 툇마루에 엉덩이 를 걸쳤다. 죽간이 짜르르 소리를 내면서 마루에 펼쳐졌다. 다리를 위아래로 명랑하게 흔들며 막쇠는 즐거운 표정이었다.

"날씨는 참 깨질 듯이 좋네요, 영감님. 쪽물 것을 널기에 참 좋은 날씨네요. 그렇지 않습니까?"

"허허, 자네 참말로 그러긴가? 자네의 그 입만 바라보다가 이 늙은이 가슴이 터져버리겠네. 자네가 이러쿵저러쿵 읊지 않아도 날씨란 놈은 쨍하게 그대로 있을 테니 걱정 말게. 이젠 그 명령서라는 것이 어떻게 되었는지 얘기나 좀 해보게."

애가 탄 설 길사는 갈댓잎을 엮어 만든 반달 모양의 부채를 들어, 막쇠의 얼굴을 향하여 훌렁훌렁 부쳐주며 안타까이 물 었다.

"아, 왜 그리 안달이십니까? 말할 때가 되면 제가 어련히 알아서 알려드릴까! 보십시오, 다른 집에 가면 감주를 내온다, 마른 문어를 찢는다, 술상을 본다 하며 야단들인데, 어째 이집은 달랑 물 한 대접뿐이란 말입니까. 등짐장수도 삼십 리 길을 가려면 입에 씹을 게 있어야 간다지 않습니까?"

막쇠는 기웃이 웃음을 흘리면서 슬그머니 툇마루 기둥에 고개를 대고 눈을 감는 시늉을 했다.

"우리가 먹고사는 사정이야 자네가 더 잘 알지 않나. 얼마 전까지만 해도 자네도 우리와 사정이 비슷했으니, 간신히 입에 풀칠하고 산다는 걸 알지 않나? 대접할 마음이 없어서 뭘 내오지 않는 게 아니라는 걸 알겠지. 그러니 서운한 마음이 있다면 풀어버리게. 이번에 만든 저 쪽물 것들을 처분하면 내 자네에게 탁주 한잔 내겠네."

막쇠는 한숨을 내쉬더니 주먹으로 마루를 쿵쿵 두드렸다.

"어르신, 제가 탁주 한잔이 아쉬울 것 같습니까? 이젠 나도 예전의 막쇠가 아니란 말입니다. 동네 한 바퀴만 돌면 그깟 술쯤이야 얼마든지 언제라도 마음껏 들이킬 수 있습죠. 어르신은 아직도 세상이 어찌 돌아가는지 모르시나 봅니다요. 그저 한가롭게 둥기둥당당 저 당그래만 저으면 그만이시니…… 그깟 쪽물 니람 좀 팔아서 뭘 하시겠습니까요? 다 팔아도 쌀 한 가마니 값도 안 될 걸요. 그보다 영감님께서는 더 좋은 걸 갖고 계시지 않습니까? 집에 귀한 보물을 두고 시치미를 떼고 내놓지 않으시니 저도 별 도리가 없단 말입니다."

막쇠는 다리를 꼬고 앉아서 주먹을 들어 허공을 후려치는 시늉을 했다.

"우리같이 가난한 집에 보물이 어디 있다는 건가? 가진 것이라곤 산 입 둘밖에 없네. 여보게, 너그러운 마음으로 사정 좀 봐주게. 그래도 한동네 사람 아닌가."

설 길사는 애원하듯 막쇠의 소매 끝을 잡았다. 정지 문간에 숨어서 아버지와 막쇠의 이야기를 엿듣던 설화는 주먹을 더 움켜쥐었다. 막쇠는 턱으로 정지를 가리키면서,

"바로 저기 있지 않습니까? 저 향긋하고 화사한 꽃이야말로 보물이 아니고 무엇이란 말입니까? 사실 이 댁 따님의 인물이야 신라 장안에 소문이 짜르르 퍼졌지요. 향비파를 기막히게 연주하는 젊은 처자가, 길쌈도 잘하고 혼자된 아버지도 극진하게 봉양하는 효녀라는 소문이 났습죠. 저도 이렇게 탐나는데 돈 가진 양반네들이 얼마나 몸이 달아오르겠습니까요? 제가 율리 담당이라는 것을 아는 양반들이 중신아비를 하라며 붙드는 통에 서라벌 거리를 지나다닐 수가 없을 지경이라니까요. 어르신께서 마음만 달리 먹으면 수자리를 면하는 일은 물론이고, 따님은 평생 꽃방석에 앉아 살게 될 텐데 무에 걱정입니까요? 아니 그렇습니까?"

'저, 화상을! 옛날에는 내 말이라면 꼼짝도 못하던 놈이, 뱃가죽에 기름기가 좀 붙었다 이거지?'

부아가 난 설화는 정지 안에서 가슴을 쳤고, 설 길사도 막쇠의 멱살을 틀어쥐어 마당에 메다꽂고 싶은 마음을 지그시 눌러 밟고 볼만 씰룩거렸다. 설 길사는 눈을 꾹 감고 흥분을 가라앉히려 애를 썼다. 마주 잡은 두 손이 부르르 떨렸다.

"그런 말은 말게. 내가 나이 들어 얻은 저 아이 하나 보고 지금까지 살아왔네. 아무리 살림이 누추해도 저 곱디고운 놈을 돈 많은 중늙은이의 뒷방으로 들여보낼 생각은 추호도 없네. 무엇보다 자네는 저 아이와 어렸을 때부터 너나들이하면서 지낸 동무가 아니던가. 그런데 어떻게 얼굴을 싹 바꾸고 그런 말을 한단 말인가! 또다시 그런 얘길 하려거든 우리 집엔 발걸음도 말게나."

분노를 감춘 설 길사의 음성은 낮고 떨렸다. 막쇠는 손가락으로 한쪽 콧구멍을 막더니 팽 소리를 내며 코를 풀고는, 입을 비죽거리면서 죽간을 소리가 나게 펼쳤다.

"편하게 사는 법을 가르쳐드려도 싫다면 할 수 없습죠. 아무리 그러셔도 이 댁 형편에 번듯한 집과는 혼인할 처지도 못될 텐데. 뭐, 마음대로 하십쇼. 매화도 제때 피어야 열매를 맺고 해당화도 한철이라는 걸 잘 아시면서 그러십니다! 틀림없이 나중엔 저를 붙들고 사정할 날이 오실 겁니다. 그땐 후회해도 때는 늦다는 말씀입죠. 그리고 제가 애를 써봤지만 길사 어르신의 나이를 다시 고치기는 어렵겠습니다요. 비록 나이를 고쳤다 하더라도 어르신은 수자리를 피할 도리가 없게 생겼더라 이 말입니다. 이 나라의 남자라면 누구나 한 번은 수자리에 번을 서야 하는데, 아직까지 길사 어르신은 한 번도 다녀오신 적이 없지 않습니까요? 그러니 나이가 조금 넘쳤다 하더라도 수자리에 가서 번을 설 의무가 있다 이 말입니다. 또 임금께서 부르는 일이니 안 된다 하실 일도 아니지요. 막말로 우리같이 천한 백성들이 어떻게 왕의 말을 거역하겠습니까요? 아, 길사 어르신도 생각을 좀 해보십쇼. 만백성을 거느리신 왕께서 하실 일이 얼마나 많으십니까? 그러다 보니 태어난 날짜가 잘못 기재되는 일쯤은 있을 수도 있죠. 더 중요한 일을 처리하시다 보니 아주 사소한 것들은 조금, 아주 조금쯤은 틀릴 수도 있다는 겁니다요. 어르신께서도 저 쪽물을 낼 때 꽃물이 잘 일어날 때가 있고, 종일 당그래를 친 쪽이 잘못되어 썩어버리는 경우도 있지 않습니까? 분명한 것은 잘못되어 쪽이 썩어버렸다 해도 그것은 길사 어르신이 일부러 잘못하려고 그리 만든 것은 아니라는 뜻입지요. 아시겠습니까요?"

막쇠의 장황하고 어이없는 변명을 듣던 설 길사는 마당에 그대로 주저앉았다. 설화도 아궁이에 기대앉아 소매로 분한 눈물을 훔쳤다.

"이보게, 왕을 탓하는 게 아니네. 기록이 잘못되었다면 고쳐주는 것이 마땅한 터. 어째서 그런 사소한 일을 바로잡지 않는단 말인가. 무엇보다 내 나이를 기록한 사람은 왕이 아니고 바로 자네가 아닌가? 어찌됐든 잘못 기록되었다면 일을 바로잡아주는 것이 순서라는 말이네. 게다가 나는 허리도 아프고 가슴앓이까지 있어서 가지도 못하고 도중에 엎어져서 죽게 될 걸세. 자네가 보면 모르겠는가? 이렇게 허리가 곡괭이마냥 휘어버린 걸!"

설 길사가 옷자락을 움켜쥐는 통에 막쇠는 뒤로 물러나 앉았다.

"아이쿠, 왜 이러십니까? 그러면 영감님은 우리 신라의 국경이 어떻게 되어도 나 몰라라 하고 누워 계시겠다는 심보십니까? 무릇 사내라면 말입니다, 나보다는 가족, 가족보다는 우리 마을, 마을보다는 나라가 먼저라고 배웠단 말입니다. 아닌 말로 나라를 위해서 죽는다 하더라도 그건 대의를 위한 일이며, 거룩한 행동입지요. 영감님은 불법을 위해 목을 내놓은 이차돈 이야기를 듣지도 못하셨습니까? 높으신 진골 어른들께서 하시는 말씀에 귀를 얹어보니, 이차돈은 불법을 위해 죽은 것만은 아니라고 하더라구요. 귀족들과의 알력 다툼에서 왕께 힘을 실어주기 위해서 그리 한 일이라지요. 이차돈이 말하기를, 내가 죽어 불법이 흥하게 되고 왕께서 귀족들을 제압할 힘을 얻으신다면 제가 목을 내놓겠습니다, 했다지요. 사나이 대장부답게 목을 내놓은 그 정성이 갸륵해서 하늘도 그 마음에 감동하셨겠지요. 그러니까 이차돈이 죽었을 때 흰 피가 서 말이나 하늘을 향해 솟구쳤고 꽃비가 흩날렸다고 하지 않습니까! 그처럼 나라를 위하여 이 한 몸을 내놓는 일은 신하의 절개이고, 왕을 위하여 목숨을 바치는 일은 백성 된 자의 의리이지요. 무릇 백성이라면 이차돈처럼 목을 내놓아서라도 자신의 의무를 충실히 이행해야만 합지요. 하온데 어르신께서 이렇게 나 몰라라 하며 발뺌하시니, 말이 되는 소리입니까? 저도 이제는 모르겠습니다. 저는 죽간에 쓰인 그대로, 한 자도 빼지 않고 전달해드렸으니까요. 전 이젠 그만 가보겠습니다요, 그럼."

죽간을 들고 일어나는 막쇠의 팔을 설 길사가 황급히 붙들었다. 미처 일어나지 못해 서둘러 일어서려던 설 길사는 댓돌에 걸려 넘어졌고 무릎에서 피가 흘렀다. 무심한 바람이 뒤껼으로부터 발효된 쪽의 구린내를 실어 날랐다. 막쇠는 코를 움켜쥐며 얼굴을 찌푸렸다.

"아이쿠 이 구린내! 어서 가야지, 참 고약한 집이라니까!"

"이보시게. 사람 좀 살려주시게. 길을 떠나는 날로 내가 죽는 건 어찌해볼 수가 없다고 해도, 나 혼자 몸이라면 그냥 갈 수 있네. 그러나 보시게, 재작년에 어미를 여읜 우리 딸애가 혼자 남지 않는가. 사내도 부모도 없으니 무엇으로 먹고 살 것이며, 저 아이 혼사는 누가 치러주겠는가? 여보시게, 큰마음으로 보시게…… 그럼 보이지 않겠는가? 내 집 형편이 말이네."

막쇠는 절박하게 애원하는 설 길사의 팔을 사납게 뿌리쳤다.

성큼성큼 걸어 나가는 막쇠의 뒷모습을 보면서 설화는 정지기둥을 주먹으로 치고 소매를 걷으며 씩씩거렸다. 허리를 움켜쥐고 막쇠를 따라나서던 설 길사는 마당에 쓰러져, 그대로 주저앉은 채 머리를 감싸 쥐었다. 휘적휘적 팔을 젓는 막쇠를 보고 점박이가 다시 깡깡 짖자, 막쇠는 개 밥그릇을 냅다 걷어 찼다. 점박이는 꼬리를 감추고 제 집으로 내빼고, 울타리를 돌아선 막쇠는 저고리를 툭툭 털면서 혼잣말을 하였다.

"헛 참, 끈끈이가 따로 없구먼. 나랏밥을 먹었던 때가 언젠데 아직도 내게 하라 하면서 하대를 하는 거야! 아닌 말로 자기는 무덤에 들어갈 날을 받은 가난뱅이 늙은이고, 나는 이제 어엿한 공등이 아닌가 말이야. 세상이 어찌 돌아가는지 그렇게 모르다니, 생일을 고쳐달라고? 누구 좋으라고 그런 일을 해주냐고. 가다가 고꾸라지든지 뒈지든지 내가 알 게 뭐야, 난 머릿수만 채우면 임무 끝인 걸. 저 영감은 늘 칭얼댄다니까, 더럽게!"

귀족들처럼 짐짓 배를 내밀고 팔자걸음을 걸으면서 막쇠는 손가락을 하나씩 접어보았다. 수자리에 갈 사람들 명단이 많아지면 많아질수록 군주 나리에게 받게 되는 보수도 많아질 것이 틀림없었다. 게다가 담당 구역별로 통계를 내어 가장 많은 사람을 수자리로 차출한 공등에게는 군주께서 큰 상을 내리겠다는 언질이 있었다.

"설 길사만 없어진다면 설화의 혼사는 내 마음대로 중신하게 될 터. 중신이 잘만 된다면야 집 한 채 받는 것은 일도 아니라던데…… 나리 덕에 나발 불고…… 나발 불면 흥이 날 테지. 나발을 잘 불면 번듯한 집이 한 채라! 기회가 있을 때 얼른 끄나풀을 붙들어야지. 안 그러면 다시 저 배고팠던 시절로 돌아갈지도 몰라. 무슨 일이 있어도 이제 다시는 굶지 않을 거야. 하도 배를 곯아 허리가 고부라진 내 어미를 생각하면…… 가난이라면 이가 갈려. 다시는 뱃가죽이 등가죽에 붙게 만들지는 않을 거야. 이치며 도리는 배부른 놈들이나 따지라고 해. 점잖은 당신들이나 이치 왈 도리 왈 하며 그렇게 뻗대든지! 난 내 배부르고 등 따스우면 그만이야. 다 늙어빠진 울 어메. 평생 남의 집 허드렛일을 하느라 할미꽃마냥 고부라진 내 어메를 굶길 수 없지. 죽어라 고생했으니, 어메요 이젠 잘난 아들 덕 좀 보시오, 응?"

막쇠는 어깨를 으쓱거리며 중얼거리다가 석씨네 집으로 향했다. 해는 아직도 중천에 떠서 폭발할 듯 열을 냈다.

막쇠가 휘젓고 나간 설 길사의 집 마당에 덩그렇게 선 두 사람을 창백한 해가 비추었다. 설 길사는 모로 쓰러져 당나귀처럼 울고, 딸은 물 대접을 들고 아버지 곁에서 망연히 서 있다. 설화는 아버지가 우는 모습을 처음 보았다. 어머니가 돌아가셨을 때조차 울음을 삼키면서 장례를 치르던 아버지였다. 해는 뜨겁게 이글거리는데 아버지의 울음은 그보다 더 뜨겁게 느껴졌다. 차갑고 끈끈한 절망도 있지만 뜨겁고 매운 절망도 있다. 설화는 아버지를 부축해서 일으켜야 옳은지, 곤두박질친 아버지가 감정을 추스를 때까지 자리를 비켜줘야 할지 판단이 되지 않아 어쩔 줄을 모른 채 덩그렇게 서 있었다. 마침 점박이가 짖어대며 설화의 결정을 도와주었다. 설화는 사립문 밖을 내다보았다.

"지나가는 사람도 없는데, 왜 그러니?"

축축한 설화의 손길이 목덜미를 쓰다듬어도 점박이는 이리 뛰고 저리 뛰면서 하늘을 향하여 으르렁거렸다.

"요 꼬맹아, 하늘에 뭐가 있다는 거야!"

설화도 하늘을 쳐다보았다. 하늘에는 문처럼 보이는 이상한 것이 떠 있었다. 그것은 구름이 그린 우연한 형상이었다. 형태와 색의 경계가 아슴푸레하고 불분명했지만 분명히 문이었다. 신라의 봉창은 대부분 둥그런 모양에 격자무늬를 배치하는데, 구름이 그린 그 문은 어쩐지 조금 달랐다. 아직까지 한 번도 본 적이 없는 봉창의 모양이었다. 두 개의 문에 문살이 어슷한 빗금을 긋고 있었다. 조금 열린 문 한쪽으로 이상한 것이 보였다. 그것은 온화하지만 슬픈 표정의 눈이었다.

"구름이 참 야릇하고도 묘한 그림을 그려놓았구나."

설화는 뭔가 비밀을 엿본 듯 괜스레 가슴이 두근거렸다.

"점박아, 너도 저 이상한 것이 보이니?"

점박이는 몸을 떨다가 설화의 치맛자락에 오줌을 갈겼다.

"에구머니나! 요놈이…… 냄새가 나기 전에 빨아야겠네."

치맛자락을 털다가 설화는 다시 하늘을 올려다보았다. 구름의 장난질이 늘 그러하듯 기묘한 모양은 금세 흩어져 흔적도 찾을 수 없었다.

"구름이 내 슬픔을 알고서 마음 돌릴 틈을 준 게로구나!"

당그르탁탁. 당그르탁탁. 다시 아버지의 당그래 소리가 들려왔다. 가슴이 찢어질 것 같은 슬픔 속에서도 아버지는 당그래를 치고 있었다. 고단한 노동의 소리였지만 설화는 당그래 소리가 들리면 어쩐지 마음이 평온해지는 기분이 들었다. '사는 일은 잘 참는 일'이라고 하던 어머니의 말이 새삼 떠올라 설화는 가슴이 뭉클해졌다.

지지배야 지지배야…… 울타리에 참새가 와서 조잘댔다. 참새들의 지저귐이 설화에게는 계집애야 힘내, 하며 격려하는 소리로 들렸다. 설화는 절로 흘러나오는 마음을 나직하게 중얼거렸다. 그것은 곧 노래가 되었다.

아비는 몸뚱이도 마음도 찢어지는데
당그래는 일을 하네 노래를 하네
당그르탁탁 당그르탁탁
당그래는 박자를 짓고 박자를 꿰네

으스러지게 짙은 초록은 숙남을 섞고
간드러지게 환한 봄버들은 생 쪽을 쓴다고
당그르탁탁 당그르탁탁
아버지의 당그래는 노래하네 노래를 하네

죽은 내 어미는 바느질을 하며 말했지
살아가는 일은 고통을 건너는 일이라고
지지배야 지지배야 힘을 내 힘을 내라고
참새가 무거운 설움을 덜어주누나.

공후

나룻배가 느린 물결을 끌며 갯마을로 들어왔다. 기슭에는 서너 척의 배들이 기웃이 묶여 졸고 있다. 갯마을에서 월성을 잇는 다리 위로 사람들이 분주하게 오가고 있다. 월성의 지붕은 태양을 되쏘며 금빛으로 빛났고, 궁궐의 전각마다 연못은 잔잔했다. 연못 위로 소나무가 그늘을 드리웠고 그 아래로 잉어들이 느리게 헤엄쳤다. 그늘과 양지를 오가며 잉어들은 물 속 곳곳을 유영하며 탐색했다. 유선형 연못만으로는 성에 차지 않는 잉어들은 수면 위로 튀어 올라 하늘을 훔쳐보곤 놀라서 입을 벌렸다.

궁궐은 여러 채의 건물이 회랑으로 길게 이어졌고, 정문과 후문의 높은 누각에는 경비병 둘이 보초를 서고 있다. 전각의 치미는 하늘을 우러러 비손하듯 가파르게 꺾였고, 가지런한 기왓골 양쪽에는 망새기와가 곡선을 그렸다. 월성의 바깥쪽에는 흙과 돌로 쌓은 반달 모양의 성곽이 길게 이어졌는데, 그 바깥으로 남천이 휘돌며 천연 해자를 만들었다. 남천은 오후의 햇살을 조각조각 퉁겨내면서 유유히 흘러갔다. 강변에서 벗어나서 가파른 언덕을 오르면 서낭당이 있다.

　서낭당 언덕 위로 가실이 뛰고 있다. 뒤도 돌아보지 않고 숨이 턱에 차도록 뛰면서도 가실은 뭐가 좋은지 싱글거리며 웃었다. 가실은 조금 전 설화의 집에서의 일이 마치 다른 세상같이 느껴졌다. 마당을 가득 채운 푸른 천들이 바람에 몸을 뒤채거나 부풀어 오르던 광경과, 빨랫줄에 널린 천들이 들썩일 때마다 자신도 푸른 돛처럼 부풀어 오르는 것 같던 기분이 간지럽게 되살아났다. 설화가 바지랑대를 기울이던 장면도, 염색된 천을 뒤집을 때 내리쏘는 햇살에 미간을 찡그리던 모습도, 천을 줄에 휙 던질 때 발목이 얼핏 보이는가 싶던 장면도 그림처럼 생생했다. 바람에 부푼 푸른 천들 사이로 문득 설화가 나타났다가 사라지면, 가실은 팔다리가 나른해지면서도 날카로운 통증 같은 것이 할퀴는 기분이 들었다. 이상한 일은 쪽을 깨울 때는 구릿한 썩은 냄새가 풍기는데, 웬일인지 고약한 냄새에 대한 기억은 없고, 화사한 설화만 생각났다. 율리에서 사량부까지는 꽤 멀어서, 뛰는 걸음으로도 왕복 한나절이 걸리는데도 가실은 틈만 나면 달려가 설화를 훔쳐보곤 했다.

마을로 들어서는 비탈길을 뛰다가 가실은 서낭당 모퉁이를 돌고 있는 누군가와 부딪쳤다. 뛰는 속도로 인하여 가실은 맞은편에서 오는 사람의 가슴에 와락 안기는 꼴이 되었다. 느닷없이 가실을 품에 안은 사람은 스님이었다. 법의를 입고 육환장에 바릿대를 쥔 스님은 율리를 향해 걸어 들어오던 길손으로, 열두 해 동안 진과 수에서 불법을 공부하고 서라벌로 돌아오던 원광이었다. 놀란 것은 원광도 마찬가지였다.

"아이쿠, 이 녀석. 무엇이 그리 바쁜고?"

"죄, 죄송합니다, 스님. 다른 생각을 하다가 그만."

가실이 깊이 머리를 숙였다.

"젊은이, 어디로 가는지나 알고나 뛰는가?"

스님이 던진 뜻 모를 말에 가실은 황급히 고개를 푹 숙이고 더 빨리 달려갔다. 호탕하게 웃는 소리가 가실의 등 뒤에서 들렸다. 어디로 가는지 알고나 뛰는가? 걸음을 빨리할수록 스님의 말이 자꾸 생각났다. 엉덩이를 차인 소처럼 가실은 뛰고 뛰었다. 자신의 힘찬 심장 박동 소리가 들렸다.

먼 길을 걸어온 원광의 짚신은 옆구리가 터졌고 흙투성이 버선은 헤져 발가락이 드러날 지경이었다. 망가진 삿갓은 대나무 살이 들쑥날쑥 튀어나왔고, 걸음을 옮길 때마다 바랑에 들어 있는 서책들이 허리께를 툭툭 쳤다. 갑자기 피곤이 몰려온 그는 느티나무 아래에 끄응, 소리를 내면서 허물어졌다. 그가 주저앉자 바랑 속에 있던 물건 하나가 헐거워진 주둥이 밖으로 삐죽이 튀어나왔다. 나무로 깎아 만든 구부러진 오리 목처럼 생긴 물건이었다.

나무 위에서 매미들이 목 놓아 울었다. 얼추 보아도 수령이 백 년은 넘어 보이는 늙은 느티나무였다. 나무 허리에 묶인 새끼줄은 세 군데의 솟대를 향하여 방사형으로 뻗쳐 있었다. 새끼줄에 걸린 빛바랜 오색 천들이 바람에 흔들렸다. 벌판에서부터 습기를 품은 끈끈한 바람이 불었다. 굿을 하고 내어놓은 고수레 음식들이 느티나무 아래에 쌓여 쉰 냄새를 풍겼다. 음식에 달라붙었던 파리들이 윙윙대며 땀으로 범벅된 원광의 얼굴과 목덜미를 향해 날아올랐다. 손을 저어 파리들을 쫓으면서 원광은 눈을 가늘게 떴다. 멀리 논에서 농부가 일을 하고 있었다. 농부는 땡볕 아래에서 베저고리와 잠방이를 둘둘 말아 걷어 올리고 김을 매고 있었다.

원광이 진나라로 갈 때만 하더라도 쌀농사를 짓는 집은 그리 많지 않았다. 대부분은 소출이 보장되고 물이 많이 필요하지 않은 콩이나 조, 보리와 같은 밭농사에 매달렸다. 수나라에 조빙사*로 왔던 대사** 황천의 말에 의하면 그동안 서라벌

---

* 조공을 바치기 위해 중국에 파견된 관리.
** 신라 관등 중 14등급의 관리.

에도 논에 물을 댈 수 있는 보와 댐과 같은 관개 시설이 많이 생겨서, 집집마다 벼농사를 짓는다고 했다. 거친 보리나 피, 혹은 조밥을 먹던 사람들에게 매끄러운 쌀밥의 식감은 놀라운 세계였다. 조세 또한 보리에서 쌀로 대체되었기에, 조세를 내기 위해서라도 농가에서는 쌀농사를 지을 수밖에 없었다. 쌀은 물에 잠겨서 자라는 작물이라서 보리나 조보다 물이 많이 필요했다. 서라벌로 들어오면서 원광이 보고 들은 바에 의하면, 대사의 말과는 달리 마을 단위의 저수지 보급은 아직 절대적으로 부족해 보였다. 농부들의 말을 들어보니 물이 부족해서 논을 저지대에 만들기 때문에, 비가 많이 와서 큰물이라도 나면 한 해 농사가 수마에 휩쓸려버리는 일이 잦다고 했다.

벌겋게 익은 농부의 목덜미는 땀으로 번질거렸다.

"저런 땡볕 아래에서는 한 식경만 일을 해도 등짝이 화끈거릴 텐데."

몸으로 부딪쳐 살아야 하는 농부의 고단함이 짐작되어 그는 가슴에서 뜨거운 것이 흘러내렸다. 원광도 몸으로 일을 해서 얻는 소박한 소출에 기대어 사는 정직한 삶, 그 뜨거움을 알았다. 오로지 몸이 동력인 노동으로 살아가는 삶이야말로 고단하기는 하되 가장 신성한 일이라고 그는 믿었다. 불법을 공부하는 일도 농사와 비슷했다. 원광은 보습으로 땅을 갈듯 지식을 심었고, 쇠스랑으로 돌을 고르듯 거친 내면의 갈등을 걷어냈으며, 호미로 김을 매듯 마음 밭을 부지런하고 가지런하게 일구었다. 누구나 어떤 식으로든 자신만의 밭을 갈며 살아가는 게지. 원광은 조용히 중얼거렸다.

원광이 진나라로 떠난 지 벌써 열두 해. 그가 겪은 과정은 지난하고도 고단한 행군이었다. 홍선사의 담천대사에게는 섭대승론을, 혜원대사에게는 열반경을 홍륜사 영유대사에게는 반야경의 가르침을 받았다. 진이 멸망했을 때는 양도에서 수의 군사에게 붙들린 적도 있었다. 원광은 수의 난병들에 의해 목이 잘릴 위기에 처했는데, 불자였던 한 장군의 도움으로 간신히 살아남았다. 오나라 호구산에서 참선을 할 때에는 늙은 여우에게 홀리기도 했다. 지나고 보니 모두 꿈이며 바람인가 싶고 갑자기 걷히는 아침나절의 안개와 같았다. 땡볕에 긴 거리를 걸어온 원광은 슬그머니 쏟아지는 잠을 뿌리칠 수가 없었다. 느티나무에 기대어 그는 잠깐 졸았다.

디와우이이잉 디와우이이잉…… 얼마나 지났을까, 쇠북 소리가 그의 온몸을 진동시키며 잠을 깨웠다. 온몸이 땀투성이였다. 목이 마르고 입이 썼다. 어딘가에서 잔치판이 벌어진 모양이었다. 보수가 끝난 명활산성이 허물어지지 않고 튼튼하게 버텨주었고, 선도산성과 북형산성의 공사가 끝나서 제사를 지낼 계획이라는 말을 황천에게서 들은 기억이 났다. 쫓아도 귀찮게 달라붙는 파리와 쉰 냄새를 피해서 원광은 두어 걸음 떨어진 곳으로 자리를 옮겼다. 논에서는 농부가 여전히 기세등등한 태양을 등에 짊어진 채로 김을 매고 있었다.

"저 농부는 땡볕 아래서 등가죽이 다 벗겨지도록 일을 하는구나!"

원광의 중얼거림은 신음 소리처럼 들렸다.

'뼛골 빠지도록 일을 하지만 그가 얻은 소출이 모두 그의 소유가 될 수 없을 터. 대부분은 조(租)로, 땅을 빌린 대금으로 뺏길 테지. 재상의 집에는 재물이 넘치고 노비의 수효가 삼천이 되는 집도 있다던데. 그 집에는 소와 말과 돼지 또한 수천이라지. 귀족들의 부귀는 하늘에 닿았으되 백성과 노비들의 참상은 차마 눈 뜨고 볼 수 없구나. 이 일을 어찌해야 옳단 말인가!'

원광은 내뱉듯 중얼거렸다.

"선(善)한 것은 언제나 선한가?"

과연 선한 법은 선한 사람을 이롭게 하는가! 군주가 선한 일이라 믿어도 다수에게 도끼가 되기도 하는 일은 어찌 설명해야 한단 말인가. 바야흐로 왕의 힘이 점점 커지는 시절이었다. 왕의 명령은 월성에서 촌이며 리(里)의 일까지 장악하여 지방 곳곳까지 뻗쳤다. 마을 단위로 사람이 태어나고 죽는 일은 물론이고, 마소와 전답, 과실수까지 조사하여 관리했다. 그것을 중심으로 문서를 작성하여 세금과 부역을 부과했다. 농부들은 조(租), 용(庸), 조(調)의 명목으로 소출의 대부분을 빼앗겼다. 나라를 유지하기 위해 거둬들이는 세금이 오히려 나라의 기반인 백성들의 피와 살을 빼앗는 결과가 되었다. 대부분은 힘써 일을 해도 가족이 먹을 식량도 부족한 형편이었다. 춘궁기가 되기 전부터 사람들은 얼어붙은 땅을 헤집고 먹을 것을 찾아다녔다. 그들은 나무껍질을 벗겨 먹었고, 토끼든 쥐든 잡아서 주린 배를 달랬다. 부유한 사람들은 대부분 귀족이거나 지위에 빌붙어 살아가는, 잇속이 밝은 약삭빠른 자들이었다.

'왕은 나라를 위해서 세금을 바치라 하지만…… 도대체 누구를 위해서!'

그의 가슴속에서 뜨거운 불덩이가 치밀었다.

'과연 백성들에게 국가란 무엇인가? 왜 국가가 필요한가?'

국가와 백성. 그것이 이즈음 그의 화두였다. 비단 서라벌만의 문제가 아니었다. 진나라도 수나라도 사정은 같았다. 수나라는 대운하 건설에 인력을 동원했다. 가가호호 운하 건설을 위한 부역에 차출되었는데, 그들은 농사를 짓고 생계를 유지해야 하는 남자들이었다. 남자들이 부역에 동원되면 어린아이와 노인과 여자들만 남았다. 그들은 스스로 생계를 책임져야 했다. 그는 농사를 짓기 힘든 늙은이들과 아이를 업은 아낙네들이 들판에 엎드려 힘겹게 일하는 모습을 많이 보았다. 고되게 일을 해도 굶는 날이 더 많은 사람들은 전염병이라도 돌면 대책 없이 허물어졌다.

부역에 동원된 젊은 장정들의 노동력이 다리를 놓고 성을 쌓았으며 댐을 건설했다. 토목공사에 부역으로 징발된 사람들은 그나마 나은 편이었다. 몸은 고되지만 언젠가는 집으로 돌아갈 수 있다는 희망이라도 있었다. 때는 전쟁이 쉬지 않고 계속되는 시절이었다. 전쟁터로 끌려간 장정들은 돌아올 기약이 없었다. 죽어 귀신이 되어 떠돌거나 피폐한 육신만 남은 허깨비가 되어 돌아왔다. 멀쩡히 살아남은 사람들조차도 상대를 치고 쏘며 찔러 죽여야 살아남는 전쟁의 참화 속에서 벗어나지 못했다.

그동안 원광은 전쟁과 수탈로 몸과 마음이 뒤엉켜버린 민초들이 사는 현실을 낱낱이 보아왔다. 수나라는 고구려 정벌 전쟁에서 대패했기에 백성들의 삶은 피폐하기 짝이 없었다. 이곳 서라벌까지 오는 동안에도 그는 전쟁을 짊어지고 살아가는 백성들의 참혹한 생활을 보았다. 그들의 모습을 볼 때마다 원광은 자신이 어찌해볼 도리가 없는 거대한 벽 앞에 선 기분이 들었다.

전쟁과 가난이라는 모질고 무거우며 두터운 삶의 무게. 그것은 진이나 수, 고구려만의 일이 아니었다. 어느 나라든 백성들의 삶은 고통스러웠다. 고달픈 백성들의 노동력이 나라를 짓고 국력을 키웠다. 전쟁이 계속되는 상황 속에서도 새로운 부역은 계속 생겼다. 뼛골 빠지도록 부역을 마치고 나면 관리들은 또 새로운 부역을 만들었고 백성들에게 끊임없는 헌신을 요구했다. 부모를 잃은 아이들은 거리를 떠돌고 거지와 도둑이 들끓었다. 전쟁으로 인해 집이 불타거나 전답이 황폐화되어 식량이 절대적으로 부족했다. 배고픈 설움은 나라마저 등지게 만들었다. 동으로 서로 유랑하며 근근이 사는 유민들의 숫자가 점점 늘어났다.

'먹고사는 문제가 해결되지 않는다면 나라가, 국가가 왜 필요하단 말인가…… 무엇을 위하여 그들은 대운하를 짓고 성을 쌓는가! 전쟁은 왜 치르며 왜 그로 인해 굶주림과 병으로 죽어가야만 하는가! 과연 왕이 옳다고 믿는 것은 무엇이며 그것은 궁극적으로 진정 옳은 일인가? 그것이 옳은 선택이라면 왜 백성들은 고통 속에서 살아야 하나! 가난과 주림에 허우적대는 저들을 고통 속에서 구할 방법은 없단 말인가. 이 모든 일들이 몇몇 우두머리들의 탐진치(貪嗔痴)로 인하여 생겼음을 모두가 안다. 많은 땅과 재물을 차지하려고 욕심을 부리고, 서로 경계하여 더 많은 백성들을 자신들의 발아래 두려 하기에 전쟁이 일어나는 것이다. 지렁이처럼 땅이나 파먹고 사는 백성들을 독려하여 전쟁을 일으키고, 죽고 죽이며 뺏고 빼앗게 만들고 있다. 그들의 탐욕은 독사가 품은 독과도 같아서, 백성들의 배를 곯리고 가족을 부수었으며 땅을 파괴하고 형제를 죽이게 만들었다.'

원광은 안타까이 중얼거렸다.

'이곳 서라벌도 마찬가지다. 나라 곳곳에서는 성을 쌓는 공사가 계속되고 있다. 이 모든 일들은 바로 백성들의 몫인 것을. 열심히 일해서 소출을 내도 허기진 배를 움켜쥐며 살아가야 한다. 그럼에도 그들은 국가를 위해서 목숨을 바쳐 일하고 또 싸워야만 한다. 국가가 도대체 무엇이란 말인가? 국가란 어떻게 생겼는가? 동그란가? 아니면 네모난가? 눈에 보이지 않고 손에 쥐어지지 않는데도 백성들은 국가라는 이름 아래 착취당하고 있지 않은가. 정벌 전쟁에서 승리하여 땅과 백성들이 늘어나더라도 왕과 귀족들의 힘만 커질 뿐. 백성들에게 돌아오는 대가는 없다. 땅과 재물은 귀족들 차지이고, 그들의 불어난 재산을 유지하려면 백성들에게 더 많은 노동력과 세금을 착취하게 되겠지. 지금 백제와 고구려는 호시탐탐 국경을 넘보고 있어 크고 작은 전쟁이 늘 계속되고 있다. 세 나라가 갈퀴 같은 손아귀를 펼치고 있으니, 곧 거대한 전쟁의 소용돌이가 이 땅을 휩쓸게 되리라. 그리되면 가가호호 부역을 징발할 테고…… 서라벌에도 곧 곡소리가 가득하게 되리니…… 지금 고요한 듯 보여도 이미 불씨가 타오르고 있어, 곧 모든 곳으로 그 불이 번져가게 되겠구나. 권력을 가진 자들의 욕망이 모두를, 모든 것을 태우고 말리며 부수는구나!'

*

원광의 안타까운 마음에 답이라도 하듯 매미가 다시 울기 시작했다. 고수레 음식에 붙었던 파리들이 다시 잉잉대며 날아올랐다. 들판으로부터 습기 가득한 바람이 불어와 쉰 냄새를 부풀렸다.

'비를 몰고 오는 흘레바람이구나!'

원광은 바람 속에 숨은 엷은 흙내를 알아차렸다. 십수 년 동안 수나라의 벌판에서 익힌 예민한 감각이었다.

'제사장은 아마도 천기를 살펴 기우제를 지내는 날짜를 잡았겠지. 기우제를 지낸 후에 비가 내린다면 얼마나 극적인 효과를 거둘 것인가! 백성들은 왕의 은덕을 찬양할 테고, 그의 권력은 더욱더 공고해질 터. 참으로 영민한 군주로구나!'

쓴웃음을 물었던 원광이 고단한 몸을 간신히 일으키려는데, 서낭 뒤에서 젊은 여자가 나타났다. 흰 저고리에 푸른색 치마를 입었는데 눈빛이 서늘했다. 여자의 손에는 물이 떨어지는 바가지가 들려 있었다.

"스님, 가난하여 드릴 것은 없으나, 물 한 바가지 올리고 싶습니다."

여자가 허리를 깊이 숙이며 바가지를 어깨 높이까지 올려 들었다.

"내가 목이 마른 건 어떻게 알았소?"

원광이 놀란 눈으로 물었다.

"길손에겐 갈증이 제일 힘들지요."

물은 차고 달았다. 여자는 물을 마시는 그의 목울대가 오르내리는 것을 바라보다가 눈을 내리깔았다. 긴 눈썹이 부채처럼 그늘을 드리웠다.

"잘 마셨소. 이곳에는 인가가 없다고 알고 있소만."

"저 돌담 뒤편이 제 집이지요. 저는 서낭을 관리하고 신점도 쳐주면서 삽니다."

원광이 내민 바가지를 받아 든 여자가 돌무더기의 한 지점을 가리켰다. 쌓아놓은 돌무더기 한쪽이 돌담으로 연결되어 나무 문짝이 비스듬히 달려 있었다. 솟대를 세워놓은 것이며 장대에 붉은 천을 매어놓은 모양이 당집임을 말하고 있었다.

"누추한 곳이지만 잠깐 제 집에 들어오시겠습니까?"

여자가 허리를 굽혀 기우뚱한 나무문을 열었다.

"갈 길이 바쁘긴 하오만."

그는 잠깐 망설였다.

"스님께서 저희 집에 들러주신다면 더할 수 없는 영광으로 알겠습니다. 못난 솜씨로 나무를 깎아서 부처님을 모실 좌대만 만들어놓고 아직 모시지는 못했습니다. 스님이 다녀가신다면 법신을 모신 법당이 되지 않겠습니까? 미련한 여자의 청이지만 들어주신다면 그 은혜는 잊지 않겠습니다."

여자는 눈빛만 서늘한 것이 아니라 목소리에도 찰기가 있

56

어, 귀를 잡아끌었다.

'묘한 분위기의 여자로다……'

당집 여자답게 차갑고 정결한 느낌인데, 이상하게 가슴을 쿵 내리치는 묘한 기운이 느껴졌다. 미색은 아닌데도 범접할 수 없는 기운이 느껴졌고, 몸에서는 야릇한 향내 같은 것이 풍겼다. 그것은 향불 냄새 같기도 하고 오래된 장 냄새 같기도 했으며 오래전 누이가 손에 들었던 꽃향기처럼 느껴지기도 했다. 이상하게도 이미 오래전에 잊어버린 사내로서의 몸을 기억하게 만드는 냄새여서, 그는 주춤거렸다.

'이만한 일로 아녀자의 소박한 청을 거절한대서야 중이라 할 수 있겠나!'

원광은 나무문 안으로 들어갔다. 문이 작고 낮아서 허리를 구부리고 들어가야 했다. 당집은 소박하고 정갈하게 정리되어 있었다. 밖에서 볼 때는 이런 곳이 숨어 있을까 싶게 아늑했다. 화려한 채색으로 조악하게 그려진 천신의 영정과 긴 지팡이를 든 지신이 모셔졌는데, 상에는 물 한 대접과 보리쌀이 담긴 바가지만 올라가 있었다. 촛대며 초도 없어 등잔에 한지를 접어 초의 형상을 만들어 올려놓은 것이 보였다.

"이렇게 누추해서 그런지 찾아오는 사람도 별로 없습니다."

여자는 바닥을 치맛자락으로 쓱쓱 문지르더니, 갑자기 엎드려 원광에게 절을 했다. 신도들은 스님을 만나면 세 번 절을 한다. 처음 일 배는 부처님에게로 향한 흠모의 절이요, 두 번째의 절은 부처님이 설하신 진리의 말씀인 법에 대한 공경의 절이며, 세번째로는 부처님을 모시고 법과 함께 살아가는 스님에 대한 존경의 절이었다. 여인은 불자가 아니라 신점을 치는 자충(慈充)이었다. 절이 끝났는데도 여자는 고개를 들지 않았다.

"스님, 노여워 마시고 어리석은 여인네의 말을 들어주십시오. 어젯밤에 제가 꿈을 꾸었는데 느티나무 아래에서 절이 활활 불타는 모습을 보았습니다. 이상스러운 꿈이라서 저는 종일 느티나무 주변을 살폈습니다. 참으로 이상스럽게도 스님께서 저 멀리서 걸어오실 때부터 큰 절이 뚜벅뚜벅 다가오는 듯 보였습니다. 느티나무 아래에서 주무실 때는 절이 고요히 조는 듯했고요. 스님, 압니다. 느닷없고 황당한 말이라는 것을. 어릴 때부터 할머니의 무가를 익혀 겨우 당집이나 하는 제가 무엇을 알겠습니까? 하오나 제겐 남들이 알지 못하는 세상을 보는 눈이 있습니다. 스님의 법력을 알아보는 눈 같은 것이지요. 스님께서는 큰 절에 버금가는 그런 인물이십니다. 앞으로 스님께서는 이 나라의 큰 절이 되어 사시게 됩니다. 많은 사람들이 찾아오며 그들에게 불법을 전하시게 됩니다. 나라의 명운 또한 스님에게 달린 그런 일도 생기겠지요. 많은 젊은이들도 스님을 따르게 됩니다. 스님의 말씀이 그 젊은이들을 죽이기도 하고 살리기도 하는 일도 겪으시겠지요. 백년이 지나고 천년이 지나도 사람들은 스님의 걸어가신 구도의 발자취에 관한 이야기를 입에 올리게 될 것입니다. 그러니 제가 어찌 절을 올리지 않겠습니까? 이렇게 직접 스님을 뵙고 절을 올리게 되어 무한한 영광입니다."

엎드린 채로 여자는 이야기를 풀어놓았다.

'이 무슨 해괴한 일인고! 천년 후의 일이라니……'

원광은 갑자기 당한 일에 당혹스러웠다. 앞으로 어떻게 포교 활동을 할지 마음을 정하지 못하고 있던 차였다. 세금과 부역과 귀족들의 착취로 당장 굶어 죽어가는 백성들에게 부처님의 열반을 설하는 일이 과연 필요한지 마음이 복잡했다.

"그만 일어나시게. 무엇을 안다고 그리 허황된 말을 지껄이는 것인가!"

그의 음성에 노기를 읽은 여자가 더욱 머리를 조아렸다.

"어리석은 여자의 허튼 소리라 여기셔도 좋습니다. 그러나 스님께서는 허튼 소리에서도 옳은 뜻을 골라내실 혜안을 가지고 계십니다. 제가 드리는 말씀을 모두 잊어버리셔도 좋습니다만, 지금은 다만 저의 말을 들어주십시오. 스님께서는 곧 국사의 일을 맡게 되실 것입니다. 스님의 법력이시라면 당연한 일이지요."

"그만하라 했거늘! 겨우 율리의 산자락에서 만신 노릇을 하면서 무엇을 안다고 아는 체하는 겐가! 이만큼 허튼 소리를 들었으면 물 한 바가지 값은 되는 것 같으니 그만 일어나겠네."

원광이 일어서는데, 엎드렸던 여자도 몸을 일으켰다. 여자가 일어서면서 치마가 버스럭거리는 소리가 들리는데, 이상하게 귀에 거슬렸다. 더구나 여자의 몸에서는 종잡을 수 없는 향내가 다가왔다. 원광은 정신이 아득해지며 어지러웠다. 들척지근하면서도 싸한, 동물의 체취 같은 강한 냄새가 몸 가운데를 건드렸다.

'몸의 것이 있는 여자인 게지.'

그런가? 원광은 고개를 저었다. 수나라에서도 원광은 많은 설법을 했고 수많은 여자들을 만났다. 절에 오는 사람들은 남자보다는 여자가 훨씬 많았다. 가난한 사람들은 척박한 삶에 분탕질을 하며 사느라 절을 찾기도 버거웠다. 원광을 찾아오는 여자들은 대부분 잘 차려 입은 고관대작의 부인들이었다. 궁궐에서 나온 여인들은 몸에 좋은 향을 뿌렸고 백분으로 뽀얗게 화장을 했다. 입술과 볼은 붉고 도발적이었으며, 야단스러운 광택이 도는 비단 옷과 보석 장신구를 주렁주렁 달았다. 그들 중에는 바라보는 것만으로도 숨이 막힐 정도로 아름다운 미모의 여인도 있었고, 일부러 원광의 앞을 한들거리는 걸음으로 지나다니며 노골적으로 유혹하는 여자도 있었다. 원광에게 여자는 특별하지 않았다. 이미 불도에 발을 들여놓기 전부터 원광은 여자를 여자로 보지 않았다. 여자도 남자도 모두 똑같이 불성의 씨를 가진 작은 부처님으로 보았다. 그들은 자신이 부처라는 것도 모르고 세상살이에 섞여 번뇌하는 사람들이었다.

'도탄에 빠진 백성에게는 부처님의 자비가 있어야 한다. 부처님의 가르침으로 생로병사의 번뇌에서 저들 스스로 구원받게 하리라.'

원광은 그렇게 다짐했다.

'이제 와서 내가 한낱 만신의 체취에 어지럽다니! 진으로 떠나기 전 십 년 공부와 유학한 십이 년의 세월, 내 평생 공부의 무게가 이토록 하찮고 가볍던가!'

원광은 절벽 끝에서 발이 헛놓인 듯 아찔했다.

"이만 가려네."

그가 문밖으로 발을 내밀었을 때 여자가 다시 입을 열었다.

"스님, 서라벌에서 멀지 않은 운문산에 작갑사라는 암자가 있습니다. 원래는 산신각이었으나 보양국사께서 불사를 일으키시다가 돌아가셔서 지금은 주인이 없는 절로 남아 있습니다. 산 중턱에 위치하여 있는데 왼편과 뒤쪽은 산이요 오른쪽은 절벽이지만, 앞으로는 멀리 강이 흐르는 명당입니다. 척박하고 쓸쓸한 곳이지만 그곳의 지세는 천하 명찰의 기운이 솟은 자리이지요. 스님과는 좋은 인연이 있어 보입니다. 거기에 계시면 신라 각처에서 스님을 찾는 발걸음으로 인하여 산길이 하얗게 뚫리게 될 것입니다. 그곳에 절을 중창하십시오.

스님께서 하시는 일에도 크게 도움이 되실 것입니다. 그렇게 하신다면 스님의 법력으로 넘기 어려운 일도 모두 해결하실 수 있습니다. 월성에서 모시겠다고 해도 서라벌의 황룡사에 계셔서는 아니 되옵니다. 스님께서는 꼭 그곳에 계셔야만 합니다."

원광이 돌아보았더니 여자는 거듭 머리를 조아렸다. 그럴 때마다 묘한 향내가 밀려와서, 보이지 않는 손이 그의 허리춤을 붙잡았다.

'머릿기름 냄새일까?'

원광은 동백기름 냄새라고 믿고 싶었다. 먼 길을 돌아 왔기에 몸이 고단하여 체취에 민감해졌을 뿐이라고 자신을 타일렀다.

왕의 명으로 조빙사들을 따라 신라 땅으로 들어왔지만, 원광은 곧장 월성의 대왕에게로 들어가지 않았다. 좀 더 백성들이 사는 모습을 살핀 후에 들어가겠다고 했다. 수나라에서 원광의 법회가 유명하다는 소문이 서라벌에까지 퍼졌고, 왕은 여러 차례 사신을 통하여 그에게 신라로 돌아오라는 전갈을 보냈다. 이번에는 조빙사로 온 나마 제문과 대사 횡천을 통해 수나라의 황제에게 원광을 돌려보내달라는 서신을 보내왔다. 원광으로서는 더 이상 왕의 서신에 거절할 명분이 없었으며, 신라로 돌아가야 할 때라고 생각했다. 월성으로 들어간다면 왕은 그에게 국사의 직책을 떠맡기려 할 게 틀림없었다. 원광은 화려한 자리를 원하지 않았다. 조용히 공부를 계속하면서 경의 번역에 주력하고 싶었다. 그리고 틈틈이 저 핍박받는 백성의 무명을 깨우치기 위한 현실적인 일을 하고 싶었다. 원광은 백성들을 위한 법회에 관심이 있었다. 출가수행의 근본은 부처님의 진리를 깨달아 널리 중생을 제도함에 있기에, 그는 자신의 신념대로 백성들을 위해 공부한 바를 펼칠 때라고 믿었다.

'신점이나 치며 사는 자충이 어떻게 그런 일들을 안단 말인가?'

원광은 나무 문짝을 세차게 밀면서 밖으로 나와 휘이휘이 걸어갔다. 그새 더위가 꺾이고 태양은 기울기를 어슷하게 다독이며 산을 넘는 중이었다.

서낭당 돌담길을 돌아 원광은 율리로 들어섰다. 그는 만신의 집에서 나올 때 부르짖듯 외치던 여자의 음성이 자꾸 마음에 걸렸다.

"대사님, 대사님, 소녀의 이름은 청연이옵니다. 어미가 연못가에서 저를 낳을 때 푸른 연꽃들이 피었다 하여 지은 이름입니다. 제가 스님의 시중을 들겠습니다."

'무슨 말인가…… 왜 그렇게 간절하단 말인가…… 처음 본 여인네가 아닌가…… 그런데 왜 내 시중을 든다는 것이냐. 더구나 그 머릿기름 냄새 하며……'

"꼭 그렇게 하셔야 하옵니다."

"그런 일은 없을 것이다. 당장 그 가벼운 입을 다물라!"

답답한 마음을 떨쳐버리려는 듯 원광은 소매를 휘휘 저으며 걸었다. 설 길사의 집에 도착했을 때는 이미 어둠이 내려앉아 산 아래가 적막해져가고 있었다.

*

설 길사는 막 저녁상을 물리고 툇마루에 앉아 부채질을 하는 중이었다. 갑자기 강아지가 삽짝을 향하여 짖으며 뛰어오르더니 원광이 불쑥 들어섰다. 설 길사가 맨발로 뛰어나가 맞았다.

"동생 대사님 아니십니까! 돌아오시는 길입니까?"

원광은 설 길사의 허리를 보며 놀라 물었다.

"형님은 그간 무탈하셨습니까? 그런데 어쩌다가 허리가 이리 되셨습니까?"

"평생을 마냥 써대기만 하고 보살피지 못했으니 몸이야 고장이 날 때도 되었지요. 그보다 먼 길을 오셨으니 대사님은 얼마나 고단하십니까!"

설 길사는 밥상을 들고 정지로 들어가던 설화를 손짓으로 불렀다.

"화야, 네 작은아버지시다. 네가 어렸을 때 진으로 공부를 하러 떠나셨다가 이제야 돌아오셨다. 그때 향비파를 주고 가

64

셨는데, 기억나니? 하긴 너무 어려서 생각나지 않겠구나. 큰 스님이 되셨으니 이젠 대사님이라고 불러야 한다."

설화가 마당에 밥상을 내려놓고 손을 모아 합장하며 깊게 고개를 숙였다. 원광은 얼굴을 붉히며 수줍어하는 설화의 태도를 보고 웃었다.

"내가 진으로 떠날 때는 아장아장 걷는 아이였는데, 이젠 환한 처녀가 되었구나!"

"동생 대사님이 주고 가신 향비파를 저 아이가 얼마나 기막히게 탔는지 아십니까? 율리의 행사에 불려 다니다가 음성서에서 들어가서 악공으로 일했답니다. 이 년 전에 제 어미가 죽기 전까지만 해도 그랬는데, 그 후로는 집안일 때문에 그만두고 말았지요."

원광이 설 길사의 손을 덥석 잡았다.

"저런, 형수님께서 돌아가신지도 몰랐습니다. 얼마나 상심이 크셨습니까?"

설 길사도 원광의 손을 맞잡으면서 눈물을 글썽였다.

"갈 사람은 가고 또 남을 사람은 어쨌든 살게 되지만 그 사람의 빈자리가 큽니다. 나보다는 살림을 맡은 저 녀석이 더 고생이지요. 그나저나 수나라는 정말 큰 나라라던데, 어떠하던가요?"

"땅덩어리로 말하자면 크다 뿐이겠습니까? 살아보니 나라가 크다고 좋은 것만은 아니었습니다. 큰 나라의 군주는 자신의 힘을 과신하는 경향이 있지요. 그래서 주변국들을 향해 쓸데없는 야욕을 부립니다. 그러면 어찌 되겠습니까? 그저 백성들만 죽어나지요. 군주의 욕심 때문에 소박하게 살아가는 민초들이 전쟁에 내몰리니까요. 보십시오, 수나라처럼 큰 나라가 고구려를 상대로 한 전쟁에서 패했지 않습니까? 전쟁에 패한 나라의 백성들은 살아가기가 정말로 힘듭니다. 전쟁터에서 사람들이 그렇게 많이 죽고 다쳤으니 사방에서 곡소리가 들리고, 장정들이 없어 농사를 제대로 짓지 못해 먹을 것도 부족합니다. 나라는 그 크기가 중요한 것이 아니라, 그 나라를 다스리는 왕이 백성을 위해서 어떤 생각을 하는지, 어떤 유익한 정책을 내어놓는지, 그것이 과연 백성을 위해 얼마나 기여하게 되는 일인지 하는 일들이 중요합니다. 오면서 보니 서라벌의 사정도 별로 좋지 않아 보이던데, 형님께서 살아가시기는 어떠하십니까?"

원광은 설 길사의 구부러진 허리를 살피며 조심스럽게 물었다.

"동생 대사님께서 보시는 그대로입니다. 이곳이라고 수나라와 다를 바 없지요. 전쟁은 끊임없이 계속되고, 성곽이며 저수지를 쌓는 공사에 부역으로 끌려 나가 농사도 제대로 짓지 못했어요. 게다가 농민들은 농사에 필요한 소나 좋은 쇠보습 등을 제대로 갖추지 못해서, 부자들에게 빌려다가 농사를 지을 수밖에 없답니다. 그 값은 가을에 곡식으로 지급하지요. 그러니 가을이 되어 추수를 하면 부자는 더 부자가 되고, 우리같이 가난한 농사꾼은 더 가난해집니다. 봄이 오기도 전에 곡식이 떨어지는 건 예삿일이고요. 작년에 간신히 병석에서 일어나 지은 농사는 흉작이라서, 조세를 제하고 나니 겨우 두어 달 치 식량이 남았더군요. 산 입에 거미줄을 칠 수 없어, 행세깨나 하는 귀족들에게 또 고리대 곡식을 꾸어다 살았는데…… 올해 지은 농사는 모르긴 해도 그 고리대를 갚기도 벅찰 것입니다. 이제는 언덕배기에 남아 있는 땅마저 팔아야 하게 생겼습니다. 농민들은 대부분 기반이 약해서 저처럼 고리대를 갚지 못해 토지를 팔거나, 그것도 부족하면 자식이나 자신마저 노비로 파는 일도 허다하답니다."

설 길사가 한숨을 쉬었다. 짠한 표정으로 바라보던 원광이 무겁게 입을 열었다.

"곤궁의 악순환은 꼬리에 꼬리를 물다가 나중에는 자신의 꼬리마저 삼키게 되지요. 저도 수나라에서 오는 길에 토지를 잃고 유랑하는 가족들을 많이 보았습니다. 백제 땅 마기지라는 곳에 머물렀을 때 해오라는 자를 만났습니다. 몇 년째 전쟁과 기근으로 어린 것들은 굶어죽고 마누라와 장성한 자식을 노비로 팔아넘겼다고 했습니다. 그자는 마누라와 자식을 팔아버렸다는 죄책감을 이기지 못하여 도끼로 제 왼쪽 손가락을 모두 잘랐더군요. 그렇게 버둥거렸어도 가족들은 뿔뿔이 흩어져버렸고, 걸식으로 간신히 병든 노모를 봉양하고 있더이다. 먹고살기 어려워서 부잣집 노비로 가려고 했지만, 노모를 함께 받아주는 곳이 없어 이러지도 저러지도 못한다던 그자의 한숨을 잊을 수가 없습니다. 그자가 살던 곳은 처음에는 백제 땅이었다가 다음에는 고구려가, 이어서 신라의 땅이 되었답니다. 나라가 바뀌길 원한 적이 없었지만 십 년 이쪽저쪽으로 나라가 세 번이나 바뀌었답니다. 농사를 지어 소출을 얻을 만하면 다시 전쟁의 소용돌이에 휩싸이곤 했으니 먹고살기가 얼마나 어려웠겠습니까? 아리수* 근처 땅이라 수나라로 가는 물길때문에 서로 빼앗고 뺏기는 지역이어서 그랬던 것 같습니다. 조용히 땅이나 파서 먹고살면 그만인데, 전쟁은 왜 일어나는지 모르겠다며 울부짖던 그자의 눈물이 기억납니다."

설 길사가 원광의 손을 덥석 잡았다.

"대사님, 이 가난의 고리를 어떻게 끊어야 할지 앞이 캄캄합니다. 제 사정을 아는 부자들이 저 아이를 데려가겠다고 줄을 섰으니, 이 일을 어찌해야 할지 모르겠습니다. 마누라가 살았을 때에도 저 아이를 시집보내는 일이 필생의 과업이었는데, 곤궁한 홀아비만 남은 집과 누가 혼인을 하려 하겠습니까? 그렇다고 저 곱고 착한 놈을 늙은 부자의 첩으로 보내서 평생 그늘 속에서 눈물바람을 하며 살게 할 수는 없습니다.

* 한강의 옛 이름.

혀를 깨물고 죽을망정 절대 그렇게는 못하겠습니다."

설 길사는 팔에 앉으려는 모기를 손바닥으로 탁 때렸다.

"그러시겠지요. 만약에 형님께서 왕을 만나신다면, 이 가난의 악순환을 어떻게 해서 벗어나게 할 수 있는지 말씀하고 싶으십니까?"

원광도 얼굴로 달려드는 모기를 손을 저어 쫓았다.

"하기야 가난은 나라님이라도 구하지 못한다는 말이 있지요. 가난은 역병과도 같아요. 가난이 가난을 낳아 가난의 고리에 발목을 붙들리게 되지요. 진정으로 백성들을 위하는 나라님이라면 백성들을 구할 비책을 궁리하셔야지요."

설 길사는 그동안 마음속에 품고 있던 생각을 풀어놓았다.

"우선 고리대에 묶인 농민들은 당분간 고리대의 이자를 면제해주어서 적어도 자신이 지은 농사로 먹고살 수 있게는 해줘야 합니다. 고리대의 이자를 높게 매기는 일도 없어야 하지요. 그로 인해서 선량한 농민이 노비로 전락하는 일을 막아야 합니다. 부자들의 땅 대신에 나라의 땅을 빌려주어 농사를 짓게 하면 좋지 않겠습니까? 고구려나 백제에서 흘러들어온 유민들도 거두어들여야 합니다. 말이 다르고 살아온 환경이 다르다고 하여 죄인이나 종처럼 취급하는 것은 옳지 않아요. 그들에게 황무지나 산림을 개간할 수 있게 해준다면 농경지가 넓어지니 얼마나 좋겠습니까! 저수지나 제방을 우선적으로 축조하여 쌀농사를 잘 지을 수 있는 기반을 마련해주어야 합니다. 흉년이 드는 해는 나라에 내는 공물을 감면해주고, 각 가정이 형편에 따라서 역역 부담도 면제해줘야 합니다. 작년에 이어 올해도 몹시 가물어 벼의 생육에 지장이 많으니, 흉년이 들 게 뻔합니다. 그렇게 되면 농민들은 배고픔을 견디지 못하고 종자용 볍씨까지 먹을 수밖에 없습니다. 이럴 때에는 월성에서 창고를 열어 농민들에게 곡식이나 종자를 진휼해야 합니다. 요즘은 공등의 세상이 되어버렸습니다. 그들도 같은 백성이면서 백성을 전쟁터에 보내지 못해서 안달이 났어요. 나처럼 병든 늙은이마저 국경의 수자리에 번을 서야 한다는 명령을 내리는 술책을 쓰고 있으니, 믿어지십니까? 힘 있는 자들에게 붙어서 가난한 사람들의 고혈을 빼먹는 공등은 이와 벼룩과 같은 존재들입니다."

설 길사의 붉은 얼굴과 빛나는 눈을 원광은 조용히 지켜보았다.

"형님께서 전쟁터로 가시게 되었다는 말씀입니까? 어떻게 그런 일이 있을 수 있습니까? 다시 알아봐야 할 것 같습니다. 유랑하는 농민들을 귀농시켜서 토지를 나눠준다면 신라의 인구도 늘고 정남(丁男)의 숫자도 증가하게 될 테니, 이는 국력에도 큰 도움이 되겠지요. 제가 왕께 형님의 말씀을 꼭 전해 드리겠습니다."

그때 정지에 들어갔던 설화가 상을 내왔다. 보리를 묽게 끓인 죽과 소금에 슴슴하게 절인 푸성귀와 간장 종지가 전부인

밥상이었다.

"멀리서 오신 대사님께 이런 허술한 상을 내어서 죄송합니다."

흘러내린 머리를 귀 뒤로 넘기면서 설화가 민망한 표정을 지었다.

"동생 대사님, 시장하시겠소. 내놓기 민망한 밥상이지만 한술 뜨시오."

설 길사가 숟가락을 원광의 손에 쥐여주었다.

"무슨 말씀이십니까? 형님께서 늘 드시는 음식일 테고 또 이것마저 거르는 날도 많았을 텐데요."

땅거미가 마당의 흙을 더듬으며 마루를 향해 스멀스멀 기어 올라왔다. 원광은 훌훌 소리를 내면서 죽 한 그릇을 비우고, 바랑에서 길고 구부러진 오리목을 꺼냈다.

"설화야, 이것은 공후 중에서도 가장 작은 와공후다. 먼 길에 가지고 다니기가 어려워서 작은 놈을 골라왔구나. 수공후는 스물한 개의 현이 있는 것도 있지만, 이것은 보는 것처럼 열세 개의 현이 있는 작은 공후다. 향비파와 연주법이 다르지만 곧 익힐 수 있을 게야. 향비파는 줄을 손으로 뜯지만, 공후는 이 줄로 현을 밀고 당긴다. 이렇게 훑거나 혹은 손으로 튕겨서도 연주를 하지. 내가 너에게 가르쳐주고 싶어서 수에서 이놈을 배우느라 애를 먹었다만, 향비파를 그토록 멋지게 연주했다니 아마도 너라면 곧 익힐 수 있을 터. 내가 며

칠 머무르면서 공후를 연주하는 법을 가르쳐주마. 배워보겠
느냐?"

설화는 원광이 가져온 공후를 소중히 어루만지면서 눈물을
글썽였다.

"열심히 배워 익히겠습니다. 대사님, 음성서에는 와공후를
연주하는 악공이 없으니, 어쩌면 좋은 일이 될지도 모르겠어
요. 고맙습니다."

"그동안 네가 병든 어머니를 돌보고 늙은 아비를 봉양하느
라 얼마나 고생이 많았느냐. 이제는 네 아비의 몸이 저리 망
가졌으니, 네가 짊어질 무게가 녹록치 않겠구나. 가냘픈 어깨
에 그리도 무거운 짐을 지게 되었으니 마음이 아프구나. 허나
어쩌면 공후를 연주하는 동안만은 네가 그 짐을 내려놓을 수
있을지도 모르겠다. 너도 알겠지만 음악은 뜻밖에 많은 위안
을 주지 않느냐. 본시 음악은 하늘에서부터 온 것이어서 연주
를 듣는 이도 연주하는 이도 하늘을 아는 기분을 맛보게 해주
지. 악공의 연주는 아무것도 없는 허공에 음률을 띄워 올리지
만, 허공은 그것을 만져서 듣는 이에게 음률이나 허공 이상의
것을 돌려주지 않느냐. 연주를 듣는 것만으로도 이곳의 고단
한 삶이 아닌 다른 세계에 발 디딜 수 있게 하니, 연주하는 사
람은 더 풍요로움을 얻을 수 있겠지. 그러니 너도 이 공후를
연주하면서 고단한 살림살이를 감내할 위로를 얻으려무나.
알았느냐?"

설화가 어찌나 간절히 공후를 어루만지는지 원광은 어쩐지 콧등이 찡하여 더 이상 말을 잇지 못했다. 원광이 설화의 어깨에 손을 얹고 토닥거리는 모습을 본 점박이가 느닷없이 짖어댔다.

"저 어린놈이 제 주인을 만지니까 해코지하는 줄 알고 저리 짖어대나 봅니다. 먼 길을 걸어 힘들 테니 씻으시고 방 안으로 들어가시지요. 가물어서 모기떼가 더 기승입니다. 드신 음식도 허술한데 밤새 뜯기고 있을 수야 없지요."

그날 설 길사의 집에서는 밤늦도록 공후의 선이 출렁거리는 소리가 들려왔다.

망각
나무의
노래

오늘도 가실은 달렸다. 달리고 달리면 숨이 치받치고 가슴이 터질 것 같다가도 어느 순간 몸이 사라지며 가볍게 둥실 떠오르는 기분이 들었다. 가실이 밭은 숨을 내쉬며 주저앉았는데 어디선가 금속성의 파찰음이 들려왔다. 깨앙깨앙 깨앙 깨앙…… 가실은 소리가 나는 쪽으로 다가갔다. 풍악 소리는 남산신성 북문 부근 동시(東市)*에서 들려왔다. 사람들이 많이 모여 있는데 잔치가 벌어졌는지 시끌벅적하며 소란스러웠다. 젠젠젠젠 바라를 치는 소리에 이어 잔치의 시작을 알리는 나각 소리가 사람들의 발걸음을 재촉했다. 가실은 동시 입구의 고깃간과 채전을 지나서 옹기전과 숯전 사이에 위치한 야

* 지증왕 때 창설한 시장.

장간에 들어섰다. 더운 날씨에도 불이 이글거리는 야장간은 찜통 속이었다. 숨 막히는 더위 속에서 양피수는 여전히 쇠메를 두드리고 있었다. 가실이 들어서자 양피수가 반가운 표정으로 호미를 든 손을 흔들었다. 막 담금질과 단조를 거쳐 만든 호미였다.

"야장 어르신, 무슨 잔치가 있나요? 사람들이 많이 모였네요."

"오늘이 중농신*께 제사를 지내는 하지가 아닌가. 날이 가물어서 기우제를 겸해 제사를 지낸다더군. 곡우에 비를 좀 뿌리는 시늉만 내곤 아직 기별이 없으니…… 육부의 수장들은 물론이고 왕까지 직접 행차하셨다는군."

양피수가 쨍한 하늘을 손가락으로 찌르는 시늉을 했다.

서라벌에는 벌써 두 달째 비가 내리지 않았다. 백성 대부분은 땅을 파먹으며 사는 빈농들이었다. 고단한 하루하루도 견디기 힘든데 비마저 내리지 않으면 민심이 흉흉해지게 마련이었다. 당장 먹고사는 일이 해결되지 않을뿐더러, 백성들을 차출해야 하는 부역은 물론 전쟁도 불가능하기에 왕으로서도 가뭄은 가장 큰 골칫거리였다. 백성들은 비가 내리지 않으면 천손인 왕의 덕이 부족해서 하늘의 노여움을 샀다고 믿었다. 가뭄이 계속되면 왕은 백성들의 원성을 잠재우려고

* 농사의 신.

자신이 하늘과 소통하는 존재라는 것을 증명하려 했다. 왕은 천기를 살피는 점성술사를 곁에 두고 가뭄과 홍수를 대비했지만, 인간이 하늘의 일을 마음대로 할 수 없었다. 가뭄이 들면 왕은 밥상을 물리거나 여자를 멀리했으며, 거처를 초가로 옮기거나 죄인을 석방하는 등 백성들 사이에서 소문날 만한 일을 했다. 시장에 기우단을 차리고 직접 기우제를 지내는 일은 가장 소문나고 시끄러우며 생색나는 행사였다.

"아녀자들이 몰려가서 제단 앞에서 오줌을 쌌대. 그 여자들의 허여멀건 궁둥이들을 봤어야 했는데……"

양피수가 눈을 가늘게 뜨고 싱글거리는 표정으로 가실의 팔꿈치를 툭 쳤다.

"신성한 제단에 오줌을 쌌다고요? 그게 무슨 말이래요?"

가실이 눈을 동그랗게 뜨며 물었다.

"제단에 오줌을 누는 건 천신을 화나게 하려는 거야. 아, 제단이 아녀자들의 오줌으로 더럽혀졌으니, 천신이 비를 내려서 깨끗하게 씻으려고 하지 않겠어?"

양피수는 땟국에 절고 너덜너덜해진 소매로 턱으로 흘러내린 땀을 문지르면서 눈을 찡긋해 보였다.

"아하, 정말 그렇겠네요. 더러우니까 비를 내려 씻어주신다는 말이죠? 저는 사량부 수장 어르신께서 산꼭대기에서 청솔가지로 연기를 내서 불을 피우는 건 봤어요."

가실이 고개를 주억거렸다.

"어이구, 어서 비가 와야 할 텐데. 너무 가물어서 큰일이다. 윗마을도 아랫마을도 논바닥이 죄다 쩍쩍 갈라졌더라. 벼이삭이 팰 때가 되었는데도 이렇게 비가 안 오면 모두 쭉정이만 앉을 게 아니냐! 이렇게 가물면 올해 소출이 걱정이야. 작년에는 황충* 떼가 극성을 부려 큰 흉년이 들었잖아. 나도 조(組)를 내고 나니 두어 달 식량밖에 남지 않아서 고리대로 버텼다고. 아직 그걸 다 갚지도 못했는데, 올해도 또 그렇게 된다면 어떻게 살아야 할지 모르겠어. 이 몸뚱이라도 팔아야 하려는지!"

늘 걸걸한 목소리로 장난치기를 좋아하는 양피수도 가뭄 이야기 앞에서는 심각한 표정으로 고개를 저었다.

"야장 어르신, 염려하지 마세요. 아저씨는 쇠를 다루는 멋진 기술이 있잖아요. 오늘 왕께서 기우제를 지내신다니 틀림없이 비가 내릴 거예요."

"그렇게 된다면야 얼마나 좋겠어. 마누라가 애를 여덟이나 낳지만 않았어도 이 쇠망치를 두들기면 그럭저럭 먹고살 수는 있었을 텐데 말이야. 우리 마누라 애보자기는 왜 그렇게 큰 건지 몰라. 삼신할미가 주는 걸 몽땅 다 받아오는지, 배 속에 또 한 놈이 깃들였다니 식구가 곧 열한 명이나 되게 생겼

---

* 메뚜기.

다고!"

인상을 쓰던 양피수는 곧 얼굴을 풀고 낫을 사러 온 아낙에게 허리를 굽혔다.

"무덤에 껴묻거리를 두들길 때가 좋았어. 왕이나 귀족들이 죽으면 엄청난 양의 주문이 들어오곤 했으니까 말이야. 그땐 쇠메를 두드리는 소리가 떵떵거리며 사는 소리라고 했어. 야장이라 하면 모두 굽실거렸던 시절이라, 우리 할아버지만 해도 집이 다섯 채에 첩도 다섯이었거든. 하긴 옛날을 말해 뭐해, 이젠 모두 야장을 천한 사람 취급하니!"

양피수는 화로의 불구멍을 향하여 입으로 바람을 후후 불어 넣으면서 풍구질을 하기 시작했다.

"야장 아저씨네 아이들이 얼마나 귀여운데요. 비가 내려서 고맙습니다!"

가실의 덕담에 양피수가 누런 이빨을 드러내며 활짝 웃었다. 양피수는 가실의 복스러운 뺨을 꼬집었다. 검댕이 묻은 얼굴로 가실이 웃자 양피수도 따라 웃었다.

"가실아, 너는 언제 봐도 명랑해. 난 네가 웃는 모습만 봐도 기분이 좋아진다니까. 사내가 어째서 그렇게 예쁘게 웃는 거냐, 엉?"

양피수는 달아오른 쇳덩이를 모루 위에 올려놓고 쇠메를 번쩍 치켜들었다. 양피수의 이마와 목덜미, 겨드랑이에서는 쉴 새 없이 땀이 흘러내렸다. 뜨거운 쇳덩이에 땀방울이 떨어지면서 피지직 소리와 함께 김을 내뿜었다. 가실은 뜨거운 열기에 숨이 막힐 지경이었다. 가실의 눈에는 열기 속에서 쇠메를 두드리는 양피수도 달아오른 불덩어리로 보였다. 식구를 먹여 살리려고 자신의 몸뚱이도 불이 되어버린 아버지. 양피수의 어깨는 춤을 추듯 움직이며 쇠메를 두드렸다. 벗은 어깨는 땀으로 번질번질하고 노동으로 단련된 등 근육이 실룩거렸다. 가실은 어쩐지 쇠메를 두드리는 양피수의 등 근육이 입을 앙다물며 참는 표정으로 보여서 고개를 돌렸다. 담금질하는 소리를 계속 듣기 힘들어서 가실은 야장간을 빠져나왔다. 처음에는 쨍그렁 쨍쨍 계속되는 소리에 귀가 아프다가 나중에는 어지럽고 속이 메슥거리면서 눈알이 튀어나올 것만 같았다.

'저렇게 뜨겁고 시끄러운데도 양피수 아저씨는 매일매일 담금질을 계속하며 살고 있구나!' 가실은 먹고사는 일이란 아마도 귀를 틀어막고 눈도 감은 채로 무언가를 끊임없이 두드려대는 일인지도 모르겠다고 생각했다.

시장 복판 느티나무 근처에 제단이 차려졌다. 지지대를 세워 새끼줄로 사방을 둘러친 제법 넓은 공간이 마련되었는데, 나무로 쌓은 제단이 얼핏 보였다. 제사 지내는 왕의 모습을 보려고 제단 가까이 가려고 했지만, 사람이 너무 많아서 비집고 들어갈 틈이 없었다. 키 큰 나무마다 사람들이 올라가서

다닥다닥 붙어 있었다. 가실도 올라갈 나무를 찾아 두리번거렸지만 마땅한 자리가 없었다. 가실은 제단에서 멀찍이 떨어진 곳에 위치한 잘린 나무 둥치에 털썩 주저앉았다. 달리기와 더위에 시달린 피곤이 한꺼번에 몰려와서 노곤하고 하품이 절로 나왔다. 방울이 흔들리는 소리에 이어 경을 읽는 소리가 멀리 꿈결처럼 아슴아슴 들려왔다.

"가실아, 어디 갔다 오는 거야?"

또랑또랑한 목소리가 가실의 어깨에 손을 얹었다. 친구인 추항이었다. 귀산도 가실에게 손짓을 했다. 둘은 푸른색의 비단으로 만들어진 내리닫이에 흰색 허리띠를 묶고 있었다. 머리에 두른 푸른색의 띠에는 화랑의 상징인 노란 반달을 수놓았고 꿩의 깃털이 꽂혀 있었다. 움직일 때마다 깃털이 살랑살랑 흔들리는 모습이 꽤 근사했다. 가실은 두 친구의 어깨에 팔을 두르며 코를 찡긋했다.

"너희 둘은 항상 붙어 다니는구나."

추항과 귀산은 가실과 한동네인 사량부에 함께 살았다. 어렸을 때는 북천의 물가에서 철벅거리면서 놀았는데, 나이가 들면서 공부하는 여건이 다르고 생활과 품계의 차이를 느끼게 되어 점점 소원해졌다. 귀산은 부친이 아간 무은 장군이고 추항 역시 3두품 벼슬의 아버지를 두었다. 둘은 진골이어서 자연스럽게 화랑에 입신했으나, 가실은 6두품 자손이라 함께 화랑에 들어가지 못했다. 낭도로는 입문할 수 있었으나 아버지의 반대로 포기했다.

가실의 집안은 오 대에 걸쳐 성을 쌓는 일을 했다. 성 쌓는 일은 복잡하고 다양하며 전문적인 기술이 필요했다. 수만 가지 기술이 조합되어 이루어지는 복잡하고 섬세한 작업이라 단번에 배울 수 있는 일이 아니었다. 우선 돌과 목재, 흙을 구할 장소를 잘 알아야 했다. 일이 잘 진척되고 사고를 방지하려면 사람들을 적재적소에 효율적으로 배치해야 했다. 가실의 아버지는 성의 기울기 정렬에 일인자였다. 높이 쌓게 마련인 성은 기울기를 정렬하는 기술이 중요했다. 자칫 잘못하면 그동안 쌓아놓은 성벽이 하중을 견디지 못하고 한꺼번에 무너질 수 있기 때문이었다. 가실은 어릴 때부터 아버지를 따라다니면서 눈과 몸으로 기술을 익혀왔다. 가업을 물려받기 위해서 가실은 화랑이 될 기회도 포기했다. 자신의 의지가 아닌 상황 때문에 어쩔 수 없이 포기할 수밖에 없었던 것은 언제나 갈증을 동반한다. 가실은 친구들의 귀 위에서 살랑살랑 흔들리는 꿩의 깃털도 이마 위에 얹힌 노란 반달도 멋지고 부러웠다.

"왕께서 직접 나오셔서 제사를 지내는 건 처음 보네."

추항이 제단에 서 있는 왕을 가리키며 말했다. 먼빛으로 보아도 왕의 금관이 반짝거리는 광채를 알아볼 수 있었다.

"우리도 제단 가까이로 가서 보자."

귀산의 친구라는 화랑 해미지가 다가와 손을 잡아끌었다.

해미지가 앞서고 세 친구가 뒤따랐다. 푸른색의 화랑 옷에 뽀얗게 화장을 한 미소년들이 군중들 사이를 비집고 들어가자, 신기하게도 사람들이 길을 비켜주었다. 백성들이 제단에 지나치게 접근하지 못하게 하려고 순라군들과 화랑들이 제단 주위에 새끼줄을 둘러치고 경계를 섰다. 화랑 친구들 덕택에 가실은 제단 가까이에 자리를 잡을 수 있었다.

제단 주위에는 갖가지 깃발들이 화려하게 펄럭였다. 제단의 천정은 오색의 천으로 천개*를 씌웠으며, 당간지주에는 두 개의 황금색 번**이 매달려 바람에 흔들렸다. 번에는 '나무서방극락세계아미타불(南舞西方極樂世界阿彌陀佛)'과 '나무중방화장세계비로자나불(南舞中方華藏世界毗盧遮那佛)'이라는 글씨가 붉은색으로 수놓아져 있었다. 느티나무를 딛고 용 한 마리가 춤을 추며 하늘로 날아올랐다. 검은 비단에 번쩍이는 붉은 비늘과 황색으로 화려하게 치장한 용은 앞발을 세우고 있었다. 용은 바람의 리듬에 맞추어 길고 긴 꼬리를 펄럭거리며 하늘로 날아올랐다가, 바람이 잦아들면 허리를 꺾으며 땅으로 주저앉곤 했다. 벼 이삭을 손에 들고 있는 신농씨와 쇠망치를 든 단야신의 화상도 제단 좌우로 배치되어 있었다.

제단 위에서 제사를 집전하는 제사장과 왕의 모습도 잘 보

* 사원의 천장을 장식하는 천.
** 부처와 보살의 무량한 공덕을 나타내는 것으로 깃발과 비슷하다.

였다. 붉은색의 포를 입고 금관을 쓴 왕이 향나무 가루를 화로에 넣었다. 나무가 타면서 향기로운 냄새를 풍기며 흰 연기를 피워 올렸다. 검은색 옷을 입고 얼굴에는 화려하게 분장을 한 제사장이 청솔가지를 들어 화로에서 불을 붙이더니 왕에게 건넸다. 왕은 불이 붙어 흰 연기가 피어오르는 청솔가지를 머리 위로 들어 올렸다. 불붙은 청솔가지를 하늘 위로 우러렀다가 다시 동서남북의 방향을 향해 바치는 의식을 행했다. 하늘은 물론이요 사방팔방의 천신에게 비를 내려달라는 기원이었다. 왕이 몸을 돌려 움직일 때마다 왕관 뒤 양쪽으로 붙은 커다란 날개 모양의 금장식이 번쩍거렸다. 왕관에 붙은 무수히 많은 작은 영락과 곡옥들도 함께 흔들리면서 화사하게 빛났다. 왕을 가까이에서 본 것도 처음이고 왕관의 금빛도 처음 경험한 가실은, 저렇게 영롱하게 번쩍이는 것도 있나 하여 어리둥절했다. 햇볕을 받아 왕관은 더욱더 현란하게 번들거렸다. 금관에 달린 수많은 영락과 곡옥 장식들이 흔들리면서 오묘한 빛을 발해, 금관은 마치 살아 숨 쉬는 생물처럼 보였다. 왕이 입은 포의 뒷자락에는 날아오르는 두 마리의 붕새가 금실로 수놓아져 있었다. 붉은 비단 포에 영락수식을 늘어뜨린 금관의 찬란한 광채로 빛나는 왕은 누구라도 그 신성함에 압도당할 만큼 경건해 보였다. 붉고 또한 번쩍거리는 황금빛 광휘를 입은 왕은 이 세상 인간이 아닌, 천상에서 내려온 신처럼 보였다.

제 의식은 길게 이어졌다. 흰옷을 입은 제단 양쪽으로 무희들이 둥그렇게 섰다. 딱딱 울리는 박판 소리에 맞추어 무희들은 절도 있는 춤사위를 펼쳤다. 무희들이 양손으로 치마의 뒷자락을 잡고 반원을 그리자 열두 마리의 흰 나비들이 날갯짓을 펼쳤다. 흰나비들은 날갯짓을 하여 향의 연기를 하늘로 올려 보냈다. 나비들이 올린 향을 흠향하려는 듯 잿빛의 둥근 구름이 제단 위쪽에 조용히 떠 있었다. 길고 긴 경문을 읽는 제사장의 굵고 낮은 음성이 계속되었다. 차려진 제사 음식을 보며 가실은 저절로 침을 삼켰다. 제단에는 눈이 휘둥그레질 만큼 많은 음식이 있었다. 닭이며 다식, 포와 식혜, 삶은 돼지고기와 생선과 과일 등이 높이 쌓여 있었다. 아침부터 아무것도 먹지 못한 가실의 배에서 갑자기 꼬르륵 소리가 났다. 그 소리를 듣고 추항과 귀산이 서로 마주 보며 웃었다.

기우제를 위해서 제물로 바쳐진 얼룩소가 사지를 결박당한 채로 제단 앞쪽에 엎어져 있었다. 얼룩소는 눈을 크게 뜨고 흰 거품이 섞인 침을 질질 흘리면서 가쁜 숨을 몰아쉬었다. 검은 옷의 제사장이 제단 가운데로 나왔다. 제사장은 두 개의 긴 칼을 휘두르면서 춤으로 의식을 열었다. 제사장의 귓불과 칼끝에는 붉은 술이 매달려 있었다. 칼을 휘두를 때마다 칼끝에 묶인 두 개의 붉은 술과 양쪽 귀에 달린 술이 제멋대로 리듬을 어르며 춤을 맺고 끊었다가 또다시 이었다. 제사장의 칼

춤이 느려지고 악사들의 음악도 잦아드는가 싶더니, 순식간에 칼 한 개가 얼룩소의 목에 꽂혔다. 순간 기이한 한숨 소리가 소의 목에서 흘러나왔다. 모여 있던 백성들도 따라서 비명을 질렀다. 가실도 눈을 질끈 감았다. 또 하나의 칼이 얼룩소의 목에 꽂혔다. 소의 큰 눈이 휘둥그레지는가 싶다가 이내 고개를 떨구었다. 제사장이 소의 숨통을 끊은 칼에 손을 댔다. 꽂혔던 칼이 뽑히자 붉은 피가 뻗쳤다. 소의 목에서 쿨럭쿨럭 쏟아지는 피는 입이 넓은 항아리 속으로 흘러 들어갔다. 제사장은 자신의 얼굴과 머리에 얼룩소의 피를 바르고, 피가 담긴 항아리를 들고 제단 곳곳을 돌았다. 제사장이 걸음을 옮길 때마다 제사장의 얼굴과 머리와 항아리에서 핏방울이 뚝뚝 떨어졌다. 피로 물든 제사장의 얼굴은 두 눈만 희게 번들거렸다. 제사장은 여덟 방위의 신들을 향해 얼룩소의 피를 뿌렸다. 사방으로 피비린내가 퍼졌다. 제단에 뿌려진 검붉은 핏자국이 노엽게 번들거렸다. 천신에게 얼룩소를 바치는 의식을 끝으로 제사가 끝났다. 사람들의 가쁜 열기와 얼룩소가 뿜어내는 피비린내에 가실은 어지럽고 토할 것만 같았다.

마침내 제사장이 의식이 끝났음을 알리며, 제단 위의 음식을 나눠줄 것을 지시했다. 음식은 왕이 백성들을 위해 내어놓는 하사품이었다. 제단 부근은 고기와 떡과 술과 생선 등을 나누고 받는 손길로 분주했다. 서로 밀고 당기면서 음식을 받아 챙기느라 한동안 수선스럽고 시끌벅적했다. 가실도 화랑 친구들과 함께 떡 한 조각과 단술, 구운 대구 한쪽을 받아먹었다. 술통들이 자꾸 열렸고 사람들은 저마다 거나하게 취해 갔다.

제단을 정리하는 손길이 분주하더니, 경계를 서던 화랑들과 순라군들이 물러섰다. 추항과 귀산, 해미지는 돌아가는 다른 화랑 친구들을 따라 떠났다. 풍물을 치를 멍석이 깔리고 화려한 옷을 입은 악사들과 무용수들이 분주히 오가는 모습이 보였다. 악공들이 자리에 앉고, 무용수들이 무대 근처에 정렬해 앉았다. 중농제가 끝나고 풍물이 시작되려는 참이었다.

딱딱 박판*을 때리는 소리가 들리더니 어마어마하게 큰 북이 쿵쿵 울렸다. 북을 치는 사람이 아기처럼 보일 정도로 커다란 북이었다. 북소리는 땅을 통해 진동을 전달하고 또한 남산을 향해 울려 크고 묵직한 메아리를 되받았다. 가실은 두 귀로 북소리를 느끼고 땅을 통해서 거대한 진동을 안았다. 남산이 북소리를 받아 다시 토해내는 메아리는 아청색 울림으로 번져나갔다. 큰 북의 떨림은 가실의 마음에 묵직한 파문을 그리며 벅찬 감동을 안겼다.

북소리의 감동이 채 사라지기도 전에 두 명의 무용수가 제단 앞에 깔아놓은 멍석 위로 등장했다. 황색 내리닫이 비단옷

---

* 음성서에서 사용한 타악기.

은 무용수들이 움직일 때마다 햇볕에 번들거렸다. 방각복두*를 쓴 무용수들이 팔을 벌리고 잰걸음으로 나와 섰다. 대금과 필률, 횡적을 연주하는 악공들이 악기를 입에다 댔다. 이어 가야금과 비파, 거문고를 든 금척**들이 숨을 고르며 현에 손을 얹었다.

　음악이 열리자 무희들이 무대로 나왔다. 여럿이 움직여도 물이 흐르는 듯 부드럽고 자연스러웠다. 무희들이 넓은 소매를 펄럭거리며 빙글빙글 돌기 시작했다. 모인 사람들도 어깻짓 손짓에 발을 구르며 흥에 들떴다. 흥에 겨워 괴성을 지르는 사람도 있고 몸을 흔들며 함께 춤을 추는 사람들도 있었다. 연주에 맞춰 낭창거리는 허리를 흔들던 무희들은 서로 교묘한 손짓 발짓으로 합을 이루다가, 떨어져서 저마다의 선을 그으며 노닐었다. 넓은 소매와 아랫자락이 긴 옷이 펄럭거리면서 그들의 동작을 따라 부정형의 선을 취하며 흥을 돋웠다. 대금의 편편한 가락이 무용수들의 옷자락의 흐름을 타고 넘실거리면서, 사람들을 알 수 없는 세계로 인도하며 흘러갔다.

　가실은 향비파를 타는 여자 악사를 눈여겨보았다. 악사는 목이 굽고 몸통이 큰 비파를 끌어안고 있었다. 비파에는 두 개의 초승달 모양의 울림구멍이 있고, 뒤로 구부러진 목의 끝

* 뿔 모양의 두건.
** 신라 음성서에서 금(琴)을 연주하는 악사.

부분 줄감개에 봉황이 새겨져 있었다. 악사는 손을 밖으로 퉁졌다가 다시 안으로 끌어당기면서 비파를 연주했다. 고개를 살짝 옆으로 기울인 채 열중하여 선을 고르며 뜯는 모습이 가실의 눈길을 끌었다. 악사가 손을 안으로 당기며 음을 뜯을 때는 향비파에 뜬 반달이 봉황에게 다가오는 듯하다가, 밖으로 손을 뿌리면 봉황을 반달로 이끄는 손짓으로 보였다. 반달이 봉황에게로 가까워졌나 싶으면 곧 봉황이 반달을 기웃거리는 관계의 떨림 속에서 선율이 만들어졌다. 비파를 쥔 악사는 틈틈이 가야금과 거문고를 연주하는 악공들과 눈빛을 교환했다. 대금과 필률, 횡적을 든 악공들도 자주 눈빛을 합쳤다. 합주의 새로 시작하고 이어지는 부분이 여섯 사람의 눈짓 고갯짓에 맞춰 절묘하게 맺고 끊어졌다. 연주는 느리고 장중한 곡이었으나 무심히 맺는 소리가 오히려 절절하여, 쓸쓸하고 적막하며 텅 빈 공간이 덩그러니 남은 듯 느껴졌다. 가실은 설화를 생각하며 향비파를 연주하는 여자 악공에게서 눈을 떼지 못했다.

*

가실이 설화를 처음 만난 날은 삼 년 전으로, 명활산성 개축 공사가 끝나 법회가 열리던 날이었다. 소녀는 예부에 속한 음성서에서 향비파를 연주하는 악공이었다. 향비파는 비단

실로 만들어진 현을 뜯는지라 선율은 아름다우나 음량이 작아서 가장 앞자리에 자리했다. 소녀는 그날 연주하는 악공 중에 가장 나이가 어렸고 몸집도 작아서 모인 사람들의 시선을 사로잡았다. 귀밑머리에 솜털이 보송보송한 어린 소녀가 다소곳이 앉아 커다란 비파를 비스듬히 안고서 기막히게 연주를 하니, 모두 넋을 놓고 바라보았다. 소녀는 아직 어린 티를 벗지 못하여 곱기는 하되 절색이랄 수는 없었다. 소녀의 자연스러운 표정과 몸 전체에서 풍기는 화사한 느낌은 절로 사람의 시선을 끌고 마음을 움직이게 하는 힘이 있었다. 가실은 비파를 타는 소녀의 솜씨와 고운 자태를 입을 벌린 채 바라보았다.

'천상의 변제천녀*가 하강하셨을까, 향내가 나는 듯하구나!'

가실이 저도 모르게 중얼거리는데, 술 냄새를 앞세우며 아버지가 다가와 아들의 어깨를 툭 건드렸다.

"가실아, 넌 이 산성이 어떻게 무너지지 않고 버텼는지 아느냐?"

"예에?"

"이 녀석아! 어디에다 정신을 팔고 있는 게냐?"

아버지의 미간에는 세 개의 굵은 주름이 선명했다.

"아느냐? 아들아. 오늘은 이 아비의 날이나 다름없다는 것

* 풍요와 예술을 담당하는 선녀.

을 말이야. 네 고조부께서 저 산성을 설계했고 쌓았으며, 이 아비가 개축하여 드디어 완성했다는 사실을 기억해야 한다. 저곳엔 우리 조상들의 피와 땀이 깃들어 있어."

아버지의 불그스레한 얼굴은 설레는 표정을 감추지 못했다.

"네. 잘 알고 있습니다. 산성이 이렇게 멋지게 개축되어 무너지지 않고 늠름하게 버티는 것은 모두 아버님의 공법이 훌륭했기 때문입니다."

가실이 공손히 손을 모으며 대답했다.

"그래, 그렇지. 설계도 아주 중요해. 그런데 산성이 저리 튼튼한 것은 설계 때문만은 아니야. 성곽의 기초를 올리는 기술에 그 핵심이 있다는 걸 알아야 한단다. 처음에 기초를 쌓을 때는 생토 층까지 부식토를 파낸 다음 일정한 너비를 잡아 평탄히 하고, 그 면에 성벽을 따라 홈을 파서 성벽이 밖으로 밀리는 현상을 방지했다. 그런데 북형산성은 그 축조법대로 지어졌는데도 무너졌어. 그 이유는 바로 지반이 습했기 때문이었다. 북쪽이라 햇볕이 잘 들지 않으니 바닥은 오래된 개흙으로 질척했거든. 그런 곳은 처음부터 기초를 단단히 만들어야 한다. 그렇게 습하거나 지반이 연약한 곳에는 바닥에 나뭇가지와 나뭇잎을 여러 겹으로 깔고 다져서 교대로 흙과 접착하는 축제 공법을 써왔어. 월성을 쌓을 때는 기초를 더 단단히 하려고 나무말뚝을 가로로 많이 박아서 단단히 하는 기법도 써봤지. 벽체를 축조할 때도 판축처럼 거푸집을 만들어서

칸막이를 만들어 흙을 채우고 다지는 방법을 사용했어. 그런데도 토성은 아무래도 물에 약해서 무너지더란 말이야. 외축 아래에 별도의 보축을 만들어 기초를 보강하기도 해봤는데도 별 소용이 없었어. 큰비가 오거나 시간이 지나면 여지없이 무너지는 곳이 많았다. 너도 알다시피 월성도 여러 차례 무너졌지 않니? 그래서 삼년산군을 쌓을 때 너의 할아버지는 처음부터 기단부를 석축으로 쌓는 공법을 개발했단다. 아예 성벽의 안팎을 모두 돌로 쌓는 방법을 택한 거지. 이 공법으로 쌓은 성벽은 아마도 천년은 더 버틸 수 있을 거다. 허허."

이야기를 계속할수록 아버지의 얼굴은 술기운이 올라서 더 붉어졌다.

그날은 아버지에게 특별한 날이었다. 처음 성을 쌓기 시작할 때 삼 년이 지나도 무너지지 않으면 왕께서 큰 상을 내리기로 되어 있었다. 삼 년이 지났어도 아버지가 쌓은 성은 튼튼하고 우람하게 버티고 서있었다. 아버지는 명활산성의 보수공사를 잘 마무리한 공로를 인정받아 대왕께 명마를 하사받았다. 산성을 쌓는 일을 감독하려면, 그 둘레를 계속 돌아다니며 현장을 지시하고 감독해야 했다. 그런데 현장에 쌓여있는 자재와 장애물, 일하는 사람들로 인하여 수레나 달구지로 움직이기에는 어려움이 있었다. 그렇다고 매일 긴 성곽 길을 뛰어 돌아다닐 수도 없었다. 현장의 총감독을 맡은 아버지에게는 말이 꼭 필요했었다. 바로 그날 아버지는 그렇게 갖고 싶었던 말을 왕으로부터 하사받았다. 아버지는 당연히 기분이 좋았고, 그러기에 하고 싶은 말도 많았다.

"봐라. 오늘 내가 명활산성의 비밀을 네게 알려주마. 성을 쌓을 때는 기단석을 쌓고 큰 돌을 이겨 맞춰 올리는 일도 중요하지만, 작은 잡석들을 그 뒤에 채워 넣는 일이 더 중요하단다. 왜 그런지 아느냐? 크기는 작아도 이 잡석들이 서로 밀고 당기는 힘이 있거든. 그 밀고 당기는 힘이 서로를 지탱하고, 큰 돌을 얹어놓았을 때보다 더 단단하게 균형을 맞추어 준단다. 신기한 일 아니냐? 큰 돌들이 못하는 일을 잡석들이 해낸다니 말이다. 마치 하찮은 백성들이 맨 밑바닥에서 버티면서 이 나라가 기울지 않게 유지하고 있는 것과 닮지 않았느냐?"

"정말 놀라운 일입니다. 아버지."

가실이 고개를 끄덕였다.

"아느냐 아들, 잡석을 넣는 공법은 내가 처음 개발했다는 것을. 아버지의 새로운 공법이 저 성벽이 무너지지 않게 튼튼하게 만든 게야. 그런데 아들아, 너는 저 성벽을 누가 쌓았다고 생각하느냐? 천상천하에 가장 귀한 분이신 왕께서 쌓으셨을까? 우리와는 격이 다른 고귀한 진골 나리들이 한 일인가? 그도 저도 아니라면 저 황룡사 부처님의 은덕이실까? 어디 알아맞혀봐라."

아버지의 붉은 얼굴이 웃으면서 가실의 어깨를 짚었다.

"제가 알기로 저 성벽은 백성들이 쌓았습니다. 아버지."

가실의 대답에 아버지는 아들의 어깨를 와락 부여잡고 흔들어댔다.

"바로 맞혔다! 과연 내 아들이로다. 그렇고말고! 암, 성은 왕께서 쌓은 것도 아니고 고귀하신 진골 나리들이 쌓은 것도 아니며 거룩하신 부처님의 은덕으로 쌓은 것도 아니다. 그저 작고 볼품없는 잡석과 같은 백성들이 하나하나 돌을 깎고 다듬었고, 그것들을 지고 날라 부려놓고 촘촘히 틈을 메웠기에 성이 쌓아진 게야. 무거운 돌을 옮긴 것도 돌을 쪼고 다듬은 사람도, 벼랑에 그것을 하나하나 얹은 사람들도 바로 힘없고 볼품없는 백성들이었단 말이다. 큰 돌을 지탱해주는 뒤편의 활석들이 성벽이 무너지지 않게 버틴 것처럼, 이 나라를 지탱하는 힘도 잡석처럼 아무도 거들떠보지 않는 백성들에게서 나오는 것이란다. 암, 그렇고말고……"

가실은 그때처럼 아버지가 환하게 웃는 것을 본 적이 없었다.

가실의 집안은 몇 대에 걸쳐 성을 쌓는 기술자 집안이었다. 아버지는 가실이 어렸을 때부터 작업장에 데리고 다녔다. 아버지가 남산신성을 쌓을 때 어린아이였던 가실은 작업장 주변에서 진흙과 돌로 성 쌓는 놀이를 했다. 성 쌓기도 지루해지면 돌에다 정을 치며 놀았다. 처음에는 그저 단단한 돌이 깨지는 것을 즐거워하다가 점점 어떤 형체를 만드는 일에 열중했다.

개와 토끼와 사슴의 형상을 만들어보다가 작업장에서 일하느라 늘 뒷모습만 보이는 아버지의 모습을 새겨 넣기도 했다. 아버지는 성을 쌓을 돌에 장난질을 하는 게 아니라고 나무랐는데, 사람들은 그 조각이 부처의 모습처럼 보인다고 했다.

"이건 성의 맨 아래에 넣어두자. 네가 새긴 부처님이 성을 지켜주지 않겠니?"

"하지만, 이건 아버지의 모습이에요."

"그래, 그렇다면 더 좋지. 이 아버지에게도 아주 조금이라도 불성이 있다고 믿고 싶으니까 말이야. 어이구, 우리 아들. 누굴 닮아 이렇게 손재주가 좋으냐?"

아버지는 환하게 웃으며 가실을 어깨에 얹어 목마를 태워주었다. 아버지 어깨 위에서 바라보는 세상은 이전과는 달랐다. 뭔가 장대하고 특별한 사람이 된 기분이 들었다. 아버지는 언제나 가실 편이었다. 명활산성과 서형산성을 개축할 때도 아버지는 성곽의 기초를 닦는 일에서부터 돌을 다루는 일, 무거운 돌을 옮기는 목도 일을 하나씩 가르쳐주었다. 아직 어렸던 가실은 아비의 가르침이 일을 전수하는 중인지도 모르고 자신과 놀아준다고 믿었다. 늘 성곽을 쌓는 일에 몰두해 있는 아버지와 함께 생활했기에 가실은 어려서부터 보고 듣고 자란 일이 모두 성과 성곽에 관한 일이었다. 가실은 돌을 다루는 법과 큰 돌을 이동시키는 다양하고 기술적인 방법을 배웠다. 성벽이 무너지지 않도록 하려면 큰 돌과 작은 돌을 어떻게 배치해야 하는지, 돌의 아귀를 어떻게 맞춰나가는지를 자연스럽게 알았다. 토성의 경우에는 성벽 벽체를 축조할 때 나무 기둥을 세워서 구획하고 흙으로 채워 넣는데, 그 구획을 효율적으로 정하는 법과 성벽의 기울기를 정렬하는 방법을 그즈음 배우는 중이었다.

"전쟁에서 이기고 지는 일은 성이 얼마나 튼튼한가에 달려 있단다."

아버지는 성을 쌓는 일에 대해 말을 시작하면 활기가 넘쳤다.

"땅과 사람은 성이 지키는 것이란다. 전쟁이 나면 인근 백성들도 성안으로 피신해서 군사들과 함께 적군들과 싸우지 않니? 그러니 전쟁 때는 성이 제일 큰일을 하는 거야. 장군이 말을 타고 앞장서는 일이 가장 멋진 것 같지만, 사실 성을 쌓는 일 또한 그에 못지않게 나라를 지키고 전쟁을 승리로 이끌게 만드는 중요한 일이란다."

가실은 어렸을 때 월성의 성벽을 쓰다듬으며 아버지가 하던 말을 기억하고 있었다.

"성곽은 대부분 절벽에 짓는단다. 날카로운 벼랑이나 절벽 같은 지형을 이용하지. 적에게 노출되지 않고 성안에서 오래 버티려면 병사와 말들의 주둔이 가능해야 한다. 그러니 무엇이 필요하겠니?"

아버지의 물음에 어린 가실이 냉큼 대답했다.

"군량미를 쌓을 창고와 우물, 그리고 측간이요!"

"그래! 잘 맞췄다. 창고와 우물, 측간이 제일 중요하지. 성 안의 우물이 얼마나 많은 물을 품었는가를 알아내는 일이 가장 중요하단다. 물이 없다면 성을 지키는 사람들이 버틸 수 없거든. 전쟁에서 이기고 지는 일의 대부분은 물과 양식이 버틸 만큼 있느냐에 달렸어. 물론 성벽을 얼마나 잘 쌓았는지도 중요하지만 말이야. 대체로 성벽은 산꼭대기로부터 계곡에 걸쳐 쌓고 가장 낮은 쪽에 성문과 수구를 설치하며 가장 높은 곳에 망대를 세운단다."

아버지는 성을 설계하고 쌓았으며, 성 쌓는 이야기를 하며 밥을 먹고 잠을 잤으며, 그렇게 늙어갔다.

성을 쌓는 이야기를 할 때 아버지는 가장 행복한 얼굴을 했다. 대부분은 알아듣기 어려운 공법에 관한 이야기였지만, 가실은 열심히 아버지의 이야기를 듣고 배웠다. 그러나 그날 가실은 향비파를 타는 악공에게 마음이 가 있어서, 아버지가 하는 말을 잘 알아들을 수가 없었다. 가실의 마음을 모르는 아버지는 술기운에 젖어 점점 기분이 좋아졌고, 기술을 좀 더 가르쳐주고 싶어서 이야기는 점점 길어졌다.

"생토층을 파면 아래쪽에는 대부분 단단한 기반암이 있어. 기반암이 아주 단단해야만 성을 쌓는 석재가 크게 줄어들게 된단다. 그런 곳은 계단식으로 깎아내야 해. 알았느냐? 그렇게 하면 성벽 자체의 무게를 분산할 수 있고, 지하수가 스며

들어서 성벽 전체가 앞으로 미끄러져서 붕괴하는 것을 방지할 수 있다. 아들아, 기억하도록 해라. 기초를 사선으로만 깎아 내리면 성벽 전체가 압력에 못 이겨서 앞으로 밀려 나와서 무너질 위험이 있어. 그렇게 해서 무너진 산성이 제법 많아서, 산성을 쌓을 때 책임자들의 이름을 산성비에 새겨 넣게된 거야. 이 아버지가 가르쳐준 대로 하면 절대로 무너질 염려가 없으니, 잘 새겨듣도록 해라."

아버지는 나뭇가지를 꺾어 땅에 그림을 그리면서 자세히 설명했다.

"보아라. 이렇게 하면 성벽의 폭을 줄이지 않고도 높게 쌓을 수가 있어. 또 석재의 양도 반으로 줄게 되지. 성벽이 무너지는 이유가 무엇이었는지 기억하느냐?"

아버지의 붉은 얼굴이 가실을 지그시 바라보았고, 가실은 향비파를 연주하던 악공의 행방이 궁금하여 점점 초조해졌다.

"빗물이나 지하수가 유입되어 성벽 전체가 앞으로 쏟아지며 붕괴하거나, 성벽 내부의 채움 흙이 상단부를 밖으로 밀어내면서 무너질 수 있다고 하셨습니다."

가실이 대답하자 아버지는 만족한 듯 웃었다. 술기운에 젖은 아버지의 얼굴은 점점 붉어졌고 말은 점점 길게 늘어졌다. 이야기가 언제 끝날지 알 수 없었다. 가실은 초조한 표정으로 악공들이 모여 있는 곳을 흘끔거렸다. 가실의 마음을 알아챌 리 없는 아버지는 이야기를 계속했다.

"그래도 수직으로 깎은 후에 성벽을 쌓는 경우가 있는데 아느냐?"

"네. 기반이 되는 암반이 약하고 급경사 지역인 곳에서는 수직으로 삭토하여 아랫부분의 폭을 넓게 잡아야 합니다. 이 경우에는 석재가 많이 사용되고 시간과 노동력도 훨씬 더 많이 든다고 알고 있습니다."

아버지의 두터운 손이 가실의 어깨를 툭툭 두드렸다.

"잘 기억하고 있구나. 석축 성벽에서 가장 튼튼하게 축조해야 할 부분은 기단석이다. 이때 기단석이 밀려나지 않으려면 어떻게 해야 하느냐?"

"네, 아버지. 기초부가 암반일 때는 홈을 파거나 기단석 전면에 턱을 만들어 앞으로 밀리지 않도록 합니다."

가실이 자신 있게 대답했다. 아버지는 땅에 그림을 그리며 설명했다.

"가장 좋은 것은 이런 모양으로 기단석의 아랫부분을 기초부의 생김새에 맞추는 방법이다. 윗돌과 아랫돌이 서로 맞물리기 때문에 횡압력에 강한 공법이지. 지난번에 고구려의 성을 봤더니 큰 석재를 아래쪽에 놓고 위로 올라갈수록 작은 돌을 사용했더구나. 그런 방법도 성벽의 안정성을 높이고, 또 적이 공격했을 때 성벽의 아랫부분이 밀려나며 허물어질 가능성을 줄이려는 조치라고 할 수 있단다."

가실은 다시 들여쌓는 기술에 대해서 들어야 했다. 외벽 하단부를 한 치씩 들여쌓다가 나중에는 수직으로 쌓아 올리는 공법에 대한 설명이었다. 이때 면석은 사각추 형태로 만드는데, 네모반듯한 돌이 뒤에 채운 돌 속으로 깊게 박히면서 면석이 뒤채움 돌에 고정되는 기법이었다. 아버지는 판석을 우물 정 자 모양으로 서로 엇갈리게 놓아 면석을 뒤채움 돌에 고정하는 방법도 전수해주었다.

아버지의 수업법은 시간이나 장소를 정하지 않고 갑자기 설명하는 방식으로 이루어졌다. 다른 때였다면 가실은 아버지의 기술을 조금이라도 놓칠세라 열심히 듣고 새겼을 텐데, 그날 가실은 찾아야 할 사람이 있었다. 향비파를 연주하는 악공에게 시선을 뺏긴 가실은 아버지의 수업이 귀에 들어오지 않았다. 마침내 향비파를 든 악공이 자리에서 일어나는 모습을 본 가실이 벌떡 일어났다.

"이제 봤더니 이 녀석, 마음이 콩밭에 가 있었구나!"

드디어 아들의 마음을 눈치챈 아버지가 어서 가보라며 가실의 넓적한 등판을 손바닥으로 세게 후려쳤다. 가실은 뒤통수를 긁으며 비실비실 웃다가 곧 악공들이 흩어진 곳으로 달려갔다. 여자 악공들은 대부분 올림머리를 했는데, 향비파를 든 악공은 머리를 하나로 땋아 왼쪽으로 늘어뜨리고 있었다. 가실은 두리번거리면서 머리에 동그란 올림머리가 없는 악공을 찾았다. 그러나 아무리 찾아봐도 올림머리를 한 악공들만 눈에 띌 뿐, 정작 향비파를 든 악공은 찾을 수가 없었다. 때마침 풍물이 모두 끝나 수선스럽게 흩어지는 군중들이 밀려들어, 찾으려고 했던 악공은 사라져서 찾을 길이 없었다. 제 갈 길로 흩어지는 사람들 사이에서 가실은 망연히 서 있었다.

"어디로 가야 하지?"

이름도 모르고 어디에 사는 아가씨인지도 모르는데 어떻게 찾을 것인가, 가실은 소중한 것을 잃은 양 마음이 초조하고 답답해졌다. 그러나 다음 날이 되자 향비파를 타던 미모의 소녀가 설 길사의 외동딸이라는 소문이 퍼졌다. 그때부터 가실은 자주 율리를 향해 달렸다. 벌써 삼 년이나 된 일이었다.

그동안 가실은 아버지를 잃었다. 목도 일을 하던 사람들이 놓친 기단석이 구르면서 비탈 아래에 있던 아버지의 다리를 깔아뭉갰다. 부러지지는 않아서 나을 줄 알았는데, 상처가 크게 덧나며 아버지는 목숨을 잃었다. 온몸에 염증이 퍼져서 얼굴이 푸른색으로 변한 아버지가 가실에게 남긴 마지막 말은 '성의 기울기를 정렬할 때'라는 말이었다. 아버지는 마지막까지 성을 쌓는 장인이었다.

어렸을 때 이미 어머니를 잃었던 가실은 아버지와 함께 단둘이 살았다. 아버지가 가실에게 남긴 것은 왕께서 하사하신 명마 한 필과 작은 초가집 한 채가 전부였다. 명마를 탐내는 사람도 많았지만 팔고 싶지는 않았다. 그 말은 아버지가 늘 타고 다니며 작업을 지시하던, 아버지의 명예며 자존심이었다. 성을 쌓지 않을 때면 가실은 목숙전에서 허드렛일을 해주고 거여목*을 구했고, 말이 필요한 사람들에게 단기간 빌려주며 생계를 이어갔다.

들뜬 군중들의 춤이 막바지로 향하고 있을 때, 후드득 빗방울이 듣기 시작했다.

"어? 비다. 비!"

"세상에, 비가 내리고 있어!"

"하늘이 왕의 기도를 들어주셨어!"

"얼룩소의 피를 바친 보람이 있구먼!"

군중들의 춤은 들썩임으로 바뀌었다. 무대 위의 악공들과 무희들은 비를 피해 물러났다. 비는 제법 굵기와 속도를 더했고 천둥도 으르렁대며 축제에 합세했다. 비의 연주가 있으니 이제 더 이상 악공이며 무희들이 필요 없었다. 자연 자체가 그대로 무대가 되었다. 빗방울이 점점 굵어지자 군중들은 팔을 들어 비를 환호했다. 목말랐던 대지도 흙먼지를 피워 올리면서 비를 반겼다. 타들어가던 벼도, 잎을 떨구며 버티던 나무들도 비를 반겼다. 굵은 빗줄기는 사람들의 머리와 얼굴을 적시고 옷을 젖게 했으며 불안을 적셨다. 가실도 손으로 빗물을 받아서 얼굴이며 머리를 문질렀다. 어느 틈엔가 야장간에서 튀어나온 양피수도 땀과 비에 젖어버린 저고리를 벗어 들

* 말의 먹이.

고 으르렁거리며 소리를 질러댔다. 쇠메질에 울룩불룩한 양 피수의 근육들이 비를 맞아 번들거리며 환호성을 질렀다.

제단 한쪽에는 목을 찔리고 피를 모두 쏟아낸 얼룩소가 눈을 허옇게 뜬 채 짐짝처럼 엎어져 있다. 제단 주위에 뿌려졌던 얼룩소의 피가 비와 섞어 흥건하게 고였다가, 붉은 칠을하면서 도랑으로 흘러내렸다. 점점 굵어지는 빗줄기에 제단 주위에서 들썩이던 군중들의 춤은 하나둘 흩어졌다. 그들은 농작물들을 심어놓은 논으로 밭으로 흩어지며 뛰었다. 그저 지나가는 비가 아니었기에 물꼬를 내주어야 했기 때문이었다. 기우제는 대성공이었다.

*

비가 그치는가 싶더니 낮부터 빗발이 다시 굵어졌다. 그동안 내리지 않던 비가 한꺼번에 쏟아지려는지 매일 폭우가 계속되었다. 가실은 도롱이를 쓰고 미륵당을 향해 뛰었다. 미륵당은 목숙전으로 가는 길 중간쯤에 있었다. 도롱이를 썼지만 가실은 푹 젖은 몰골이 되어 미륵당 암자 안으로 뛰어들었다. 가실은 젖은 옷을 짜서 횃대에 걸어놓고 가마니 위에 벌렁 누웠다. 가실이 이곳 기슭을 처음 찾았을 때는 덤불로 뒤덮인 야산이었다. 사람들의 왕래가 뜸한 곳이라 미륵은 물론 뒤편에 있는 작은 암자도 거의 허물어져 주저앉은 몰골이었다. 가을걷이가 끝난 후 들판에서 풀을 구할 수가 없게 되면, 가실은 질 좋은 풀을 구하러 목숙전으로 갔다. 그곳에서 며칠 궂은일을 해주고 풀 몇 섬을 얻어서 집으로 돌아오곤 했다.

아버지를 잃은 그해 가을, 목숙전으로 가던 가실은 소피를 보러 계곡 아래로 내려갔다. 소변 줄기에서 김이 피어오르는 모습을 바라보다가 덤불 속에서 둥그스름한 돌덩이 하나를 발견했다. 그것은 들판에 아무렇게나 뒹구는 돌덩이와는 달라 보였다. 사람 손으로 다듬어진 흔적이며 길쭉하고 부드럽게 깎인 모습이 예사 돌은 아니었다. 돌덩이는 오래 땅에 처박혀 있어서 이끼가 똬리를 틀었고, 광대버섯이 넓게 자리 잡고 있었다. 기우뚱하게 밖으로 나온 부분도 칡넝쿨에 친친 묶여 있었다. 한참 동안 칡넝쿨을 걷어내고 묻힌 부분을 파서 일으켜 세우자 순한 표정의 미륵상이 나타났다. 그런 어수선한 몰골을 하고도 돌덩이의 입가에는 고요한 미소가 번져 있었다.

"이런 곳에 미륵님이 계시다니, 이상하네요."

설레는 표정으로 가실이 중얼거렸다. 다음 날부터 가실은 매일 와서 주변을 치웠다. 엉킨 칡넝쿨을 깨끗이 걷어내고 두껍게 쌓인 가랑잎도 벗겨내자 작지만 반듯한 마당이 드러났다. 거꾸로 박혔던 미륵은 반듯하게 세우고, 검은 이끼와 새똥도 말끔하게 닦고 보니 돌의 희고 말간 본바탕이 드러났다.

"이렇게 세수를 하고 나니 얼굴이 훤하십니다."

그렇게 말하면서 가실이 환하게 웃었다. 무덤덤하고 평화
스러운 미륵의 표정이 가실은 퍽 마음에 들었다. 콧방울 한쪽
이 떨어져 나갔지만 복스러운 볼과 웃는 듯 보이는 입매가 친
근했다. 일곱 살 때 동생을 낳다가 죽은 어머니는 기억도 가
물가물했다. 봄밤의 보드라운 바람 같은 미소를 머금은 미륵
을 볼 때마다 가실은 어미의 모습을 떠올렸다. 얼마 전 아버
지마저 잃은 가실은 마음 붙일 곳이 없는 처지였다.

"미륵어미라 불러도 되죠?"

가실은 거의 매일 미륵당에 들러 제 어미에게 하듯 말을 걸
곤 했다. 올 때마다 가실이 쓸고 닦아서 미륵은 나날이 말끔
해졌다. 뒤편에 허물어진 암자를 치우는 일은 좀 더 복잡했
다. 폭삭 주저앉은 암자에는 구렁이가 똬리를 틀고 있었다.
가실은 땅꾼들이 사용하는 갈댓잎으로 엮은 촘촘한 그물로
구렁이를 잡아서 기슭 아래로 던져버렸다. 비스듬히 내려앉
은 지붕을 수리하고 얽히고설킨 덤불은 베어냈으며 잡초도
뽑았다. 몇 달이 지나자 암자는 마당을 갖춘 그럴듯한 장소로
변했다. 내부도 말끔해져서 몇 사람이 앉을 만한 작은 공간
도 생겼다. 썩은 낙엽으로 덮여서 있는지도 몰랐던 옹달샘도
깨끗해져서 길손들과 산짐승들이 찾아와 물을 마시는 장소가
되었다. 일 년쯤 지나자 샘에 와서 물을 길어가는 사람들이
오갔고 미륵에게 치성을 드리는 사람들도 생겼다. 소문이란

이상한 유기체여서 어찌 된 일인지 정성을 다해 빌면 한 가지 소원은 꼭 들어주는 미륵님이 계신다는 말까지 퍼졌다. 가실은 자주 미륵에게 기대 쉬면서 칭얼거렸다.

"미륵님, 저는 이쁜 아가씨만 있으면 돼요."

가실은 미륵을 향해, 그리운 어머니를 향해 가끔 투정을 부렸다. 듣자 하니 소원을 잘 들어주시는 미륵이시니, 내 소원도 들어줘야 한다며 투정 섞인 장난을 쳤다. 가실이 장난을 치다 올려다보면 미륵은 짐짓 눈을 치뜨는 것처럼 보였다.

"그렇게 얼굴 반반한 아가씨만 찾다가는 안살림은 누가 맡고 애들은 누가 키우겠냐? 얼굴로 밥을 하고 애를 기르는 게 아니란다."

가실은 어머니가 살아 계셨다면 할 것 같은 잔소리를 스스로 중얼거려 답을 했다.

"심성 좋은 여자를 만나야 제일 좋단다. 가실아, 남정네를 보물같이 여기고 챙겨주는 순한 여자를 만나 살아라. 어린 나이에 어미를 잃은 네겐 그런 여자가 필요해."

가실은 미륵이 어미라도 되는 양 등을 비비면서 아가씨를 내놓으라며 보챘다.

"아무튼 난 그 아가씨를 만나고 싶다는 것만 알아두세요. 맘씨 곱고 예쁘다고 소문난 율리의 설화 아가씨 말이에요. 명활산성 완공 축하연이 있을 때 미륵님도 아가씨의 향비파 연주를 들어봤어야 해요. 곡조에 아련한 슬픔이 깃들었는데, 이상하게 가슴을 사악 베어내는 기분이 들더라고요. 저잣거리 사람들이 하는 말처럼 미륵님이 소원을 들어주시는 신통력이 있다면 꼭 그 아가씨를 데려오세요. 아셨지요?"

암자와 마당에 비질하면서 가실이 혼자 묻고 또 혼자 다짐을 두었다.

"네 마음이 벌써 흘러갔으니, 율리가 아니라 용궁이라도 다녀올 기세로구나!"

가실은 또 어머니가 할 잔소리를 또 스스로 중얼거리다가 반듯한 치아를 보이며 둥글게 웃었다. 가실이 웃자 미륵당은 은하수가 쏟아져 내린 듯 환해졌다.

어느 날, 가실이 미륵당 안에서 웅크리고 짧은 단잠에 빠졌는데 파도 소리가 들렸다. 그것은 언젠가 아버지와 함께 갔었던 아진포* 바다의 주상절리를 드나들던 파도와 닮은 소리였다. 일렁이는 파도의 물결 같고, 큰바람에 나무들이 휘둘릴 때 수많은 잎사귀들이 출렁이며 내는 소리 같기도 했다. 밖을 내다보니 악기를 연주하는 한 소녀의 뒷모습이 보였다. 소녀는 가실이 매일 등을 비비며 투정하던 바로 그 자리, 미륵어미 앞에 앉아 있었다. 가실이 들었던 소리는 소녀가 연주하는 선율이었다. 소녀의 무릎에는 목을 구부린 수공후가 앉아

* 감포의 옛 지명.

있었다. 소녀가 현으로 공후의 줄을 밀고 당길 때마다 선율은 바람이 되어 숲의 바다로 기울어졌다. 손가락을 세워 줄을 뜯으면 선율은 물새의 날갯짓이 되어 튀어 오르다가, 줄을 길게 밀어 훑으면 깊고 무거운 음들이 파도로 뒤채며 너울을 만들었다. 파도는 점점 거칠어져 높은 기울기로 곤두서다가, 다독이는 손짓에 잔잔해졌다. 소녀가 일으킨 파도에 가실은 미륵당이 배가 되어 물 위를 떠다니는 듯 아득한 느낌에 잠겼다. 공후를 뜯던 소녀가 노래하기 시작했다.

미륵님, 미륵님 소녀의 말을 들어주오.
내 아비의 나이는 예순 살,
치아도 없고 허리는 굽었다오.
나랏님이 수자리로 오라 하니, 어찌하오리까
나랏님이 수자리로 오라 하니, 어찌하오리까.

노래를 짓던 소녀가 소리를 멈추더니 갑자기 울음을 터트렸다. 가실은 미륵당 문 옆에 몸을 바짝 붙이고 숨어 있었다. 행여 들키기라도 하면 놀란 소녀가 도망갈 것 같아서 가실은 몸을 한껏 웅크렸다. 소녀와의 사이는 채 열 걸음도 떨어지지 않아서, 어깨가 파르르 떨리는 모습을 알아차릴 수 있고 숨소리도 들릴 만한 거리였다. 소녀는 머리를 땋아 비스듬히 왼편 어깨로 내렸는데, 흰 목덜미에 몇 가닥의 머리카락이 무심히 곡선을 그리며 흘러내려 있었다. 가실은 가슴이 벌렁거렸다. 입이 마르고 숨도 가빴다. 침을 삼킬 수도 숨을 크게 쉴 수도 없었다. 자칫 소리라도 들린다면 낭패가 아닌가. 울던 소녀가 공후를 들고 일어섰다. 낙엽이 사부작사부작 소리를 내면서 소녀의 발자국을 따라갔다. 미륵당에서 숨죽이며 웅크렸던 가실의 마음도 까치발을 들었다. 소녀의 뒷모습은 점점 멀어지더니 곧 바우개 위로 사라져버렸다. 가실은 참았던 숨을 크게 내쉬었다. 꿈같은 시간이었다. 한껏 부푼 마음에 입을 뗄 수도 없었다. 가실은 아직도 공후의 물결이 띄운 배에 누운 듯 두둥실 떠다니는 기분이었다. 그날부터 가실은 매일 소녀를 기다렸다. 미륵당 뒤편 샘터 근처에 말을 매어놓고 얼쩡거리다가 숨어 있었다. 소녀도 매일 미륵당에 와서 공후를 뜯으며 간절한 음성으로 노래했고, 울다가 돌아갔다.

그렇게 사흘이 지났다. 그날도 소녀는 미륵 앞에 앉아서 공후를 타다가 어깨를 들썩이며 울었다. 가실은 저도 모르게 일어나서 소녀의 뒤에 가서 섰다.

"아름다운 아가씨, 무슨 일로 그리 섧게 우신답니까?"

"에그머니나!"

놀란 소녀가 소매로 눈물을 훔치며 일어서려고 했다.

"뉘신데 몰래 엿보셨답니까?"

낭랑하지만 엄한 기운이 느껴지는 목소리였다.

"저는 사량부에 사는 가실이라고 합니다. 일부러 엿들으려던 것은 아니고, 말을 타고 나와서 미륵당에서 쉬다가 아가씨의 연주를 들었습니다."

소녀는 위해 앞섶에 손을 얹더니 공후를 움켜쥐고 일어설 기색이었다. 곧 가버릴 것만 같았다. 가실은 설렘을 감추고 낮은 목소리로 소녀를 달랬다.

"아가씨, 무슨 일인지 말해보시지요. 이야기를 털어놓고 나면 마음이 한결 가벼워질 겁니다. 또 미력한 제가 도울 일이 있을지도 모르잖습니까?"

머뭇거리던 소녀는 잠시 망설이더니 곧 이야기를 털어놓았다.

"누구에게 도움 받을 만한 일이 아닙니다만, 제 마음이 너무 무거워서 사정을 말하겠습니다. 제 아버지께서는 재작년에 환갑이 지났습니다. 허리도 굽고 치아도 없으시지요. 굽은 허리로는 오래 걸으실 수도 없어서 마을 밖도 나가시지 못합니다. 며칠 전 공등이 와서 아버지께서 국경을 지키러 전쟁터로 가야 한다고 말했습니다. 직접 싸우는 일은 아니라지만 늙으신 몸으로 국경에 도착할 수나 있을지 장담하기 어렵답니다. 여식인 제가 유일한 자식이니 대신 갈 수도 없고, 형편이 어려워 겸포를 바쳐 면할 수도 없으니, 막막하여 기도하러 왔습니다. 이 미륵당에서 소원을 빌면 한 가지는 꼭 들어주신다는 말을 듣고……"

소녀는 돌아앉은 채로 가실을 쳐다보지도 않고 말했다. 답답한 심정을 하소연할 곳이 없었던 소녀는, 소년에게 속맘을 털어놓고 민망하여 고개를 숙였다. 소녀의 가는 목덜미에 솜털이 떨렸다. 가실은 가슴이 홧홧해졌고 뺨이 달아올랐다.

"하온데, 얼굴도 보지 않으시고, 어찌하여 제게 아름답다 하십니까?"

소맷자락으로 눈물을 닦으며 소녀가 물었다.

"아가씨의 연주가 아름다우니 그렇게 말씀드렸지요."

가실은 공후의 가락이 미륵당을 배가 되게 만들었고, 바다 위를 떠다니게 하였으니 신비로운 가락이었다고 말했다.

"그럼 제 음악에 대한 칭찬이신가요?"

소녀가 흘러내린 머리 몇 가닥을 손으로 훑었다. 흩어졌던 머리가 뒤로 넘어가면서 뽀얗고 섬세한 귓바퀴가 드러났다. 귓바퀴의 곡선이 설화의 것과 닮아 보여 가실은 얼굴이 활랑활랑 달아올라 간신히 말을 이었다.

"놓아둔 악기가 저 혼자서 스스로 연주할 수는 없는 법입니다. 음악이란 악기를 연주하는 사람의 호흡과 정제된 영혼이 바람과 합하여 조화로운 가락을 창조하는 일이라지요. 그러니 연주가 아름답다 함은 악기가 아니라 연주하는 사람이 아름다운 것이 아니겠습니까? 공후를 연주하여 물결을 만들고 파도를 일으켜 미륵당을 바다 위에 띄우셨으니 틀림없이 그 영혼도 아름답고 귀한 분이겠지요. 노래란 마음을 드러내고 자신의 성품을 표현하는 일이라 들었습니다. 옛글에서도 노래란 자기를 움직여서 하늘과 땅이 순응하는 일이며, 계절이 조화

롭게 순환하는 것과 같으며, 별과 별들이 순리대로 운행되어
지상의 만물이 잘 자라게 하는 것과 같다고 하지 않습니까?"*

가실의 대답에 소녀는 다짐이라도 하듯 물었다.

"그렇다면 연주하는 사람의 영혼을 느끼신다는 말씀인가
요?"

"음악은 가슴속에 파고들어 따사로운 기분을 자아내거나
장엄한 기분에 취하게도 하며, 문득 사랑하는 이를 떠올리
게 하여 아련한 슬픔에 눈물짓게 하지요. 그것은 음악이 영혼
을 움직이고 매만지기 때문이 아니겠습니까? 영혼을 어루만
지는 힘은 천상의 일입니다. 사람의 인연이 맺어지고 흐트러
짐이 영혼의 작용이듯, 음악 또한 그러하지 않겠습니까? 억
지로 그런 세계를 보여줄 수는 없지요. 그러니 음악을 짓거나
연주하는 것도, 그것을 듣는 일도 우연은 아닙니다. 인연이
흘러 향하는 정신의 작용이 아니겠습니까? 그래서 백제는 악
사와 무용수에게 높은 신분을 주었고, 고구려 또한 악인들에
게 새의 깃이 달린 붉은 비단 모자를 씌워주며 그 음악을 칭
송한다고 들었습니다. 신라 또한 악인들의 음악을 귀히 여기
고 있으니, 그 또한 영혼을 위로하는 음악에 대한 예우가 아
니겠습니까?"

가실이 힘주어 말하자 소녀가 다시 가만히 물었다.

* 『악기(樂記)』의 「음악론」 중에서.

"음악은 그렇다고 하더라도 여인의 아름다움이 그렇게 중요할까요? 악기를 연주하는 사람과 그 사람의 연주 사이에는 어떤 틈이 있는 것일까요? 악기를 연주하는 여인이 아름답지 않다면 음악도 아름답게 들리지 않나요? 저는 악기를 손에 쥔 순간부터 어떻게 하면 더 아름다운 선율을 만들까, 어떻게 연주해야 이 악기가 스스로 울린 듯 들릴까를 궁리하며 연습을 거듭했답니다. 과연 내 음악이 사람들의 심금을 울리고 저 비파골의 천년바위도 들어 감동할 수 있는 그런 음악이 될까, 어떻게 하면 내 음악이 천상에 닿는 기원이 될까, 늘 그런 생각뿐이랍니다. 그러나 저의 연주를 듣는 사람은 그렇지 않은 것 같습니다. 연주보다 연주자의 얼굴이나 나이, 혹은 손가락에 더 관심이 있어 보이니까요."

가실은 소녀의 질문에 움찔했으나, 곧 자신이 언급한 아름다움이란 곡을 연주한 연주자와 그가 연주로 내보인 내면에 대한 칭찬이었다고 설명했다.

"내면에 가득한 무엇이 연주를 끌어냈고, 그 선율이 자연스러워 들을 만하다면 연주자가 알금뱅이 곰보라고 해도 마찬가지로 아름답게 들릴까요?"

"그렇습니다. 당연히 그렇지요."

가실이 힘주어 말하자 소녀가 돌아섰다. 크고 검은 눈동자가 가실을 찬찬히 바라보았다. 곰보는커녕 어쩌나 눈이 크고 맑은지 가실은 놀라서 뒤로 물러섰다. 소녀는 섬세하고도 복스러운 콧날과 붉은 입술, 뽀얀 피부, 흰 저고리에 흰 치마를 입었는데 허리띠와 입술만 붉었다. 서라벌에는 쪽을 염색한 옷이 유행이라서, 쪽물 옷을 입은 사람들로 넘쳐났다. 서라벌 거리를 걷는 여자들은 대부분 옅게 쪽물을 들인 푸른색 저고리와 진한 감색 치마를 입었다. 좀 더 멋을 부린 여자들은 소맷부리에 자색 끝동을 달기도 했다. 소녀는 흰 베옷 차림이었다. 옷은 햇살을 받아 더 하얗게 빛났는데, 소녀의 허리와 입술만 진한 꼭두서니 빛이었다. 관세음보살의 현신인가 싶어 가실은 정신이 아득해졌다.

"아가씨는 공후 소리와 정말 닮았습니다."

가실이 떨리는 목소리로 간신히 입을 뗐다. 소녀의 손톱 밑에 밴 검푸른 쪽물을 확인하지 않고도 가실은 알 수 있었다. 소녀는 바로 가실이 삼 년 전 연회에서 보았던 향비파를 타던 악공이었으며, 율리까지 달려가게 만든 그 소녀, 설화였다. 둘은 삼 년 전 연주가 있은 후 가실이 찾아가서 인사를 나눈 사이였기에 곧 서로를 알아보았다. 설화 또한 자신의 집을 찾아와서 말도 꺼내지 못하고 가버리던 가실을 알고 있기에 빙긋이 웃었다.

"미륵님이 약속을 지키셨어요!"

설화가 집으로 돌아간 후 가실은 미륵을 잡고 빙글빙글 돌면서 하얗게 웃었다. 미륵당에는 여느 때보다 환한 무지개가 덩실 떠올랐다.

"미륵님, 아무래도 내가 아가씨의 슬픔을 덜어줘야겠어요."

설화가 돌아간 후에 미륵에게 기대어 앉아 턱을 괸 채 뭔가를 궁리하던 가실이 들뜬 목소리로 중얼거렸다.

*

가실의 집에서는 큰 소란이 일었다. 아버지가 돌아가시고 난 후 가실은 큰아버지 내외와 함께 생활했다. 큰아버지는 아버지가 하던 일을 이어받아 성곽을 쌓는 총책임자인 대나마를 맡고 있었다. 큰아버지는 설화의 집이 가난하다는 이유를 들어 몹시 화를 냈다. 아직 결혼도 하지 않은 처지에 설화의 아버지 대신 수자리로 가기 위해서 전쟁터로 나가겠다고 하니, 큰아버지의 목소리가 더 커졌다.

"네가 무슨 짓을 하려는 건지 아느냐? 이런 멍청하고 한심한 화상아!"

"아버지가 돌아가신 후에 저는 큰아버지를 아버지처럼 모시고 그 뜻을 살피며 살았습니다. 무슨 일이든 큰아버지의 결정에 따르고 지시한 대로 행하려고 노력했습니다. 제가 큰아버지의 뜻에 맞지 않는 혼처를 정해 불효를 저지르게 되어 죄송합니다. 그러나 이 일은 갑자기 젊은 혈기로 정한 것이 아닙니다. 그 사람은 제가 삼 년 동안이나 마음에 담아두고 홀로 흠모하던 사람입니다. 돌아가신 아버지께서도 제가 좋아하는 여인을 취하겠다고 말씀드리면 아마 기뻐하시리라 믿습니다. 제가 처음으로 스스로 결정한 일이니 큰아버지께서는 허락해주셨으면 좋겠습니다."

가실은 큰아버지 앞에 무릎을 꿇었다.

"이 어리석은 놈아! 네가 가려는 곳이 어딘지 알고나 있느냐? 전쟁터란 말이다. 그곳은 동네 아이들이 나무칼을 들고 전쟁놀이를 하는 그런 곳이 아니야! 그곳은 죽음과 삶이 화살처럼 빠르게 날아다니는 곳이다. 아니, 죽음이 더 빠른, 지천에 죽음이 널린 곳이 아니냐! 나도 이제는 늙어 몸이 성치 않은데, 너마저 무슨 일이라도 생기면 우리 집안은 어떻게 해야 한단 말이냐! 내게서 소생이 없으니, 우리 가문의 손은 네가 이어야 한다. 가문의 기술도 네가 이어야 함을 모르는 것이냐? 네 아버지만큼 탁월한 기술을 가지려면 아직도 배우고 또 배워야 함이거늘! 기술을 받아먹을 생각은 하지 않고 전쟁터로 간다니, 이게 될 법이나 한 소리냐!"

벼락처럼 호통을 치는 큰아버지의 몸은 노여움으로 떨었다. 가실의 집안은 삼 대에 걸쳐 성을 쌓아왔기에, 신라의 어떤 집안보다도 성 쌓는 일에 대해 잘 알았다. 가실 또한 명활산성을 쌓을 때부터 할아버지의 할아버지가, 또 아버지와 큰아버지도 이어 걸어온 길을 가기 위해서 화랑의 낭도가 되길 포기했다. 아버지가 돌아가신 뒤에는 큰아버지에게 가업으로 이어 내려온 기술을 잇기 위해 노력했다. 그런데 갑자기 전쟁터로, 그것도 혼인도 하지 않은 처지에 여자의 아버지 몫인 수자리로 떠나겠다는 사실을, 큰아버지는 도저히 받아들일 수가 없었다. 무릎을 꿇은 가실 또한 그런 큰아버지의 마음을 짐작하기에 굵은 눈물을 뚝뚝 떨어뜨릴 뿐이었다.

한나절이 지나도록 가실은 무릎을 꿇은 채로 그대로 앉아 있었다. 큰아버지는 가실의 태도를 보며 처음부터 돌이킬 수 없음을 짐작했다. 어려서부터 쓸데없는 고집을 피우지는 않았지만, 자신이 옳다고 믿으면 절대로 물러서지 않았던 가실의 성정을 잘 알았기 때문이었다. 가실 또한 자신이 큰아버지에게 자식과 다름없으며, 가문을 이을 손이라 더 애틋한 마음이라는 것을 이해했다. 돌아앉은 큰아버지 앞에서 가실은 조용히 무릎을 꿇고 있었다. 밤이 되어서야 큰아버지가 무겁게 입을 열었다.

"그래, 혼례는 치르고 가려느냐?"

"가서 어르신을 뵈어야 합니다. 아직 결혼을 허락하지는 않으셨어요."

"허락은 무슨! 가난뱅이 길사 주제에!"

더 하고 싶은 말을 꿀꺽 삼키면서 큰아버지는 포기한 듯 가보라고 손짓을 했다. 마지못해 고개를 끄덕이는 큰아버지에게 가실은 "고맙습니다, 큰아버지! 돌아와서 꼭 다 배우지 못한 기술을 배우겠습니다. 그리하여 어떤 적도 침범할 수 없는 난공불락의 성을 쌓겠습니다" 하고 소리치며 뛰어나갔다.

가실이 대신 수자리로 가겠다며 나서자 설 길사는 기쁨을 감추지 못했다.

　"우리가 만난 지 사흘밖에 되지 않았는데 나를 대신하여 전쟁터로 가주겠다니 고맙고도 염치가 없네. 무슨 인연으로 그런 험한 곳을 대신 간다고 하는지 나는 도통 짐작도 못하겠네. 보다시피 우리 사는 형편이 이러하여 사슴털옷 한 벌 사줄 수도 없으니, 어찌 보답해야 옳단 말인가!"

　설화가 소반을 들고 방으로 들어왔다. 머리를 느슨하게 땋아 왼쪽으로 늘어뜨린 설화의 모습에 가실의 가슴은 또 쿵쾅거렸다. 소반에는 버드나무를 깎아 만든 사발 두 개와 침채*가 놓여 있었다. 도토리와 콩, 그리고 보리와 피가 섞인 나물범벅을 침채와 곁들여 먹은 후에, 가실은 설화가 내미는 차고 싱그러운 우물물을 마셨다. 물을 마시고 고배를 내려놓으면서 하얗게 웃는 가실의 모습을 바라보다가, 설화는 입술을 지그시 깨물며 자리에서 일어났다. 돌아서는 설화의 허리에 맨 붉은 띠가 눈에 띄어, 가실은 얼굴이 확확 달아올랐다. 설 길사는 가실의 붉어진 뺨과 웃음을 참는 딸을 보면서 둘 사이에 이미 아름다운 샘물이 솟아나고 있음을 알아차렸다. 또한, 가실이 느닷없이 대신 수자리로 가겠다고 나섰던 의도도 눈치

*　김치의 옛말. 당시는 고춧가루를 쓰지 않은, 소금에 절인 야채였음.

챌 수 있었다.

 "가진 것 없는 내게 귀한 보물이 하나 있다면 저 고운 딸년
뿐이오. 내 여식은 가난하고 아둔하지만, 비파와 공후를 제법
탈 줄 알고 자태가 볼만해서, 많은 사내가 흠모하여 혼담이 무
성하였소. 그러나 아직 딸년의 마음을 붙들 사람을 만나지 못
했다오. 부잣집에서 큰돈을 준다면서 뒷방 아씨로 데려가겠다
고 손을 내밀었지만 내 모두 거절했다오. 딸을 팔아 떵떵거리
고 살면 뭐 하겠소? 내게 소원이 있다면 그저 저 녀석이 서방
의 사랑을 받으며 사는 걸 보고 싶다는 것뿐이오. 늙은이에게
는 자식이 자식을 낳고 콩깍지 속의 콩알들처럼 정답게 기대
어 알콩달콩 사는 모습이 제일 좋은 홍복이지요. 혹시 도령께
서 내 자식을 귀히 여기신다면 딸년을 드리고 싶은데, 어찌 생
각하시오? 우리 화가 사내를 보고 웃음을 흘린 일은 처음이기
에 드리는 말씀이오."

 그 말에 가실은 절로 입이 벌어지고 웃음이 실실 새 나왔다.

 "감히 낭자를 취할 수만 있다면 더 무슨 소원이 있겠습니까!"

 설화 또한 얼굴이 달아오르고 공연히 웃음이 배어나왔다.

 "그렇지만 길 떠날 날을 받아놓고 갑자기 혼인하기는 어렵
겠소. 이미 내 여식의 마음을 얻었으니, 혼인이라는 절차가 무
에 그리 중요하겠소? 내가 여식을 잘 아는 터, 한 번 준 마음
이 흔들릴 가벼운 아이는 아니오. 그러니 수자리에서 돌아온
후에 날을 잡고 혼례를 치러도 늦지 않을 것이오. 성례했다가

덜컥 아이라도 생기게 된다면, 저 아이 혼자서 애를 키워야 하니 얼마나 고생이 자심하겠소?"

가실은 당장이라도 설화를 안고 싶었지만, 설 길사의 말이 이치에 닿는지라 안타까운 마음을 접고 그 말을 따르겠다고 했다. 아버지의 말을 듣고 있던 설화는 늘 쓰던 방제경을 깨트러서 한쪽을 가실에게 건넸다.

"이 거울은 어머니께서 저에게 물려주셨기에 저에게는 귀한 물건입니다. 이제부터 제가 낭군으로 섬긴다는 증거로, 이 거울을 믿음의 증표로 드리오니 저를 보시듯 간직하소서. 무슨 일이 있어도 낭군을 잊지 않고 기다리겠다는 저의 다짐을 믿어주소서. 저를 잊지 않고 찾아오신다면 죽을 때까지 낭군으로 섬기리다."

가실은 마냥 행복해서 설화의 말이 공후의 선율처럼 감미롭게만 들렸다. 전쟁터로 떠나게 된다는 부담 따위는 젖혀두고 가실의 입가에는 웃음꽃이 절로 벙그러졌다.

설화와 가실이 만난 날은 단 여드레밖에 되지 않았다. 숨어서 공후 연주를 엿들었던 사흘과 설화를 만나 마음을 나눈 닷새가 전부였다. 서로 마음이 얽혔다지만, 상대를 알기에는 짧은 시간이었다. 그런데도 가실은 죽을지도 모르는 전쟁터로 설화를 위해 떠나려는 것이었다. 설화를 보기 위해 삼 년 동안이나 율리를 향해 달렸던 가실이었기에, 이미 설화를 향한 마음이 눈밭을 구른 눈덩이처럼 커졌기 때문에 가능한 일이었다. 설화 역시 몇 년 동안이나 가실이 울타리 밖에서 자신을 지켜보았다는 사실을 알았고, 가실을 먼빛으로 보면서 이미 마음을 흘려 넣었기에 이루어진 사랑이었다.

"나라도 젊은이를 붙들어 말릴 걸 잘못했네!"
설 길사의 집 옆에 사는 감나무집 할머니가 혀를 찼다. 할머니는 설화의 어머니가 몸을 풀 때 아기를 받은 사이여서, 설화네 일에 가족처럼 자주 참견하고 나섰다.
"전쟁터로 간다는 건 목숨을 내놓는 일이 아닌가! 그렇다면 앞날이 창창한 가실을 앞세울 것이 아니라, 살 만큼 산 아버지가 가는 것이 옳다고 보는데!"
할머니는 공연히 며느리에게 화살을 쏘았다. 며느리는 아이를 업은 채로 보리를 빻다가 멍하니 하늘만 볼 뿐, 시어머니의 말을 들은 시늉도 하지 않았다.
"아가! 넌 왜 입 다물고 있는 게냐? 저 이기적인 양반에 대해서 왜 말을 하지 않는 게야? 과연 젊은 사람을 앞세우는 일이 옳은지 말이야!"
할머니의 아들도 전쟁터에서 돌아오지 않고 있었다. 며느리는 홀로 시어머니를 모시며 온갖 일을 감당해야 했다. 언제나 조용히 제 할 일을 짊어지고 사느라 며느리는 말을 거의 잊어버렸다. 죽었는지 살았는지도 모르는 남편을 기다리다가 아이는 세 살이 되었다. 아비를 모르고 자라서인지 어미가 말이 없어서인지 아이는 말이 늦되었다.

"엄니!"

간신히 급한 마음 한 자락을 꺼내는가 싶던 며느리는 입을 다물었다. 어머니의 말도 맞는 것 같은데, 가실의 마음도 알 것 같았다. 그렇다고 타오르는 사랑의 불꽃은 감춰지지 않는 다는 사실을 어머니는 모르시냐고 물을 수도 없었다. 이런저 런 말을 다 얹으며 참견하기에는 어깨에 얹힌 짐이 너무나 무 거웠다. 아들이 오줌을 쌌는지 허리께가 뜨뜻해지기 시작했 지만, 해가 넘어가기 전에 찧어야 할 보리가 많아서 며느리는 그대로 일을 계속했다.

"아야, 넌 시에미 말을 귓등으로도 듣질 않는구나? 듣는 시 늉이라도 해야 할 것 아니냐!"

며느리는 어머니의 심기가 불편해지기 시작했음을 눈치챘 고, 아이의 젖은 기저귀를 갈 때라는 것을 알았다. 사랑방에 서 손주의 기저귀를 갈고 있는 며느리에게 토방에 쪼그려 앉 은 시어머니의 푸념이 길게 이어졌다.

"아이구, 내가 복이 없어서 저런 며느리를 만났지. 제 서방 은 전쟁터에서 어떻게 되었는지 알지도 못하고 그저 종일 방 아만 찧고 있으니…… 내 복이 그것밖에 안 되는 걸 어쩌나. 에고, 이놈의 팔자야!"

며느리는 어머니가 화를 내면 다른 생각을 하는 게 가장 좋 다는 것을 알았다.

'삼 년 동안이나 설화를 연모해온 가실이니 그 사랑이 이미 철철 넘쳐흘렀답니다. 이젠 그 누구도, 가실 자신조차도 막을 수 없는 지경에 이르렀던 게지요. 누구나 한 번쯤은 그런 착각을 한답니다. 저를 포함해서요.'

며느리는 어머니에게는 들리지 않게 한숨을 내뱉었다. 며느리는 다시 아이를 둘러업고 보리방아를 찧으러 나갔고, 토방에 쭈그리고 앉아서 콩깍지를 까던 시어머니는 다 하지 못한 잔소리를 혼자 투덜거렸다.

전쟁터로 가기 전 두 사람에게 남은 시간은 사흘뿐이었다. 차고 넘치는 사랑이 공후의 선율 위로 흘렀다. 가실은 설화의 곁에서 공후의 현이 떨면서 내는 소리를 들으며 따뜻하고 간지럽고 조금 어지러웠다. 가실은 설화에게 설의자(雪依紫)라는 애칭을 지어주었다. 눈처럼 흰옷에 허리띠와 입술이 아름답게 붉다 하여 붙인 별명이었다. 붉은 허리띠는 설화의 허리를 더욱 가늘어 보이게 했고, 도톰하고 붉은 입술은 뽀얀 얼굴을 더욱 돋보이게 했다. 며칠 만에 설화는 눈에 띄게 여위었다. 아버지에 대한 근심 대신에 다른 근심으로 밤잠을 이루지 못했다. 가실이 떠나기 전날, 설화는 마침내 감춰두었던 마음을 슬그머니 내어놓았다.

"처음에 낭군께서 제 아버지 대신 전쟁터로 가시겠다고 했을 때, 저는 생각 없이 기뻐했습니다. 늙으신 아버지가 전쟁터에서 돌아가실 걱정을 덜었으니까요. 그런데 이제 저는 전쟁터에 낭군을 보내는 처지가 되어버렸습니다. 낭군을 전쟁터에 보내는 아녀자의 몸으로 어찌 안위를 걱정하지 않겠습니까? 전쟁터에서 온갖 위험과 죽음을 넘고 넘어야 하는 낭군의 앞길이 염려됩니다. 먹는 일도 자는 일도 척박할 그곳에서 낭군께서 겪으셔야 하는 고통을 짐작해보니 마음이 찢어질 듯 아픕니다. 적군이 쏘아댈 화살과 화포도, 번쩍이는 긴 칼과 도끼며 날카로운 창도 두렵기만 합니다. 차라리 미륵당에 가서 소원을 빌지 않았더라면 좋지 않았을까 하는 생각마저 듭니다. 스스로 미륵당으로 걸어가서 낭군을 위험으로 밀어냈으니, 제 무릎이라도 부숴버리고 싶은 심정입니다. 이제야 이런 청을 올리는 저의 뜻을 가당치 않다 나무라지 마소서. 혹시 지금이라도 제 아버지 대신 수자리로 가신다는 말씀을 거두시면 어떻겠습니까?"

조용한 어조였지만 설화의 눈길은 안타깝게 가실을 향했다. 가실은 설화를 마주 보고 있다는 사실만으로도 둥둥 뜬 기분이라서, 앞뒤 사정을 따져볼 겨를이 없었다. 적의 화포와 화살에 대한 걱정도 없었고, 곧 닥칠 난관은 짐작조차 하지 않았다. 수자리의 직분을 마치고 나면 설화와 자식을 키우며 어우렁더우렁 정답게 살게 되리라 믿어 의심치 않았다. 설화가 자신을 걱정하고 있으니 이미 그 마음을 얻었다고 믿어져서, 천하를 얻은 것만 같은 기분이었다. 화창하고 뽀얀 미래만 그리며 싱글거리는 가실을 보며 설화가 또 권했다.

"낭군님, 한 번 더 생각해주소서."

가실의 소박하고 환한 미소에 이미 마음을 빼앗긴 설화가 간절한 표정을 지었다. 지금 가실이 수자리로 가겠다는 청을 거둔다면 아버지께서 가시게 될 것이고, 그러면 전쟁터에 도착하시기도 전에 무슨 일을 당할지 모른다는 사실을 알면서도, 눈앞의 환한 미소에 매료된 설화는 두려움에 사로잡혔다.

"염려 마시오. 적의 화포는 내가 지키는 성벽을 뚫지 못할 것이며, 적의 화살은 나를 비켜 가리니. 적이 휘두른 칼은 중간에 날이 부러지고 말 테니."

가실은 근심도 걱정도 없는 어린아이처럼 해맑게 웃어 보였다. 가실이 아무리 환하게 웃어도 이미 설화의 미간에는 근심의 갈매기가 내려앉아 그늘을 드리웠다. 아버지가 무사하려면 낭군이 전쟁터로 가야 하고, 낭군을 붙들자니 아버지를 잃게 생긴 이러지도 저러지도 못하는 운명이 만든 갈매기였다. 가실은 설화의 미간에 내려앉은 갈매기를 손가락으로 쓰다듬어 펴면서 근심하지 말라고 위로했다. 가실은 미륵당 지붕 위로 그늘을 드리운 소나무를 가리키며 말했다.

"설화, 이제부터 우리는 이 나무를 망각나무라고 부르기로 약속합시다. 만약에 그대가 나로 인하여 근심이 생기면 편지 대신에 저 망각나무에 먹물로 검은 점을 하나씩 찍으시오. 그대의 마음에 검은 칠을 하는 두려운 불안의 그림자를 저 나무에 얹어버리는 것이오. 그렇게 하면 이 망각나무가 낭자의 두려움을 가져갈 것입니다. 그대가 차곡차곡 찍은 검은 점으로 인해 망각나무가 검게 변하기 전에 꼭 돌아오리다. 자, 돌아오겠다는 내 약속을 받아주시오."

슬픔에 겨운 설화는 고개를 저었다. 가실은 먹과 벼루와 말을 설화에게 주었다.

"나는 가진 것이 없어 그대에게 줄 것이 없소. 내게 있는 것은 아버지가 남기신 이 말이 유일한 재산입니다. 임금께서 아버지에게 하사하신 명마랍니다. 비록 주인을 잘못 만나서 천 리를 뛸 기회는 없었지만, 저 먼 북방의 평야를 달리던 명마랍니다. 이 말의 짧고 굵은 다리와 탄탄한 근육 속에는 너른 초원과 푸른 하늘의 기억이 새겨져 있답니다. 나를 보듯 말을 돌보면서 나를 기다려주오. 내 삼 년이 지나면 반드시 돌아와 그대와 함께하겠소."

가실은 설화에게 말을 빌려줄 때는 신분이 확실한 사람에게만 빌려주고, 겨울에 목숙전에서 건초를 얻어 말을 사육하는 방법을 알려주었다. 가실은 밝은 얼굴로 말고삐를 넘겼지만, 설화는 소매로 눈물을 찍어냈다. 말 또한 주인과의 이별을 아는지 길고 구슬프게 울었다.

가실은 나무로 오리 두 마리도 깎았다. 글을 몰라 편지를 쓸 수 없는 설화를 위한 선물이었다. 가실은 나무 오리의 날개에 붓으로 '설의자소서(雪依紫小書)'라고 적었다.

"설의자가 보낸 편지라는 뜻이오. 이 나무 오리들이 이곳의 소식을 내게 전해줄 것이오. 나무로 만든 새이지만 그대에게 어려운 일이 생긴다면 전쟁터로 날아와 이곳의 소식을 전해줄 것이오. 이 나무 오리가 도착하면 내 그대의 편지인 줄 알고, 편지를 받는 즉시 돌아오리다."

가실은 북방이 잘 바라보이도록 긴 장대를 만들어 나무 오리를 세웠다.

"한낱 나무 오리가 어떻게 전쟁터까지 날아갈 수 있겠습니까? 낭군께서 저의 근심을 다독이느라 애쓰시는 마음은 알겠습니다만."

설화의 얼굴에 간신히 웃음이 스쳤다.

"그러니까 밤에도 날개를 접지 말라고 이렇게 오리가 날개를 펴고 있지 않습니까? 튼튼한 날개가 있으니 이놈들은 전쟁터가 아니라 그 어디라도 날아갈 수 있답니다."

가실이 과장되게 팔을 펴서 흔들어 보이자 설화의 얼굴에도 웃음이 번졌다.

"낭군께서는 '어떤 적도 침투할 수 없는 난공불락의 성을 쌓는 것'이 평생 꿈꿔왔던 일이라고 하셨습니다. 그 뜻을 이루려면 무엇보다 몸이 성해야 하지 않겠습니까? 부디 몸을 안전하게 돌보소서. 건강하게 돌아오셔서 난공불락의 성을 쌓으소서."

가실이 깎아서 세워놓은 두 마리의 나무 오리는 솟대 위에서 저 북방의 전쟁터를 향하여 날아갈 듯 서 있었다. 가실이 떠나고 난 뒤 어느 날 돌풍이 불어 나무 오리 한 마리가 날아가버릴 때까지.

가실은 당당한 걸음으로 고갯길을 넘어 전쟁터로 향했다. 자신을 지켜보던 설화를 생각하면 저절로 어깨에 힘이 들어갔다. 그러나 하루가 지나기도 전에 가실은 전쟁은 전쟁놀이가 아니라던 큰아버지의 말씀을 뼈아프게 되새겨야만 했다. 달콤한 환상은 율리에서 이미 끝났다는 것도 알았다. 가실이 도착한 그곳에는 정의도 인간도 없었다. 군졸들은 감정이나 의지가 있는 사람이 아니라 전쟁을 위한 도구처럼 이용되고 착취당했다. 야만이 득세한 힘의 세계에서 가실은 자신이 젖은 진흙 덩이가 되어가는 기분이었다. 돌로 성을 쌓을 때는 진흙을 아무렇게나 뭉쳐서 돌 사이에 던져 넣는데, 그것은 어디에 있는지도 모르고 알 필요도 없는 한 덩이의 진흙 뭉치일 뿐이었다. 징집된 남자들은 장정만이 아니었다. 허리가 꼬부라진 늙은이도 있고 귓불에 솜털이 보송한 소년들도 있었다. 부자들을 대신하여 부역을 지러 온 사람들도 있는데, 그들은 행렬을 이탈할 틈만 엿보았다. 그도 그럴 것이 훈련을 시작할 때부터 전쟁은 이미 시작된 것이나 다름없었다.

조밥 두 덩이로 종일 열병과 창검 훈련을 하고 흙투성이인 채로 짚과 풀로 엮은 가마니 위에 누워서 잠을 잤다. 그나마도 차지하지 못한 병사들은 지친 몸 그대로 흙바닥에 누웠다. 엉성하게 엮어 친 천막은 바람을 막아주지 못했고, 바닥에서는 찬 기운이 그대로 올라왔다. 병사들이 죽은 듯 잠을 자는 동안에 추수하고 남은 벼의 그루터기들이 가로세로 열을 맞추어 서서 불침번을 섰다. 가끔 굶주린 까마귀들이 천막 사이로 날아들어 잠든 병사의 코나 이마에 내려앉았다. 병사들은 선잠 속에서 헛손질로 까마귀를 쫓았다. 떼를 지어 날아가며 내지르는 까마귀들의 야차 같은 울음소리에 문득 잠이 깬 사람들과 몸살로 뒤척이는 사람들을 제외하고는 모두 죽은 듯이, 몸의 기억을 잊으려는 듯 잠에 스며들었다.

기상을 알리는 나발 소리가 울렸다.
"일어나! 다들 일어나!"
상관이 쓰러져 있는 군사들의 어깨며 허리를 발로 차며 깨우고 다녔다. 지친 몸을 깨우는 그 소리가 고래의 입속으로 들어가라는 명령 같았다. 가실은 몸을 뒤틀며 간신히 꿈에서 나왔다. 아직도 척척 소리를 내며 적병의 행렬이 다가오는 소리가 들리는 것만 같았다. 꿈속에서 가실은 적병을 보고 온몸이 굳어져 움직일 수 없었다. 소감이 손가락질했다. 저 고문관 좀 보아라. 적군이 무서워서 고추까지 오그라졌구나! 병사

들이 모두 웃어댔다. 가실은 자신이 개새끼가 되었다가 두더
지가 되었다가 급기야 생쥐로 변했음을 알았다. 쥐구멍밖에
갈 곳이 없었다. 그런데 아무리 찾아봐도 구멍조차 찾을 수가
없었다. 참혹한 꿈이었다. 까마귀를 피해 간 곳이 꿈속인 것
은 어찌할 수 없어도, 하필이면 꿈에서조차 전쟁터였단 말인
가! 설화의 무릎을 베고 누워 공후의 선율을 듣던 날의 꿈이
었더라면 얼마나 좋았을까. 그저 볕 좋은 날 바람 부는 나무
아래에서 낮잠에 빠졌던 시간이어도 좋았다. 전쟁터가 아니
라면 그 어느 곳이라도 상관없건만, 꿈마저도 야속하게 가실
의 기대에 등을 돌렸다. 추수가 끝난 논에서 뒹구는 볏단 위
에 까맣게 올라앉은 까마귀들이 야차 같은 울음을 내질렀다.

　전쟁터에서의 꿈은 전쟁터를 벗어날 수가 없었다. 거적을
깔았어도 찬 이슬을 그대로 뒤집어쓴 다른 병사들도 마찬가
지였다. 그들 또한 가실처럼, 발을 구르고 칼을 휘두르고 창
을 던지며 밤새 전투를 한 사람처럼 무거운 몸을 간신히 추슬
러 일으켰다. 꿈속에서 걷고 또 걸었던 가실은 잠을 자기 전
보다 몸이 더 무거웠다. 도끼를 휘두르며 적군의 전초기지를
때려 부수고 또 부쉈던 것이 꿈이 아닌 현실 같았다. 가실은
꿈속에서 싸운 적군이 백제였는지 고구려였는지 왜였는지 도
대체 기억나지 않았다. 상대하는 적이 그 어느 나라이든 무슨
상관이 있으랴. 베고 쏘고 찔러서 상대가 죽고 내가 살면 이
기는 것, 그것만이 전쟁터의 법칙이었다.

"행진 대형으로 모인다! 모두 기상!"

소감은 계속 고함을 질렀고, 병사들은 꿈속의 전쟁에서 일어나 다시 현실의 전쟁터로 향하려고 몸을 일으켰다. 차가운 바닥에 누웠던 등이며 허리를 통증이 할퀴고 지나갔다.

가실이 떠난 뒤 설화는 날마다 미륵당을 찾아갔다. 설화는 샘터에서 맑은 물을 떠서 미륵 앞에 놓고 치성을 드렸다. 정성스레 치성을 마치고 나면 가실이 준 먹물로 망각나무에 점을 찍었다. 보고 싶다고 찍고, 그립다고 찍고, 보고 싶고 그리워 마음이 아프다며 찍었다. 어떤 날은 쪽물이 너무 파래서 마음까지 파래졌다며 점을 찍고, 다른 날은 점을 찍은 자리가 마음에 들지 않아 오시지 않는 것은 아닐까 하며 덧찍었다. 비가 내리면 망각나무에 찍혔던 먹 점은 빗물에 모두 씻겨버렸다.

이상스럽게도 가실이 떠난 후부터 미륵당은 더 고요해졌고, 설화는 점점 더 마음이 펄럭거렸다. 수공후만 부지런히 음률을 만들어 허허로운 미륵당의 정적을 채웠다. 설화는 절로 흘러나오는 슬픔을 공후의 선율에 실었다.

견우와 직녀가 만나는 칠월 칠석이라
하늘의 월소*로 가지런히 길을 쓸었네
내 님이 오실 길 쓸고 또 쓰는데

망각나무에 찍힌 점은 빗물이 지웠네
슬픔이 지워지고 그리움이 지워져서
내 임이 못 오시나
어젯밤 꿈에 오신 님은
사랑에 겨워서 오셨다는데
그 길에 소국만이 교교히 피어 있네
님 대신 국향(菊香)만 다녀갔구나
님은 션하여** 그냥 돌아섰을까
하마 다시 오실까
그림자를 닦아두네
길을 쓸어두네

　두 눈 가득 고인 눈물을 훔쳐내고 설화는 일렁이는 공후에
다시 마음을 얹었다.

사랑이 거짓말이 님 날 사랑 거짓말이
꿈에서 날 본다 하니 긔 더욱 거짓말이
날 같이 잠도 안 올진대 어느 꿈에 날 보오리***

* 빗살이 굵고 성긴 반달 모양의 빗.
** 서운하여.
*** 조선시대 정상용의 시로 밝혀졌으나, 음악적 운율이 있어 고대에서부터 불렸던 음
악으로 설정하였음.

공후의 선율에 숲이 일렁거렸고 바람도 일렁였다. 바람은 나뭇잎을 흔들고 나뭇잎은 구름을 향해 손을 내젓고, 구름은 빠르게 북쪽을 향해 내달렸다.

"저 구름은 훨훨 날아 내 님의 모습을 볼 수 있겠구나!"

설화의 탄식이 길었다.

작갑사
가는
길

원광은 산길을 걸어 작갑사로 향했다. 장난스러운 표정의 사동 하나가 뒤를 따랐다. 울울창창한 숲길이 이어졌다. 발을 옮길 때마다 까치 울음소리가 앞서거니 뒤서거니 들렸다. 원광의 바랑에는 붓 몇 자루와 서책 몇 권이 들었고, 사동은 작은 서탁 하나를 묶어서 등에 짊어졌다. 왕의 명을 받고 부임하는 행장치곤 단출한 차림이었다. 사동이 짊어진 서탁은 왕의 선물이었다. 먹감나무에 주칠을 먹였고 옆면에는 연꽃이 정교하게 조각되었다. 중이 지니기에는 지나치게 화려한 물건이라 여겨 사양했지만, 장인에게 수개월에 걸쳐 만들게 하여 원광의 이름까지 새겼다고 해서 받아올 수밖에 없었다.

　사동의 뺨이며 귓불에는 흰 버짐이 피었고 머리는 헝클어져 까치집을 지었다. 옷은 산길을 오르면서 여러 차례 미끄러져서 엉덩이며 앞자락과 소매가 흙투성이였다. 사동의 이름은 가리, 검은 도깨비라는 뜻이라고 했다. 아버지는 전쟁터에서 죽고 어머니마저 전염병으로 잃은 후에 가리는 혼자 빌어먹고 다녔다. 동네에 먹을 것만 생기면 어딘가에서 갑자기 시커먼 녀석이 나타나서 손을 내미는데, 그 꼴이 도깨비 같다 하여 '가리'라고 불렸다.

율리에서 돌아오는 길에 원광은 걸식하는 소년을 만났다. 아이들 서넛이 실에 개구리를 묶고 뒷다리를 나뭇가지로 찔러대는 중이었다. 나뭇가지가 몸에 닿을 때마다 개구리가 움찔거리며 다리를 떨었다. 버둥거리는 꼴이 재미있다고 다들 낄낄거리는 판에 소년 하나가 괴성을 질러댔다.

"야아! 그러지 말란 말이야! 개구리가 아프잖아!"

원광은 아이들을 타일러 개구리를 놓아주게 한 후, 소년을 데리고 주막으로 갔다. 씻지 못해 냄새가 났고 땟국에 찌든 누더기를 걸쳤지만 눈만은 초롱초롱했다. 얼마나 배를 곯았는지 국밥을 허겁지겁 쓸어 넣는 꼴이 그릇까지 삼킬 기세였지만, 소년은 기죽은 표정도 없고 국밥을 얻어먹어 미안해하지도 않았다. 그릇을 내려놓은 소년이 소매로 입을 훔쳤다. 원광이 물었다.

"가리라고 했지? 아깐 왜 그렇게 소리를 지른 게냐?"

"살아 있는 생명에게 함부로 장난질하니 안타까워 그랬습니다. 어머니께서는 살아 있는 목숨은 그것이 미물이라 할지라도 모두 소중하다고 하셨거든요."

"그래? 어머니께서 좋은 가르침을 주셨구나. 보아하니 기거할 곳도 없는 듯하구나. 마침 심부름하는 사동을 찾던 중인데, 나와 함께 가려느냐?"

가리가 고개를 끄덕이자 두 사람은 미소를 지었다.

사동의 까만 눈은 숲길이 신기한 듯 이곳저곳을 두리번거렸다. 스님의 뒤를 따라가는 무료한 일보다 다른 재밋거리가 없는지 기웃거리는 중이었다. 들꽃에 앉았다가 날아가는 흰나비를 따라서 뛰거나, 발소리가 나면 울음을 멈추는 홍낭자*를 잡느라 걸음을 멈추었고, 바위틈으로 보이는 다람쥐를 쫓아 달음박질하기도 했다. 바람에 출렁이는 나뭇잎의 흔들림에도 고개가 마냥 돌아가니 사동의 걸음은 자꾸 늦어졌다. 사동이 멀어졌다 싶으면 손짓으로 부를 뿐, 원광 또한 급한 기색이 없어한가한 걸음이었다. 가도 가도 길은 멀어서, 나무들이 첩첩 들어찬 깊은 산길이 이어지고 또 이어졌다. 가끔 산마루를 훑으며 내려오는 바람이 두 사람의 땀을 식혀주었다.

원광의 등 뒤에 매달린 바랑이 땀으로 흠뻑 젖어들 즈음 폭포가 나타났다. 절벽 위에서부터 내리꽂히며 떨어지는 물소리가 멀리서부터 뭇소리를 누르고 일대를 뒤덮었다. 손으로

* 여치.

삿갓을 치켜들면서 원광은 폭포를 바라보았다. 두 줄기의 물줄기가 쏟아내는 물의 포말이 주위에 그윽한 물안개를 풀어놓아, 마치 신선이 노닌다는 동천(洞天)처럼 보였다. 폭포 아래쪽으로 둥글고 깊게 파인 소(沼)가 물의 정령을 품고 비취색으로 빛났다. 폭포가 떨어지는 곳에서는 세 치쯤 되는 흰 포말이 절벽 위쪽을 향해 깃을 세우며 떨었다. 두 개의 물줄기가 날개를 펼치고 막 비상하려는 흰 새처럼 보였다. 폭포의 거친 파열음 뒤편에 무지개가 덩실 떠 있었다. 원광은 발목을 휘감는 물안개를 딛고 한 걸음 더 폭포 쪽으로 다가섰다.

"야, 물이다 물!"

팔을 팔랑대며 뛰어온 사동이 짚신을 벗어 던졌다. 폭포의 물에 발을 들이밀려다 말고 사동은 움찔하며 원광을 쳐다보았다. 이미 장삼 자락을 걷어 올리고 손과 얼굴을 씻던 원광이 고개를 끄덕이자, 사동은 등짐을 내팽개치고 옷 입은 그대로 물속으로 풍덩 몸을 던졌다.

"저런, 저런. 가리야, 그리 급히 뛰어들면 안 되느니. 허허……"

원광의 웃음소리는 폭포의 물소리에 묻혀버렸다. 박쥐 같은 소리를 질러대며 물속에서 헤엄치는 가리를 바라보면서, 원광은 손으로 물을 떠서 마셨다. 찬물에 코가 쩽하게 매웠다. 폭포 옆으로는 쌍무지개가 비현실적인 반원을 그리며 떠 있었다. 숲은 무지개를 띄워 그를 맞이했지만, 원광의 얼굴은 수심이 가득했다.

　수나라에서 돌아오면서 원광은 스승 혜공처럼 무지몽매한
백성들을 위해 헌신하고 싶다는 서원을 세웠다. 수나라에서
원광은 호국불교라는 미명하에 자신들의 이익을 추구하는 승
려 집단을 자주 보았다. 그들은 나라를 위한다는 명목으로 거
짓과 배신을 일삼았다. 민중으로부터 수탈을 꾀했으며 권력
에 아부하여 일신의 영달을 추구했다. 원광은 부처가 내린 불
법의 본뜻과는 다르게 사는 그들의 욕심을 혐오했다. 원광은
가리처럼 가난한 집 더벅머리 아이들에게 글을 가르쳐 불경
을 읽게 하겠다고 마음먹고 있었다. 불법으로 어리석은 백성
들을 교화하고 가진 자들은 베풀어 모두 인간답게 사는 일이
야말로 가장 이상적인 전교 형태이며, 불법이 가야 하는 길이
라 믿었다.

　원광은 문득 스승 혜공이 그리웠다. 스승이라면 자신이 해
야 할 일에 대해 조언을 아끼지 않을 것 같았다. 혜공은 원광
이 삼기산 금곡사에서 대안과 함께 수도할 때 만난 스승으로,
진골 출신 화랑으로 살았던 사람이었다. 혜공이 화랑의 옷을
벗고 먹물 옷을 입은 이유는 진골과 귀족들이 평민과 노비들
을 어떻게 다루는지 직접 보면서부터였다. 사람은 왜 태어나
면서부터 출신이 다른지 혜공은 늘 의문이었다. 귀족들은 호
화로운 생활에 노비를 부리며 사는데, 어떤 사람들은 몸이 부

서져라 일해도 끼니도 해결하지 못하며 핍박당하며 사는지에 대한 의문이었다. 화랑들의 수련 공부 중에는 절에 기거하면서 스님들에게 법문을 청하여 배우는 과정이 있었다. 그 과정 내내 혜공은 슬픈 얼굴을 하고 다니다가 어느 날 문득 승려의 삶을 살겠다고 선언했다. 혜공은 자신의 안락함을 위하여 다른 사람을 노예로 부리는 일이야말로 인간으로서 해서는 안 될 짓이라고 믿었다. 인간은 누구나 부처가 될 수 있는 불성을 품은 고귀한 존재인데, 누구는 군림하며 누군가는 핍박당하는 일은 옳지 않다고 믿었다. 혜공은 화랑의 옷을 벗고 가사 장삼을 입은 후 자신의 소신대로 가난한 대중들을 위해 헌신하는 삶을 살았다.

원광도 스승 혜공의 길을 따르고 싶었다. 왕실이나 귀족들을 위해 설법을 할 사람은 그가 아니라도 하려는 승려가 많았다. 이미 왕실과 귀족들은 불법을 국민의 의식을 결속시키고 국가라는 이념을 심어, 왕권을 강화하기 위한 수단으로 사용했다. 그들은 불법을 빌미로 삼은 율령을 통해서 백성들을 지배하고 왕권을 지키며 귀족들의 세를 늘렸다. 절의 승려들조차도 그들의 욕심을 위한 도구로 사용되었다. 재물에 매수되어 권력의 혀와 손이 되어 살아가는 승려들이 늘어났다. 사원은 부처님이라는 간판을 달고 왕실과 귀족들의 세를 확장시키는 근거지가 되었다. 그런 시절에 스승 혜공은 자신이 하고자 하는 뜻을 지키며 스스로 우뚝한 길을 갔다. 원광은 스승

의 그런 점을 존경했다. 원광은 스승 혜공이 왕성 안의 골목
이나 시장 바닥에서 대중들을 위해 설법하는 모습을 본 적이
있었다. 스승 혜공의 열정적인 모습을 보며 그 길을 따라 살
겠다고 결심했는데, 왕의 명에 따라 이렇게 작갑사로 향하고
있으니 원광은 마음이 복잡하고 무거웠다.

　진나라로 떠나기 전에 원광은 운제산 항사사 입구에서 스
승 혜공을 만났다. 유학길에 오르기 전에 인사차 들른 것이었
다. 혜공은 누더기를 걸친 비렁뱅이 차림으로 절 문 앞에 쓰
러져 잠들어 있었다. 혜공에게서는 악취가 풍겼다. 소문에 의
하면 스승은 사냥을 하고 여자를 취할 뿐만 아니라, 술집에서
노래하고 우물에서 잠잔다고 했다. 남들이 뒤에서 뭐라고 뒷
공론을 해도 원광은 스승의 만행은 중생과 더불어 살고자 하
는 하화중생(下化衆生)의 마음의 표현이라 믿었다.
　혜공은 비스듬히 일어나서 원광을 향해 가늘게 눈을 떴다.
　"누가 내 따순 이불을 거둬내는가?"
　원광은 엎드려 절하고 일어나서 손을 합장했다.
　"스승님, 지금 진으로 떠나는 길입니다."
　사실 혜공과 원광은 나이가 일곱 살밖에 차이 나지 않았지
만 원광은 혜공의 실천적 가르침을 뼈에 새겼기에, 그에게는
선각자요 스승이었다.
　"진나라로 간다고? 거기서 무얼 얻으려느냐?"

"큰 진리를 얻으려고 하옵니다."

손을 합장한 채로 원광은 공손히 머리를 숙였다.

"진리라는 것은 어떻게 생겼다던가? 반짝반짝 빛나던가? 입에 넣으면 주르르 단물이 흐르고, 미인을 껴안은 듯 즐겁다더냐? 그것을 딛고 일어서면 천하가 다 보이고 사통팔달 길이 열린다던가? 그렇다면 좋은 게 틀림없을 터. 근데 그 좋은 것을 가져다가 무엇에 쓰려는가? 좋은 걸 얻었다고 기뻐서 춤이라도 추려는가? 춤이라면 이곳에서도 마음껏 출 수 있는데 왜 그 먼 곳까지 가는가? 진리를 모르는 농군들도 춤은 잘 추네. 춤은 몸 안에서 자연스럽게 우러나오는 법이니. 춤을 추려고 불법을 얻으려는 심사는 설마 아닐 테고. 혹시 진리를 안다고 으스대려는 심보인가? 아니면 대중들이 떠받드는 게 좋아서인가? 저 무지렁이들은 물론이고 진골 성골 마나님들이 스님 스님 하면서 고개를 숙이니 우쭐한 기분이 들겠지! 아하, 저 들판에 엎드려 매일매일 땀 흘려 일하는 농군이 되기 싫어서 중입네 하고 앉아 있으려는 속셈이구먼. 자네가 진으로 공부를 하러 가려면 몇백, 몇천 명의 농군들이 땡볕 아래 엎드려 매일매일 일을 해야만 그 비용이 나올 수 있다는 것을 아는가? 중들의 공부는 시주님들의 공양으로 이루어지네. 시주를 바치는 사람들은 왕실과 귀족, 부자들이라 말하고 싶겠지. 결국 그들이 얻은 재물과 곡식은 모두 저 무지렁이들이 땅을 파며 등짐을 지고 뼈 빠지게 일을 해야 나오는 공력들이라는 것을 모르는가? 저들을 배제한 자네의 의식이 바로 전쟁이네. 자기중심적이며 배타적이니 폭력이고 전쟁이라 아니할 수 없지! 저들이 헐벗었는데 무슨 대단한 공부가 필요하고 달리 어떤 정신이 필요한 겐가? 저들이 고통스럽다면 나는 불의(不義)한 것이야! 혼자 욕심을 채우려는 행로가 아니라며 변명하려거든 그만 돌아가게. 가서 자네가 하고 싶은 대로 하면 그만 아닌가? 이 돌중에겐 뭘 얻어먹겠다고 왔는지 모르겠구먼."

혜공은 자리에서 일어나면서 누더기 자락을 툴툴 털었다. 먼지와 함께 이가 우수수 쏟아졌고 누더기 장삼 자락 뒤에는 말라붙은 개똥이 엉겨 붙어 있었다.

"저, 스승님, 옷자락에 개똥이 붙었습니다."

원광이 개똥을 떼려고 하자 혜공이 버럭 화를 냈다.

"놔두게! 중이랍시고 벌건 대낮에 잠이나 퍼 자고 있으니 개똥 같은 인간 아닌가! 자네도 어깨 위에 개똥이나 하나 얹고 다니게. 중생들의 피와 땀으로 공부를 하겠다며 이 나라를 떠나겠다니, 개똥이 아니고 뭐란 말인가? 헐벗고 굶주리며 사람대접도 못 받는 저들을 두고 어디로 간단 말인가? 자넨 도대체 그들을 위해 무엇을 할 수 있나? 허허, 무얼 하겠다는 생각조차 없는 게로군. 자넨 그들을 외면하고 눈을 감고 도망치는 게야. 피하면 저 참혹하고 헐벗은 사람들이 없어지는가? 출가수행을 하는 근본은 상구보리 하화중생(上求菩

144

提 下化衆生)에 있다! 내가 제일 위로 두는 부처님의 말씀이네. 위로는 부처님의 진리를 깨닫고 아래로는 미망에 빠진 중생을 구제하는 보살의 마음! 그것이 중놈이 해야 할 일의 전부라네. 중놈만이 아니라 사람의 탈을 쓴 자라면 누구나 해야 할 일이지. 나만 깨닫겠다고 면벽 수련을 하는 게 장땡이 아니란 말이네. 이 사람아, 아무런 말도 하지 못하는군. 내가 그래서 자네를 개똥이라 부르네. 자네도 나도 다 개똥일세! 하하하하!"

크게 웃는 혜공의 입에서 구린내가 났지만, 원광은 그것이 오히려 스승의 향기처럼 여겨졌다. 스승은 가난한 사람들을 위한 초석(礎石)이 될 수만 있다면 스스로 초석(草席)이 되어 불쏘시개로 던져지는 일조차 마다하지 않을 분이었다. 원광은 그런 자세야말로 참다운 불법을 실천하는 길이라고 믿었다. 혜공의 설법은 대중을 위해 베풀어졌고, 대중들과 뒹굴며 함께 살았다. 그렇기에 원광은 스승의 기행을 이해했다. 혜공은 승려를 귀족처럼 극진히 대우하는 것도 못마땅해했다. 혜공에게는 호화로운 궁궐도 웅장한 절도 필요하지 않았다. 혜공은 오직 백성들을 위한 생각을 했고, 그대로 실천했으며 또한 행동했다.

삼기산에서 함께 공부하던 대안도 스승 혜공의 뒤를 따랐다. 대안 역시 항상 누더기를 걸치고 장터를 떠돌았다. 놋쇠로 만든 쇠북을 두드리며 "대안, 대안" 하며 외치고 다녔다.

대안(大安)이란 큰 자리, 최고로 편안한 자리라는 뜻이라고
했다. 그것은 불법의 큰 자리를 말하며 또한 이생에서 진심으
로 불법을 받아들이면 내세에서는 편안한 자리에서 태어난다
는 뜻이었다. 대안이 쇠북을 두들기며 대안을 외치고 다닐 때
면, 미친 거지 중이라며 그 뒤를 따르는 아이들의 행렬이 길
게 이어졌다. 그는 따라온 아이들에게 불법을 쉽게 알려주어,
누구나 자연스럽게 불교를 받아들이며 조화롭게 살아가는 세
상을 만드는 일에 앞장섰다. 원광은 스승 혜공과 벗 대안과
같은 길을 가겠다는 뜻이 이제는 전혀 다른 세계의 일처럼 멀
게만 여겨졌다. 왕의 명을 받아 이렇게 작갑사로 향하고 있지
만, 그가 원하는 길이 아니었다.

가리는 아직도 차가운 소에서 물장구를 치며 놀고 있었다.
가리의 싱싱한 다리가 개구리 뒷다리처럼 물을 차내면서, 얼
굴과 어깨가 물 위로 불쑥 솟아오르곤 했다.

"가리야, 추우니까 그만 나오거라."

가리는 원광을 한번 돌아다보았을 뿐, 폭포가 떨어지는 곳
까지 헤엄쳐 갔다가 다시 물 밖으로 나와서 몸을 말리기를 거
듭하고 있었다.

"허허, 녀석."

원광은 왕을 만나던 날의 기억을 떠올렸다.

　왕은 승의루에서 이찬과 함께 원광을 기다리고 있었다. 빗줄기가 세차게 쏟아졌다. 왕의 어깨에서부터 발목까지 청자색 비단의 광택이 흐르듯 떨어지고 있어 후광을 받은 것처럼 보였다. 육 척의 키에 어깨가 넓고 살비듬이 좋은 장군의 풍채였다. 사람을 꿰뚫어 보는 길고 가는 눈매가 인상적이었는데, 날카롭고 무서운 표정이 아니라 부드럽게 압도하여 상대가 저절로 심복하게 하는 기운이었다. 원광이 허리를 굽혀 절을 하자 왕은 온화한 웃음을 지어 보였다.

　"원광법사, 먼 길을 오시느라 수고가 많았소."

　큰 덩치답게 저음의 목소리가 우렁차게 울렸다.

　"대왕께 안부 인사가 좀 늦었습니다."

　"내가 얼마나 그대를 기다렸는지 아시오? 대사의 반야경 설법이 어찌나 훌륭했으면 수나라에서의 법석(法席)이 예까지 소문이 났는지 모르겠소. 왕비는 물론이고 공주들과 미실까지도 법사의 법문을 듣고 싶다면서 하루가 멀다고 청하는 바람에 내 귀에 딱지가 앉을 지경이었다니까요. 내가 여러 차례 서신을 보내고 사신을 냈건만 신라로 돌아오지 않다니, 정말로 서운했다오."

　왕이 머리를 끄덕이며 웃어 보였다.

　"황송하옵니다. 그곳에서 예정되었던 일정도 감당하기 어려울 지경인데 일이 자꾸 생겼고, 신라로 돌아오기에는 제 공부가 아직 미진한 탓이었습니다. 부디 소승의 무례를 용서하시옵소서."

원광이 허리를 더 깊이 숙였다.

"하하하…… 이제라도 와주셨으니 감사할 뿐, 따로 무슨 말을 더하겠소이까? 대사를 꼭 만나고 싶은 마음에 내가 조빙사들을 겁박했어요. 대사를 모셔오지 못한다면 신라 땅을 밟을 생각을 하지 말라고 말입니다. 아무튼, 이렇게 대사를 직접 만나게 되었으니 고마울 따름이지요. 대사 황천의 말로는 백성들이 사는 모습을 돌아본 후에 들겠다고 했다던데, 다녀보니 백성들이 어찌 지내던가요?"

왕이 눈을 가늘게 뜨며 원광을 바라보았다. 이찬 수을부도 원광을 흘끔 쳐다보았다. 원광은 질문의 뜻을 알 수가 없어 어리둥절했다. 지금 밖에는 일주일째 내리는 폭우에 물난리가 나서 서라벌 중심부가 무간지옥처럼 변했는데, 어떻게 그 사실을 모른단 말인가? 사람들이 죽고 집과 논밭이 폭우에 휩쓸려갔으며, 일 년 농사를 망쳐버렸는데 그 사정을 모른단 말인가? 원광은 망설이다가 조심스럽게 입을 뗐다.

"아뢰옵기 민망하오나, 대왕께서는 물난리가 난 것을 정녕 모르십니까? 월성 밖 천경림이 완전히 잠겼고, 그 일대에서 살던 백성들의 논이며 가옥 대부분이 침수되었습니다. 오랜 가뭄으로 단단해진 땅에 갑자기 큰비가 내려 피해가 컸습니다. 근방의 논과 밭이 물에 잠겨 한 해 농사를 망친 것은 물론이고 백성들도 수십 명이 희생되었다고 들었습니다."

그때 갑자기 이찬의 손이 원광의 팔을 붙들었다. 이찬은 원광의 소맷자락을 잡아당기면서 입술에 손가락을 올렸다.

"대사는 생각이 있는 거요, 없는 거요? 왜 그런 말을 올려 대왕의 심기를 어지럽힌단 말입니까? 도대체 그 저의가 무엇이오?"

이찬은 원광의 겨드랑이 쪽에 입을 가까이 대고 속삭이는 소리로 나무랐다. 말이 끊겨버린 원광이 머뭇거리는 사이, 이찬이 어색한 상황을 황급히 수습하였다.

"대왕의 홍복으로 중농제를 지낸 후에 비가 오고 있습니다. 절묘한 시기에 비가 왔으니 이 모두 천지신명의 조화로운 작용과 부처님의 영험하신 은덕이옵니다. 지금 서라벌의 백성들은 하늘을 향하여 천손이신 대왕께 복을 내려주심을 감읍하고 있사옵니다. 올해도 비가 충분히 내렸으니 풍년이 들게 되었다고 모두 기뻐하는 줄 아옵니다."

이찬의 말에 원광은 놀라 자신의 민둥한 머리를 문질렀고, 왕은 눈살을 찌푸렸다.

"그렇군. 고마운 일이로세. 모두 이찬이 과인의 보필을 잘한 덕택이니라. 내 법사에게 수나라의 사정에 대하여 긴히 물어볼 일이 있으니, 이찬은 그만 물러가도록 하라."

"하, 하오나."

턱이 뾰족하고 얼굴이 긴 이찬의 얼굴이 더 길어졌다.

"되었다고 하지 않느냐! 수나라의 사정을!"

마지못해 이찬이 뒷걸음질로 물러나자 왕이 원광을 가까이 불렀다.

"왕이면서도 이렇게 마음 놓고 이야기조차 할 수 없소. 그래, 수해를 당한 사람들이 많던가요?"

왕은 계단 아래로 내려간 이찬의 귀를 의식한 듯 나직한 음성으로 물었다.

"네, 오십 명이 물에 휩쓸렸다고도 하고 백 명이 희생되었다는 소문이 있습니다만, 자세한 피해는 그 실태를 조사해보지 않았으니 알 수 없습니다. 신라의 다른 곳도 피해가 있겠지만, 서라벌 지역에 열흘 동안이나 집중적으로 비가 온 탓에 피해가 컸습니다. 모름지기 예부터 천경림이 조성된 이유는, 그 지대가 낮아 물길이 빠르게 유입되곤 하여 홍수에 대비하고자 함이라 들었습니다. 법흥왕 때 천경림 일부를 베어내고 그 자리에 흥륜사를 지은 이유도, 어디로 발길질을 할지 모르는 물길을 부처님의 은덕으로 다독거리기 위함이었지요. 그래도 해마다 수해를 막지 못하여 나무를 다시 심어왔다고 알고 있습니다. 지난해에 천경림에 남아 있던 아름드리 홍송을 모두 베어내어, 궁궐 보수 작업에 썼다고 들었습니다. 물길을 막아주던 천경림이 없어졌으니, 엄청난 물이 들이닥쳐 피해가 커질 수밖에 없었습니다. 그런데 어찌하여 왕께는 이런 사실이 전달되지 않는지…… 황공하오나 신하들이 전하는 말만 믿고 계셔서는 상황을 정확히 파악하시기 어려우실 듯합니다."

왕은 원광의 굳은 얼굴을 복잡한 표정으로 바라보다가 뒷짐을 지고 돌아섰다.

승의루 아래 연못에는 연꽃과 가시연꽃이 가득 피어 있었다. 세찬 빗줄기에 연잎들은 이리 뒤집혔다가 저리 뒤집혔다 하며 펄럭거렸다. 원광은 그 모습이 홍수를 만난 백성들이 우왕좌왕하며 미친 듯이 울부짖는 모습으로 보였다. 원광은 왕의 답을 기다리며 초조하게 침을 삼켰다. 한참 후에야 왕이 입을 뗐다.

"내 어떤 조치를 해야 옳겠는가?"

원광은 손을 합장하며 덧붙였다.

"지금이야말로 왕께서 인정(仁政)을 베푸셔야 할 때이옵니다. 우선 수마에 휩쓸린 마을부터 구제를 시작하셔야 합니다. 곡식을 나눠주고 전염병이 돌 것을 대비하여 의원들을 파견하여야 합니다. 논과 밭의 피해 규모에 따라 보상해주어, 곧 다가올 겨울과 다음 해의 농사에 대비할 수 있게 도와주셔야 합니다."

"……"

"시급히 시행하셔야 하는 일이옵니다!"

"왕으로서 내 백성들의 고통을 모르고 있었다니. 그런 줄도 모르고 기우제를 지낸 후에 비가 내려 천만다행이라고 믿었으니…… 우매한지고!"

왕은 이찬에게 조부령*과 승부령**을 들라고 명했다.

"법사, 서라벌의 일을 내게 더 자세히 말해주시오. 또 앞으로도 내게 와서 종종 백성들의 형편을 전해주시오. 저 시중들과 귀족들은 내 입을 막더니 이젠 눈과 귀까지 가리려고 한다오. 대사는 저들이 내가 통치를 잘하길 바란다고 믿소? 불행히도 그렇지 않다오. 내가 소신껏 나라를 잘 다스린다면 저들은 오히려 나를 더 경계하여 물고 뜯을 것이오. 왜 그런지 아시오? 저들이 원하는 것을 얻을 수 없기 때문이지. 내가 백성의 신망을 얻고 나라가 안정되면 저들은 입지가 더 좁아지겠지. 저들은 그것을 원하지 않는다오. 저들은 자신들의 방식대로 이 나라가 다스려지기를 원하고 있소. 그 방식이라는 것은 다름 아닌 그들의 잇속을 채우는 일이지요. 왕은 그저 그들의 말을 듣고 따르는 허수아비가 되어주길 바라는 게요. 그들은 항상 내게 옳다고 잘했다고 머리를 숙이지. 허나, 나는 그들의 잇속만을 채워주는 그런 왕이 될 생각이 없소. 허수아비왕 노릇은 어린 시절 태후마마의 섭정 때로 충분하오. 대사,

---

* 납세와 부역에 관한 일을 관장하는 관직.
** 수레에 관한 일을 관장하는 관직.

내가 백성들의 실상을 바로 알고 있어야 제대로 왕 노릇을 할 수 있고, 그들을 진정으로 도와줄 수 있지 않겠소? 이제 수나라로 가실 생각은 말고, 신라 땅에 계셔주시오. 내 곁에서 나의 눈과 귀가 되어주시오."

왕의 음성이 떨리는 것처럼 들려 원광은 황급히 고개를 숙였다.

"폐하, 맹자께서 선왕께 이르기를 삼천 근의 무게를 들어 올리는 데 충분한 힘을 가지고 있어도 새털 하나를 들어 올리지 못하고, 가느다란 털끝을 알아차릴 수 있는 시력을 가지고도 수레에 실어놓은 땔나무가 보이지 않는다면, 그것은 새털을 들어 올리는 일에 힘을 쓰지 않았기 때문이요, 땔나무를 보는 일에 시력을 사용하지 않았기 때문이라 하였습니다. 황송하오나 왕께서는 백성들이 편안하도록 하지 않은 것이지 못하시는 것은 아닙니다. 나라에는 백성이 무엇보다 귀중하고, 농사가 그다음으로 귀하며, 임금은 사실상 그 비중이 가장 가볍다 하였습니다. 왕께서 백성의 즐거움을 자신의 즐거움으로 여기면 백성들 또한 왕의 즐거움을 그들의 즐거움으로 알 것이며, 왕께서 백성들의 근심을 자신의 근심으로 여긴다면 백성들 또한 같은 마음이지 않겠습니까? 추나라와 노나라의 싸움에서 졸병들이 모두 도망갔습니다. 그 이유는 흉년과 기근이 들어 굶주릴 때, 양곡 창고에 곡식을 쌓아놓고도 백성들이 굶어 죽는 것을 바라보기만 했던 신하들 때문이었

습니다. 당시에 신하들은 백성들의 처참한 상황을 임금께 말
씀드리지도 않고 구제하지도 않았습니다. 윗자리에 있는 사
람들이 교만하여 백성들을 잔인하게 해친 일이 아니고 무엇
이겠습니까? 전쟁에 나간 졸병들은 전에 당했던 억울함을 그
런 식으로 다시 갚은 것이었습니다."

왕은 등을 보인 채로 고개를 끄덕였다.

"내가 그렇게도 저어하던 맹자의 회초리가 날아오는구려.
지혜로운 자가 내 오른편에 서고 용기 있는 자가 내 왼편에서
나를 보필한다면 무엇이 걱정이겠소? 왕이라지만 곁에는 다
른 꿍꿍이를 가진 자들뿐이니…… 누굴 믿고 마음 놓고 이 나
라를 위한 정사를 펼치겠소?"

왕은 이마에 손을 얹으며 근심스러운 얼굴을 숨기지 않았다.

"안타까워하시는 마음은 잘 알겠습니다. 허나 무엇보다도
이 나라를 통치하시는 분은 바로 왕이십니다. 왕께서 인정(仁
政)으로 통치하신다면, 백성들이 목을 길게 빼고 왕을 바라보
고, 물이 낮은 곳으로 흐르듯 왕을 따르게 됩니다. 백성들을
편안히 살게 하는데, 누가 왕 노릇을 못하도록 막을 수 있겠
습니까? 제아무리 막강한 재력을 가진 귀족이라도 할 수 없는
일이며, 그것이 천신의 힘이라고 해도 막지 못할 것입니다.
모쪼록 소승의 간언을 들어주시옵소서."

"대사, 공자 왈 맹자 왈도 좋으니 내 곁에서 약이 되고 피가
되는 소리를 많이 해주시오. 허허허."

왕이 너그러운 표정을 지어 보였다.

이야기를 나누는 동안 승부령이 먼저 도착했다. 왕은 홍수 피해 실태를 조사하고 피해를 당한 백성들을 돕기 위하여 수레를 얼마나 차출할 수 있는지 물었다.

"백하고 오십 륭의 수레는 곧 차출할 수 있으며, 육부에서 차출할 수 있는 수레는 그 세 배는 될 것이옵니다. 내일 아침에 당장 사람을 파견하도록 하겠습니다."

"아침이라니! 그동안에 무슨 일이 더 생길지 알 수가 없는데, 그때까지 기다리겠다는 말인가? 당장 가동할 수 있는 인원과 수레를 챙겨서 수해 현장으로 급파하시오."

승부령이 황급히 고개를 조아리자 머리에 쓴 관모가 바닥으로 떨어졌다. 마침 바람이 불어와서 관모는 계단 아래로 굴러갔다. 관모를 주우려고 뛰어 내려가던 승부령은, 마침 전각으로 들어오고 있던 조부령과 마주쳤다. 승부령은 조부령이 집어준 관모를 받아서 허둥지둥 머리에 썼다. 왕은 조부령에게 수해를 당한 세대에 조세와 부역을 줄이거나 면제하는 방안을 마련하라고 지시했다. 바람은 계속 불어댔고, 빗줄기가 전각 안으로 들이쳤지만, 왕은 아랑곳하지 않았고, 구체적인 대책을 조부령과 의논했다.

조부령이 물러나자 두 시녀가 다과상을 내왔다. 시녀가 놓고 간 호반(虎盤)* 위에는 목이 가는 정병과 은으로 꽃잎 모양을 낸 작은 반(盤)이 놓여 있었다. 정병에는 약주가, 반 위에는 꿀에 절인 대추와 밤이 있었다. 원광은 왕이 집어주는 대추를 두 손으로 받았다.

"대사, 중이라서 술을 못 먹는다는 소리는 하지 마시오. 내 오늘 진정한 스승을 만났으니 곡주 한잔 돌리지 않고서 어찌 인정이라 하겠소!"

밤이 늦도록 승의루에서는 이야기 소리가 두런두런 들렸다. 원광은 율리의 형님 댁에서 보고 들은 이야기와 전쟁으로 피폐해진 백성들의 실상을 왕에게 전했다.

"제 속가의 형은 올해 예순둘입니다. 늙고 병들었습니다만, 공등의 계략으로 정곡산성에 수자리로 차출되었답니다. 형에게는 비파를 잘 타는 고운 딸이 하나 있는데, 그 녀석을 흠모하던 가실이라는 젊은이가 장인 대신에 수자리로 떠났습니다. 속가의 인연으로 따지자면 제게 조카사위가 되는 젊은이가 전쟁터로 떠나던 날, 조카딸보다 제 형이 더 눈물을 흘렸습니다. 아직 혼인도 하지 못한 사위를 전쟁터로 보내게 되었으니 왜 아니 그렇겠습니까. 삼년산성을 쌓을 때부터 성을 쌓는 기술자였던 집안에서 나고 자란 젊은이라는데, 낙천적인 성격에 이마가 반듯했습니다. 성을 쌓는 기술이라면 나라에도 필요한 인재인데 장인을 위해 전쟁터로 가다니, 그 재주가

* 호랑이 발 모양의 다리가 달린 상.

156

참으로 아깝지 않습니까? 이처럼 전쟁터로 갈 사람들을 차출하려고 공등들은 수단 방법을 가리지 않는다고 들었습니다. 제가 자꾸 언짢은 일만 말씀드리는 것 같아서 죄송스럽습니다만, 이런 일에 대해서도 짚어주시면 좋겠습니다."

왕은 가끔 한숨을 쉬기도 하고 수염을 쓰다듬기도 하면서, 원광의 이야기에 귀를 기울였다. 원광은 수나라의 사정과 신라로 들어오면서 본 백성들의 실상을 자세하게 전했다. 백성들이 고리대에 허덕이다가 노예로 전락한다는 사실도 그대로 고했다. 왕은 원광의 말을 귀 기울여 듣고 긍정적이고 구체적인 조처를 내리도록 명했다. 다시 불려온 조부령에게 터무니없이 높은 고리대를 부담하게 하는 귀족들을 조사하여 명단을 제출하라라며 큰소리로 명했고, 물난리로 피폐해진 백성들에게는 역역 부담을 면제해주는 구체적인 조치를 시행할 것을 지시했다.

빗발이 잦아들자 연못에서 뒤채던 가시연꽃들도 아우성을 멈추었다. 왕과 원광은 서로의 팔을 붙들고 승의루 계단을 내려섰다. 둘은 취해서 헛놓이는 발에 힘을 주려고 애를 썼다.

"다행히 오늘 밤은 비의 기세가 잦아드는가 봅니다."

"그래, 그래야지."

우렁우렁한 왕의 목소리가 안개비처럼 축축하게 가라앉아 있었다.

"개구리의 울음소리가 잦아든 걸 보니, 비가 그치려는가 봅니다."

"그래, 그래야지."

두 사람의 발걸음 소리에 놀란 개구리들이 울음을 멈추고,
연못 속으로 몸을 던졌다. 물이 작고 매끄러운 몸을 받아들이
며 맑은 소리를 냈다.

*

열흘 뒤 원광은 다시 왕 앞에 불려 나갔다. 두번째의 만남
이었다. 왕은 승의루에 뒷짐을 진 자세로 서 있었다. 왕의 곁
에는 눈빛이 강렬하며 눈썹이 곱고 입매가 다부진 여인이 서
있었다. 원광이 인사를 하자 시원스럽고 칼칼한 음성이 건너
왔다.

"뵙고 싶었습니다, 대사. 미실이라 하옵니다."

입은 웃는데 눈은 웃지 않는 여인이었다. 원광이 허리를 굽
혔다. 삼 대에 걸쳐 왕을 모시고 이 나라의 정권을 쥐락펴락
한다는 소문 속의 여인이 바로 앞에 서 있었다. 미실은 살빛
이 비칠 정도로 얇고 푸른 능라 위해와 흰 모란이 수놓아진
겨자색 치마를 입고 있었다.

"유명하신 대사님을 언제나 뵐 수 있을까 기대했는데, 이제
야 만나뵙습니다. 언제쯤 제가 대사님의 법문을 들을 수 있을
까요?"

미실의 음성은 칼칼한데 콧소리가 섞여 있어 교태와 위엄이 동시에 느껴졌다.

"말씀만 하시면 소승은 언제라도 법문을 들려드리겠습니다."

두 명의 공주가 승의루 근처에서 재잘대는 소리가 들렸다. 왕이 눈짓을 하자 미실은 공주과 함께 물러났다. 공주들이 미실과 함께 사라지는 모습을 보면서 왕은 어두운 얼굴을 했다.

"부처와 같은 소생을 보고자 내 이름을 백정*이라고 짓고 왕비에게는 석가모니 어머니의 이름을 하사했지. 허나 내겐 여식만 셋이라오. 장차 이 왕위를 물려줄 아들이 없으니 어찌하면 좋겠는가!"

왕의 그늘 깊은 한숨에 원광은 대답을 하지 못했다.

"서동이 지명법사를 통해 선물을 갖고 와서 결혼 동맹을 맺자고 꼬드기던 때가 엊그제 같은데, 젊고 건강했던 내 딸이 왜 갑자기 죽었는지 나는 통 알 수가 없소. 서동이 왕위에 오르자마자 왕비가 죽었으니 정말로 이상한 일이 아닙니까? 아무래도 서동이 백제 귀족들에게 내 딸의 생명을 내어주고 권력을 쥔 것만 같소."

원광은 또 대답을 내놓지 못했다. 선화공주의 죽음에 대해서는 이런저런 말들이 많았다. 혹자는 동성왕의 죽음에 대한 일로 신라에 원수를 갚았다고도 했고, 왕을 흠모하던 백제 사

---

* 부처의 부친 이름.

택적덕의 딸에 의해 왕비가 살해되었다는 소문도 돌았다. 신라의 공주라고 해도 백제 왕실의 일이니 조사한다고 나설 수도 없었다. 왕은 유달리 아꼈던 막내딸을 잃은 후에 한때 국사를 멀리하며 사냥에만 매달렸다.

"아뢰옵기 황송하오나 영민하고 선한 군주의 재목이라면 아들딸을 따질 이유가 있겠습니까? 왕의 자리는 하늘이 내리니, 그들 중에 왕재가 있나 잘 살펴보시옵소서. 왜도 여자 군주가 통치하고 있지 않습니까?"

원광의 말에 왕이 반색했다. 찡그렸던 미간이 펴지고 입꼬리에는 미소가 피어났다.

"정말 그리 생각하오? 이 나라를 여인이 통치할 수 있다고? 이 나라는 왜는 물론이고 백제와 고구려와 전쟁을 하고 있소. 내게는 진흥대왕의 유지를 받들어 단군 시절의 땅을 통일해야 하는 의무가 있소. 어찌 여인이 그런 큰일을 감당할 수가 있겠소?"

"소승 감히 아뢰옵니다. 왕은 다만 통치할 뿐이며, 전쟁은 장군들과 병사들의 몫입니다. 지금 왕께서 이 나라의 배를 이끌고 계시지만, 사실 노를 젓는 자들을 지휘하실 뿐입니다. 뛰어난 장수와 충성하는 신하들이 있다면 여인이라 하여도 이 나라를 이끌고 나가는 데 무슨 문제가 있겠습니까? 오히려 여인의 품성은 신중하고 부드러우니 백성들에게 어머니처럼 자애를 베푸는 선한 군주가 될 수도 있지 않겠사옵니까?"

왕은 의자 위에서 벌떡 일어나며 원광의 손을 덥석 잡았다. 조금 전의 수심이 사라진 듯 환한 얼굴을 감추지 못했다.

"대사는 어떻게 내 생각을 족집게처럼 잘 아시는지 모르겠소. 정말 고맙소. 대사가 내 생각을 지지해주니, 귀족들을 설득할 힘을 얻었소."

"별말씀을 다 하십니다. 하온데 대왕께서는 이곳 승의루를 좋아하시나 봅니다. 매번 이곳에서 뵙습니다."

"안에 있으면 답답하지 않소. 이곳에는 해도 바람도 있고 물도 있으니 백성들과 조금 더 가까이 있는 기분이 들지요."

녹차가 우러난 찻잔을 들고 연못의 풍경을 바라보던 왕은 물 위로 뛰어오르는 잉어들을 손으로 가리켰다.

"대사. 저것들이 기운만 용솟음쳐 펄떡거리고 있을 뿐, 무엇을 할지 모르는 것만 같소. 뭐 하러 쓸데없이 물 위로 뛰어오른단 말이오? 그렇지 않소?"

왕의 의중을 알아차릴 수가 없어서 원광은 조용히 읍소했다.

"신라에는 예부터 아름다운 육체와 아름다운 정신을 숭상하는 풍월도가 있소. 서라벌에는 훌륭한 화랑들이 많지. 신라를 이끌어갈 젊은 피들이지만, 어떻게 그 힘을 사용할지 전혀 모르는 것 같소. 피가 뜨거우면 뭐 하겠소? 저 잉어들처럼 물 위로 뛰어오르는 일밖에 모르는데! 요즘 화랑들이 저희끼리 파벌을 지어 자주 부딪친다는 보고를 많이 듣소. 젊음은 말이오,

그냥 가만 놔두면 안 되는 법이야. 어디로 흘러가야 할 지 무엇을 붙들고 미쳐버릴지 넌지시 알려주는 사람이 있어야 하는 법이오. 대사가 그 일을 해주면 좋겠소. 나는 저 젊은이들을 신라의 도구로 쓰려고 하오. 그러기 위해서는 저들에게 지금보다 더 뛰어난 양질의 교육이 필요하오. 신라가 삼국통일을 이루려면, 화랑들이 뚜렷한 목표의식을 갖고 달려 나갈 수 있도록 뜨거운 신념을 심어주어야 하오. 문무는 물론이고 불법까지 아우르는 수준 높은 정신교육이 절실하오. 그 무엇보다 국가를 앞세울 수 있는 맹렬한 정신, 그것이 필요하다오."

왕의 가늘고 영민한 눈매가 원광을 지그시 바라보았다.

"옳으신 말씀이옵니다. 지금도 풍월주 문노를 비롯하여 여러 고승이 번갈아 화랑들의 교육을 훌륭하게 이끌고 있다고 들었습니다."

원광은 왕의 심중을 헤아릴 수가 없었다. 삼국통일이라는 거대한 목표를 세운 진흥왕의 업적에 대해 운을 떼다가도, 곧 왕실이 튼튼해지려면 귀족들을 견제하기 위한 대비책이 필요하다는 말로 화제를 옮겼다.

"황룡사를 맡아주시오. 내겐 대사가 필요하오."

짐작했던 일이었다. 왕은 원광에게 국사의 책임을 맡기고 싶어 했다. 원광은 그 마음을 이해할 수 있었다. 진흥왕의 즉위 이후 통일 정책에 힘입어 바야흐로 신라는 일어서려는 중이었다. 고구려나 백제는 국가로서의 기틀을 잡아 안정된 정치를 하고 있지만, 신라는 아직 그렇지 못했다. 중요한 국사가 귀족들을 중심으로 결정되어 추진되었고, 고구려와 백제, 왜까지 호시탐탐 국경을 노리는 실정이었다. 왕으로서 국정을 수행하려면 귀족들이 호응해줘야 하는데, 귀족들은 왕을 견제하는 세력이었다.

"하고자 하는 일을 추진할 수 없다면 나라를 통치하고 있다고 말할 수 있을까?"

왕의 속마음은 이해하지만 원광은 아무런 말을 할 수가 없었다. 수에서 돌아오면서 그는 자신이 공부한 불법을 널리 대중들에게 전파하며 살겠다는 서원을 세웠다. 대궐과 진골들 사이에서는 이미 불법이 성행하고 있으며 왕과 귀족들은 대중을 통치하기 위해서 불법을 교묘하게 이용하는 일에 익숙해 있었다. 원광은 통치의 수단으로 전락한 불법을 백성들에게 제대로 전해주어야 할 의무를 느꼈다.

'불법이 이 척박한 삶을 견디는 힘이 된다면……'

아무리 왕의 부탁이지만 원광은 자신만의 서원이 있고 꿈이 있었다. 원광은 고개를 숙이며 난감한 표정을 지었다.

"소승에게 그렇게 막대한 책임을 주시고자 하시니 황감하옵니다. 하오나 저는 서라벌에서 물러나서 백성들을 위한 불법을 펼치고 싶습니다. 지금 국사의 책임을 겸하고 있는 황룡사의 주지가 누구보다 일을 잘 처리한다고 들었습니다."

원광의 대답에 왕은 눈을 부릅떴고 얼굴이 붉어졌다.

"대사는 이 궁궐에서 진심으로 나에게 읍소하는 자들이 몇 명이나 될 것 같소? 진골들은 틈만 나면 왕인 나를 물어뜯으려 하오. 그들은 이 나라 재력의 대부분을 소유하고 있고 지금 이 순간도 그 세를 계속 불려나가고 있지. 그들의 재력이 필요하기에 왕이라 해도 그 의견을 무시할 수 없다오. 저들의 꼭두각시가 아니라 진정한 왕으로서 이 나라를 통치하려면 내게도 힘이 필요하오. 저들에게 끌려다니지 않고 맞설 수 있는, 아니 그들을 제압하여 하나의 힘으로 모을 수 있는 진정한 군주의 힘 말이오."

왕은 화랑이야말로 진골 귀족들을 견제하고 왕에게 힘을 실어줄 세력이 되어야 한다고 주장했다. 원광이 거절을 번복하지 않자 왕은 다른 의견을 제시했다. 화랑의 수련장을 만들 계획인데 그곳에서 교육을 맡아달라고 했다.

"화랑을 잘 교육한다면 왕을 중심으로 신라의 탄탄한 세력이 되지 않겠소? 아무도 넘볼 수 없는 힘, 진골과 귀족들은 물론이고 저 고구려와 백제도 감히 무시할 수 없는 강력한 힘 말이오. 화랑들이 그런 힘으로 합해진다면 그들이 언젠가는 삼국통일의 대업도 이룰 것이오. 칼을 휘두르고 활을 쏜다고 해서, 시를 짓고 춤을 추며 운율을 즐기는 것으로 저 귀족들을 상대할 힘을 가질 수 있을 것 같소? 귀족들과 백제와 고구려를 넘어서려면 화랑들에게 정신적인 구심점이 필요하오. 화랑이 부처의 말씀을 기반으로 왕을 향한 충성으로 뭉친다

면, 이 신라로서는 거대한 힘을, 저 고구려나 백제는 갖지 못
하고 또 감히 넘볼 수 없는 소중한 힘을 소유하게 될 것이오.
장담하건대 그런 힘이야말로 통일을 이루게 할 기반이 될 것
이오. 지금 당장 통일이 이뤄지지 않는다고 하더라도, 그들이
뭉쳐져 단단한 힘으로 성장한다면 언젠가는 고구려와 백제를
딛고 신라가 크게 호령하는 때가 오게 되지 않겠소? 그렇게
하려면 그들에게는 어떤 목표가 필요하오. 무엇을 붙들고 미
쳐버려야 할지, 무엇에 젊음을 던져야 할지를 알려줘야 하오.
그들이 이 신국의 주체적인 세력임을 믿고 행동할 수 있도록
대사께서 화랑들에게 그 목표와 뜻을 제시해주시오."

　왕은 위풍당당한 몸집과 쩌렁쩌렁한 음성으로 위압감을 줄
뿐만 아니라, 상대의 허와 실을 꿰뚫어 볼 줄 아는 영리함까
지 갖추고 있었다. 이야기의 중심을 흐트러지게 하여 상대가
마음을 놓게 한 후에 허를 찌르는 방식으로 자기 뜻을 각인시
켰다. 허를 찔린 만큼 상대는 왕의 뜻을 몸으로 받아들이게
되고, 그리하여 절대로 잊지 못한다는 것을 왕은 아는 것 같
았다.

　원광은 비로소 왕의 의도를 알아차렸다. 처음부터 왕의 의
도는 황룡사가 아닌 화랑들을 원광에게 맡기려던 것이었다.
황룡사 주지의 책임을 거절할 원광의 의도를 미리 짐작하여,
화랑의 교육이라는 제안을 일부러 숨겨놓았던 것이었다. 제

아무리 원광이라 해도 왕의 명령을 계속 거절할 수는 없다는 사실을 이미 간파하고 있었다.

"기왕에 대사께서 맹자를 말씀하셨으니, 군자의 다섯 가지 훈육법이 기억나는구려. 때를 맞춰 내리는 비가 초목을 저절로 자라게 하듯 감화시키는 법, 덕을 완성하여 고매한 품위를 갖게 해주는 방법, 가진 소질을 살려 재능을 발전시키는 법, 질문에 답하여주는 법, 스스로 깨달아 덕을 닦게 하는 법이 그것이라지요. 창검술을 익히고 자연에서 풍류를 알게 하는 것은 풍월주가 잘 알아서 할 테고, 불경에 대한 강의는 자운대사가 맡고 있지만, 덕을 닦고 완성하는 일은 종류가 좀 다른 훈육이라 믿소. 대사라면 내가 더 이상 말하지 않아도 무슨 뜻인지 알 것이오. 그렇지 않소?"

왕의 말은 낮고 힘이 있었다. 눈빛은 인자해도 그 안에 결연한 표정이 엿보여, 원광은 대꾸도 못하고 고개만 끄덕거렸다. 왕은 화랑의 훈련장을 운문산에 만드는 것이 좋겠다고 넌지시 운을 뗐다.

"백제나 왜, 고구려의 간자들이 눈치채지 못하는 깊은 산속이라오."

운문산은 지대가 높고 가는 길이 험하며 사방 어디보다도 높은 곳에 있어, 훈련장을 짓기에 적합한 장소라고 했다.

"그곳에 작갑사*라는 곳이 있소. 법흥왕 시절 보양국사가 불사를 일으켜 제법 쓸모 있는 절이 되었소. 오래 비어 있어서 수리를 하고 화랑들을 보냈소. 그곳에서 우리 신라의 보석인 화랑들을 맡아주시오. 절을 더 중창하고 수리하는 비용은 얼마든지 자금을 대주겠소."

'작갑사라면, 그 율리의 만신이 말했던 그 절이 아니던가?'

놀란 원광이 왕을 올려다보았다. 왕의 가느다란 눈이 더 가늘어지면서 입가에 웃음이 피어올랐다. 대꾸가 없는 원광을 보고 왕은 승낙의 뜻이라 짐작하며 고개를 끄덕였다. 원광은 무거운 발걸음으로 승의루의 계단을 내려왔다.

'누구나 각자의 길이 있다. 자신이 하고 싶은 일을 하는 길이라면 누가 마다하겠는가? 원치 않아도 그것이 누군가가 입어야 할 옷이라면 벗어버릴 수만은 없다. 화랑 또한 젊은이들이니, 황룡사에서 주지로 앉아 지체 높으신 귀족들 수발을 들며 비위를 맞추는 일보다는 낫지 않겠는가.'

승의루의 계단을 내려오면서 원광은 자신을 위로하듯 그렇게 중얼거렸다.

원광이 궁에서 있었던 일과 이런저런 생각으로 복잡해져 있는 동안, 폭포의 물에 잠겼던 발이 떨어져나갈 듯 시렸다. 물 밖으로 나온 가리도 입술이 파랗게 질린 채 오들오들 떨었다. 원광은 가리의 옷을 벗겨서 물기를 꼭 짠 후에 바위 위에

* 현재 운문사.

널었다. 옷이 마르는 동안 원광은 자신의 장삼을 벗어 가리의 몸을 가려주었다. 먼 길을 따라 걸었던 가리는 원광의 발치에 앉아 장삼 자락을 덮고 꾸벅꾸벅 졸았다. 원광은 졸고 있는 가리를 끌어당겨 자신의 무릎을 베고 눕게 했다. 물에 씻은 가리는 이제 누가 봐도 새까만 도깨비로는 보이지 않았다. 속눈썹에 맺힌 물기가 눈물처럼 반짝거렸다. 원광은 말갛고 보송보송한 얼굴로 잠들어 있는 가리가 문득 피붙이처럼 여겨졌다. 여자를 알지도 못했고 아이를 낳아본 적도 없었지만, 이토록 무구한 표정으로 잠든 가리와 같은 자식이 있다면 제 살을 베어 먹인들 무엇이 아까울까 하는, 느닷없는 애정이 솟구쳤다. 원광은 자신이 맡게 될 화랑들 또한 가리처럼 어린 소년들이라는 데 생각이 미쳤다. 부모의 곁을 떠나 화랑으로 살겠다는 소년들 또한 고단하고 외로울 터. 내 자식으로 여겨 마음과 정성을 다하여 그들을 이끌어준다면 좋은 일이겠구나. 어차피 누군가 해야 할 일이라면…… 가리의 젖은 고수머리가 이마 위에서 동그랗게 말려 있었다. 원광은 조용히 손을 들어 가리의 머리를 쓰다듬었다.

바위 위에 얹어놓은 가리의 옷이 꾸덕꾸덕 말라갈 무렵, 계곡 위쪽에서 푸른색 옷을 입은 두 화랑이 뛰어 내려왔다.

"대사님, 오셨습니까? 전갈을 받고 기다렸는데 도착하시지 않아 마중 나왔습니다. 곧 해가 저물 텐데 어쩐 일인가 했지요. 저는 바도루라고 합니다."

"저는 해미지입니다."

화랑 둘이 원광 앞에 엎드려 예를 올렸다. 인기척에 가리도 일어나서 눈을 비볐다. 화랑들을 따라 들어선 작갑사 대웅전 안마당에는 마침 저녁 공양을 하러 나온 화랑들이 서성거리고 있었다. 화랑들은 대웅전 전각으로 들어서는 원광을 발견하고 모두 마당에 엎드려 절했다. 그들은 수나라에서도 유명한 원광법사가 스승으로 오시게 되었다는 말에 고무되어 있던 터였다.

'살 곳을 택할 때는 지리를 살피고 다음에 생리를 살피며, 인심과 산수를 살피라 했다. 이 넷 가운데 하나라도 빠지면 낙토라 할 수 없으니. 이곳은 자연이 만들어놓은 천하의 가거지지(可居之地)로다.'

원광은 절을 둘러싼 능선과 계곡 아래의 수려한 풍경을 내려다보며 중얼거렸다. 마침 산등성을 넘어가고 있는 저녁 햇살이 파란색 옷을 입은 화랑들의 얼굴을 비췄다. 환한 표정의 화랑들과 일일이 손을 잡으면서 원광은 묘한 기대감에 부풀었다.

'배고픈 사람에게 먹을 것을 나누어주는 것도 보시요, 헐벗은 자에게 입을 것을 주는 것도 보시며, 목마른 자에게는 물 한 그릇도 보시라 하였으되, 바른 법을 가르쳐주어 좋은 길로 인도해주는 것 또한 법보시라 하지 않던가! 비록 대중을 위한 자리에 서진 못했지만, 이 어린 화랑들, 이 젊음들을 위해서라면 내 남은 인생을 던져도 아깝지 않으리라. 사람의 자리란 스스로 만드는 것이 아닌지도 모르지. 내가 필요한 자리라면 기꺼이 그 자리에 서는 것, 그것이야말로 사람이 선택할 수 있는 부분이리라. 내가 하는 일을 좋아하고 그에 헌신하는 일이야말로 옳은 도리일 터. 설혹 그 자리가 마음에 들지 않는다 하더라도 말이지. 모든 일이 국가를 보호하는 일과 분리될 수는 없으니. 인간이 부서지고 변두리로 밀려나는 일을 외면하지 않으려면, 오히려 권력과 협력하여야 앞으로 나아갈 수 있지 않겠는가! 국가가 잘못된 길로 나아갈 때 이를 바로잡고 세상을 편안하게 하는 일을 불법이 해야 할 때이니…… 혹자는 내가 왕의 입김으로 일신의 영달을 꾀하려고 권력의 편에 섰다며 손가락질을 할지도 모르지. 그러나 국가는 불교에, 불교는 국가에 서로 손을 내밀고 붙들면서 백성이 살기에 좋은 세상을 만들어가는 일도 제법 의미 있는 일이 아니겠는가! 그것을 굳이 이름 붙이자면 '반야호국불교'라고나 할까? 공자께서도 천하의 뛰어난 인재들을 얻어 가르치는 일 또한 군자의 세 가지 즐거움 중 하나라 했으니. 제때에 내리는 비가 초목을 푸르게 하듯이, 조건을 잘 갖춘 이들에게 필요한 교훈을 주어 성장하게 한다면, 덕을 기르고 천품을 유지하고 발전하게 만드는 기반이 될 테니…… 좋은 일이지…… 불법이 하는 일이 승(僧)을 길러내고 부처와 법을 전하는 일만은 아닐 터.

반야의 덕을 나라를 위하고 젊은이들을 위해서 쓴다면야 더 없이 좋은 일이 아닌가!'

원광은 "반야호국불교, 반야호국불교……" 하고 중얼거렸다. 해걸이바람이 가볍게 옷깃을 흔들었다. 석양은 원광에게도 주홍빛을 내어주어, 그의 얼굴은 어느 때보다도 환히 붉었다. 비파골의 흰 바위도, 지나가는 구름도 석양의 기운으로 불그레 물드는 시간이었다.

푸른
연꽃

산사에서 맞이하는 첫 겨울. 절의 공사를 맡았던 일꾼들은
산 아래로 내려가고, 화랑들의 글 읽는 소리만 낭랑하게 울려
퍼지는 아침이었다. 장지문 밖을 내다보던 원광은 탄성을 질
렀다. 배꽃처럼 희고 둥근 서설(瑞雪)이 소리도 없이 흩날리
는 중이었다. 첫눈인데도 제법 쌓여 화랑들이 눈을 치우고 길
을 내느라 분주했다. 원광은 위해*를 벗어서 눈밭에 털었다.
살생을 금지하는 스님들은 눈밭에 적삼이며 속곳을 털어 이
를 없애곤 했다. 고쟁이를 벗어 터는데 싸리비를 든 화랑들이
몰려왔다. 웬 여인이 찾아왔다는 전갈이었다. 원광은 고쟁이
에 다리를 밀어 넣다가 한쪽 가랑이에 두 다리가 들어가는 바

* 저고리.

람에 눈 위로 벌렁 넘어졌다.

절 문 앞에 서 있는 사람은 율리에서 만났던 만신 청연이었
다. 눈 오는 산길에서 여러 차례 미끄러지고 뒹굴어서 행색은
거지꼴이었다. 등에 멘 작은 보퉁이며 옷도 젖고 흙투성이여
서 꾀죄죄했다. 산바람은 문설주에 꽹이 울음소리를 내려놓
다가 잠깐 숨을 고르는 중이었다. 손은 얼어 푸르뎅뎅하고 옷
도 젖었으니 돌아 세우면 안 될 것 같았지만, 원광은 고개를
저었다. 이유는 몰라도 율리에서 처음 만났을 때부터 꺼림칙
한 기분이 들었다.

"자네는 왜 여기까지 왔는가? 여기가 어디라고 함부로 발
을 들인 겐가?"

원광은 버럭 소리를 질렀다.

"스님, 외람된 행동인 줄 압니다. 전에 말씀드렸듯이 저는
이곳에 있어야 합니다. 공양간 일이나 돕게 해주십시오."

청연은 뺨이 얼어 발음도 분명치 않았지만 표정은 단호했다.

"그럴 수는 없네. 여긴 이미 공양주 보살이 있으니 그만 산
을 내려가시게."

원광도 손을 저으며 물러서지 않았다. 곁에 있던 바도루가
언 몸을 녹이고 옷을 말린 후에 갈 수 있게 허락해달라고 청
했지만 원광은 굳은 표정을 풀지 않았다.

"내 이미 돌아가라고 말했으니 그리 알게."

여인은 돌아서지 않고 그 자리에 서 있었다. 입술을 지그시

깨무는 표정이 아예 한 발자국도 움직일 생각이 없어 보였다.

"그만 가보라고 했으니!"

원광의 목소리가 건너편 산까지 쩌렁쩌렁 울렸다. 평소에 인정스럽고 세심했던 원광이 호통을 치자 화랑들이 수군거렸다. 완강하게 등을 돌려 방 안으로 들어간 후에도 기척이 없었다. 여인 또한 아무런 대꾸도 없이 문 앞에 서 있었다. 하루가 지나고 이틀이 지나도 여인은 움직이지 않았다. 그 자리에 심긴 나무처럼 그대로 바람을 맞고 추위에 얼면서 서 있었다.

그렇게 사흘이 지났다. 그동안 원광은 여인에 대해 잊은 듯 묻지도 않았다. 나흘째 되는 날 아침, 밤새 내린 포슬포슬한 눈으로 세상은 다시 순백이 되었다. 아침 공양을 들러 가던 원광은 문 쪽으로 고개를 돌렸다. 여인은 사라지고 없었다.

'다행이군. 만신을 절에 들일 수야 없지.'

원광이 안도하며 숟가락을 잡았을 때, 화랑 하나가 급히 뛰어들며 소리쳤다.

"대사님, 문 앞에 서 있던 보살님이 쓰러졌어요. 몸이 고드름처럼 꽁꽁 얼었는데, 맥도 잡히지 않는 것이 아마도 죽은 것 같습니다!"

청연은 짚덩이처럼 가리의 등에 얹혀서 들어왔다. 원광은 수저를 놓고 허둥지둥 청연을 받아 안았다. 며칠 동안 물 한 모금 넘기지 않고 버틴 탓에 몸이 짚단처럼 가벼웠다.

"이런 미련한 여인네가 있나. 가서 따뜻한 물수건을, 어서!"

요 위에 뉘는데 시큼하고 들척지근하면서 싸한 냄새가 올라왔다. 공양주 보살이 물을 뚝뚝 떨어뜨리는 손을 치맛자락에 닦으면서 청연이 누운 방으로 들어갔다. 한나절이 지나도록 뜨거운 물이 담긴 자배기만 드나들 뿐, 기별이 없었다. 원광은 왔다 갔다 허둥거리며 소식을 기다렸다. 내 어리석은 두려움으로 인하여 한 여인을 죽음으로 몰아갔구나. 여인아, 살아만 있어다오. 원광이 중얼거리는 소리는 자주 방 밖으로 새어 나갔다. 공양주 보살은 저녁나절이 되어서야 청연이 눈을 떴고 의식을 찾았다는 소식을 전했다.

"스님께서 안 된다고 하셔도 제가 저 여인을 거두어야겠습니다. 그렇지 않아도 공양간에 사람이 더 필요했습니다. 허드렛일은 가리와 불목이 도와준다 하더라도 저 혼자서 식구들의 끼니를 책임지는 일은 불가능합니다. 처음에는 식구가 적어 할 만했는데, 스님이 오신 뒤에는 화랑들이 자꾸 늘어나고 객승들도 자주 찾아오셔서 이제는 삼백 명분의 밥을 짓고 반찬을 만들고 있습니다. 사실 몸이 너무 고되어서 도망갈까 궁리하던 차에 여인이 나타났으니, 얼마나 다행스러운지 모르겠습니다. 저 여인도 알고 보니 불쌍한 사람이던데, 왜 그렇게 매정하게 내쫓으려 하십니까? 저는 스님이 그렇게 인정사정 보지 않는 냉정한 분이신 줄은 미처 몰랐습니다."

공양주 보살은 뚱한 표정으로 물러서지 않았다. 원광은 하는 수 없이 청연이 함께 기거하며 일하는 것을 묵인하게 되었다. 청연은 공양간에서 조용히 일만 도울 뿐, 원광의 근처에는 얼씬도 하지 않았다. 서로 마주칠 일도 없으니 원광도 불길한 예감이 한낱 기우였음을 알았다. 원광은 가리를 통해 청연이 산 위쪽에 있는 암자에서 천 배 공양을 올리러 다닌다는 말을 전해 듣곤 했다. 화랑들의 교육을 마치고 나오다가, 원광은 가끔 마당을 가로질러 가는 청연의 모습을 먼빛으로 보았다.

입춘을 앞둔 어느 날이었다. 햇살은 따사로운 손길로 대지의 어깨를 어루만졌다. 양지바른 곳에서부터 눈이 녹아 흘러내리는 소리가 들리기 시작했다. 추녀를 따라 똑똑 떨어진 물은 골짜기를 따라 흐르며 골골골 노래하다가, 폭포를 만나 힘차게 떨어지며 장쾌하게 자신의 길을 열었다. 골짜기의 물들이 모이고 모여 활발발하게 강을 향해 내리닫는 계절이었다. 곧이어 있을 입춘 행사로 고요한 산사가 수런수런 꿈틀거렸다. 원광은 겨울을 산에서 보냈던 화랑들을 집에 다녀오도록 모두 내려보냈다. 수행 중이던 스님들도 동안거 해제일을 맞아서 황룡사 법회에 참석하러 산을 내려갔기에, 절에는 아무도 없었다.

원광은 홀로 절 주변을 거닐었다. 참으로 오랜만에 맞는 조용하고 홀가분한 시간이었다. 얼었던 계곡물이 얼음장 아래에서 만나 돌돌돌 이야기하는 소리가 들렸다. 겨우내 얼었던 땅도 꿈지락거리며 활동하는 미생물들에 의해 부드러워져서, 밟히는 느낌이 사뭇 달랐다. 절은 입춘을 기점으로 북적거리기 시작하게 된다. 화랑들도 새 학기가 열리고, 눈길 때문에 절에 오지 못했던 대중들도 입춘 행사에는 많이 참석한다. 원광은 뒷짐을 지고 절 주위를 느린 걸음으로 걸었다. 아직도 날카로운 바람이 산 위에서부터 계곡을 향하여 내리꽂히며 위세를 떨치지만, 봄이 휘파람 불며 가만히 내뱉는 훈풍에 나무들은 저마다 잎눈과 꽃눈을 다투어 부풀렸다. 산은 봄을 맞는 소리로 설레고 수런거리며 기웃거리는 중이었다. 봄기운을 알아차린 새들도 물오른 나무 사이를 건너뛰며 장난질이 한창이었다. 눈이 녹았으니 곧 일꾼들이 올라올 테고, 절을 중창하는 공사가 다시 시작될 예정이었다.

'그때가 되면 이 한적함도 사라질 테지.'

갑자기 덤불 속에서 노란 새가 날아올랐다. 울음소리도 흔치 않은 낯선 새였다.

'참으로 고운 생명도 있고나! 지저귐도 특별하고, 깃털 빛이 시리도록 아름답구나!'

새가 날아가는 곳으로 고개를 돌리며 쳐다보다가 원광은 비탈길에 발을 헛디뎌 미끄러졌다. 해가 덜 드는 북쪽 낙엽 아래는 아직도 얼어 있다는 것을 염두에 두지 않은 실수였다. 원광은 순식간에 비탈을 따라 미끄러져 계곡 아래까지 굴러 떨어졌다. 엄청난 고통이 밀려왔다. 왼쪽 발목이 부러졌고 왼쪽 어깨도 탈골되어 움직일 수가 없었다. 귀에서는 수백 마리의 매미 소리가 들렸고 정신이 아득했다. 낭패였다. 소리쳐봐야 절에는 원광을 도와줄 사람이 아무도 없었다. 화랑들은 모두 집으로 돌아갔고, 아침 공양을 끝낸 후에 가리와 공양주 보살도 청연과 함께 입춘 행사를 위한 물품을 사러 산 아래로 내려간 터였다. 원광은 옷고름과 칡넝쿨을 이용해 움직여지지 않는 발목에 나뭇가지를 간신히 붙들어 맸다. 탈골된 어깨는 바위에 부딪쳐서 제자리로 되돌려놓았다. 어깨를 바위에 던지면서 원광은 난생처음으로 비명을 질러댔다. 성한 한쪽 팔과 다리로 계곡을 기어서 올라 간신히 근처 암자에 도착했을 때, 기진맥진한 원광은 문지방을 넘자마자 그대로 기절해 버렸다.

정신이 들었을 때는 이미 밤이었다. 호롱불 타는 냄새가 났다. 몸을 움직이려 했지만 아파서 그럴 수가 없었다.

"스님, 그냥 누워 계세요. 어깨와 발목이 부러졌고 온몸이 긁힌 상처투성이입니다. 열이 나니까 물을 많이 드셔야 합니다."

물이나 목소리보다 체취가 먼저 다가섰다. 들큼하고 시큼하며 갯내 같기도 하고 쿰쿰한 것이, 원광이 경계하던 바로 그 냄새였다.

"너, 너는?"

"청연이옵니다. 모두 산 아래 내려가고 저만 남아서 어쩔 수 없이······"

청연은 말끝을 흐렸다.

"자네도 산을 내려가지 않았나? 아침에 함께 길을 나서는 걸 보았는데."

입을 떼는데 등이 쪼개질 듯 아팠다. 원광은 얼굴을 찡그렸다.

"조청을 미리 만들어야 하는 것을 잊어서 저만 다시 돌아왔습니다."

찰방거리는 물소리가 들리더니 이마 위에 차가운 수건이 얹혔다. 참으로 이상한 일이었다. 누워서 앓는데도 청연의 체취가 몸 가운데를 후벼 팠다. 달콤하면서도 아린 고통이 짜하게 밀려왔다.

"아프구나!"

그 한마디를 내뱉고 원광은 다시 정신을 잃었다.

눈을 떴을 때 이마 위에는 축축하고 미지근한 물수건이 얹혀 있었다. 청연이 한쪽 무릎을 세우고 앉아 코를 박은 채로 졸고 있었다. 호롱불이 좌우로 흔들려 벽에 기댄 청연의 그림자도 따라서 좌우로 흔들렸다. 어지럽고 느슨하게 움직이는 그림자를 보고 있자니 야릇한 그 냄새가 다시 신경이 쓰였다. 오랫동안 함께 있으면 상대의 체취 같은 것은 익숙해져서 느끼지 않는데, 청연의 체취는 익숙해지지 않고 묘하게 불편했다. 삭힌 홍어 냄새 같기도 하고 잘 뜬 메주 냄새 같기도 했다. 산짐승도 아니고 사람의 냄새가 이토록 해괴하게 느껴지니 무슨 조화란 말인가. 원광은 버럭 소리를 질렀다.

"그만 가서 자거라!"

자신의 목소리가 비틀린 신음 소리처럼 들려 뜨끔했다. 졸던 청연이 놀라서 고개를 들었다. 청연은 물이 담긴 고배를 원광의 입에 대주었다. 물을 보자 갈증이 깨어난 원광은 급히 물을 들이켜다가 사레가 들려 기침을 했다. 몸 전체가 쑤시고 아팠다.

"벌써 새벽이 가까워옵니다, 스님."

청연은 근심스러운 얼굴로 흘러내린 물을 닦으면서, 하루하고도 반나절 동안 계속 정신을 잃고 계셨노라고 말했다.

"그만 되었으니 가서 주무시게나."

청연이 마지못해 일어섰다. 문이 열리자 차가운 밤바람이 밀려들어왔다. 호롱불이 꺼져버릴 듯 출렁이다가 다시 촉을 세웠다. 치맛자락 스치는 소리가 묘하게 신경 쓰였다. 고개를 숙이고 제 안에 숨은 붉음을 태우는 호롱불을 물끄러미 바라보다가 원광은 잦아들 듯 잠에 빠졌다.

법당 안에서 원광은 금강경을 외우고 있었다. 늘 독경하던 경인데 이상하게도 막혀서 생각나지 않았다.

여시멸도무량천수무변중생(如是滅度無量天數無邊衆生),

실천중생득멸도자(實天衆生得滅度者)

이처럼 헤아릴 수도 없고, 셀 수도 없는, 가없는 중생들을 내 멸도한다고 하였으나, 실로 멸도를 얻은 중생은 아무도 없었더라. 여시멸도 여시멸도…… 독경은 계속 같은 부분만 맴돌았다. 뭔가 야릇한 향내가 코를 자극했고 뒤에서 인기척이 느껴졌다. 원광은 마음을 집중할 수 없었다. 여인의 화장 분냄새와 함께 들척지근한 냄새가 다가왔다. 이어 비단 치맛자락이 스치는 소리, 타박타박 발소리가 들리더니 누군가 스르르 원광의 어깨에 기대왔다. 원광은 소스라치게 놀라서 목탁을 놓쳤다. 감았던 눈을 부릅뜨자 천근만근 무거운 몸이 먼저 느껴졌다.

어떻게 된 일인지 곁에 청연이 누워 있었다. 일어나려고 했지만 몸이 말을 듣지 않았다. 탈골된 어깨며 부러진 다리가 천근 쇳덩이에 묶인 양 버겁고 옴짝달싹할 수가 없었다. 원광이 깬 기척에 청연도 눈을 떴다. 검고 깊으며 서늘한 눈이 코앞에서 잔잔히 웃었다. 익숙한 듯 청연은 원광의 목을 끌어안았다. 달달하고 따사로운 몸뚱이가 가슴을 파고들었다. 매끄럽고 따스하고 말캉한 여인의 살을 느끼자 원광은 스르르 녹아내렸다. 원광은 녹은 송진이 되어 청연의 몸에 달라붙었다. 품에 안긴 청연의 몸은 뼈가 없는 듯 폭신하고 매끈하며 나긋나긋했다. 그런 몸이 미치도록 사랑스러웠다.

속세의 사람들은 이 살맛 때문에 사랑을 하며 남녀가 함께 있으려는가?

　경황 중에도 원광은 그런 생각을 했다. 어떤 아름다운 비단이 있어 사람의 피부가 주는 따사로움을 흉내 낼 것이며, 어떤 보드라운 꽃잎이 여인의 살결에서 느끼는 감미로움과 비교할 것인가! 앞뒤를 따지는 이성을 누르고 가슴팍에서 뛰노는 씩씩한 고동 소리가 모든 것을 해치워버렸다. 함께 부둥켜안고 누웠으면서도 청연은 이상하게 몹시 발버둥 쳤다. 움켜쥔 저고리가 벗겨지고 치마가 뜯겼다.

　골짜기 샘물이 우묵한 곳에 멈춰 동그라미를 그렸다. 동그라미는 샘물을 진동시켜 파문을 일으켰다. 몸과 몸이 이어졌고 살과 살이 합쳐졌다. 고향에 다다른 듯 아늑한 이 느낌은 무엇인가! 원광은 정신을 차릴 수가 없었다. 열락은 기세 좋게 축을 세웠다. 물결이 치솟으며 오랫동안 출렁이더니 기울기가 가파르고 험한 파도가 되었다. 거센 파도가 두 사람을 덮쳤다. 파도에 내동댕이쳐진 둘은 곧 차가운 모래밭에 던져졌다. 열락이 지나가자 차가운 수치심이 원광의 이성을 일깨웠다.

　"어쩌자고 이런 일을!"

　원광은 자신의 음성이 떨려서 더 두려웠다.

　"나는 모든 것을 잃었구나!"

　청연의 희뿌연 어깨도 가늘게 떨었다.

"너 때문에 평생을 공부하고 쌓아온 것들이 한순간에 무너졌구나! 모두 너 때문인 것이야! 왜 내 곁에 누워서 나를 유혹했더냐!"

원광은 울부짖는데 청연은 대답이 없다.

"처음부터 너는 이럴 작정이었던 게야. 너는 구월산 붉은여우가 현신한 요물임에 틀림없어! 나를 끌어내리기 위해서 여기까지 따라왔더냐? 말해보거라. 어서 말을 하래도!"

청연은 얼굴이 점점 창백해졌을 뿐 대꾸가 없다. 홀로 울부짖는 원광의 옆에서 돌아앉아 조용히 옷매무새를 정리하고 있었다. 으르렁거렸지만 원광은 돌아앉은 청연의 동그란 어깨가 이상하게도 예쁘고 측은하여 견딜 수가 없었다. 순간, 다시 폭풍의 회오리 안에 말려든 그는 청연을 힘껏 껴안았다. 청연의 작고 차가운 몸뚱이는 원광의 품 안에 들어오자마자 꺼져버릴 듯 점점 작아지며 녹아 흩어졌다. 원광은 눈꽃송이처럼 차갑고도 보드라운 청연의 몸에, 또한 금세 사라져버려 쥐어지지 않는 뭔가에 말려들어 어쩔 줄을 몰랐다. 매끄럽고 따사로우며 녹신한 살맛에 원광은 미칠 지경이었다. 감미로운 두번째의 열락이 지나갔다. 또다시 무서운 힘이 원광을 차가운 바위 위로 내동댕이쳤다.

"이럴 수가! 내가, 내가 이럴 수는 없어. 이렇게 모든 것을 잃을 수는 없어. 하찮은 몸뚱이가 뭐라고 내 앞길을 막는단 말이냐!"

원광의 분노한 울부짖음이 계곡을 채웠고 산을 울렸으며 하늘까지 번져나갔다. 새벽이 붉은 노을을 앞세우고 노여운 얼굴로 점점 다가왔다. 원광의 눈도 붉은 분노로 번들거렸다.

"모두 다 네 냄새 탓이다. 사람이 아닌 붉은여우의 냄새!"

원광은 여우가 환생한 것이 틀림없다며 으르렁거렸다. 불타는 분노는 구석에서 옷깃을 부여잡고 떠는 청연을 움켜쥐었다. 이상하게도 청연은 반항하지 않고 가만히 원광의 거친 손길을 받았다. 분노가 잦아들고 정신을 차렸을 때 청연은 원광의 무릎 밑에서 고개를 꺾은 채 잠잠했다. 창백한 눈이 원광을 바라보았다. 그 공허한 눈길에 원광은 점차 분노가 사그라졌다.

"미안하네. 모두 다 내 잘못이네. 이제 그만 산을 내려가시게. 다시는 내 앞에 나타나지 말게. 부탁하네."

원광이 조였던 손을 풀자, 청연의 손이 툭 떨어졌다. 공포가 빠르게 등줄기를 탔다.

"청연아!"

원광의 울부짖음에 앞산과 뒷산이 쩌엉쩌엉 울었다. 뿌연 새벽안개 사이로 불덩어리가 천천히 일어섰다. 내일모레가 입춘이니 곧 산을 내려갔던 화랑들과 가리 일행들이 돌아올 시간이었다. 서둘러야 했다.

모든 흔적은 빠르게 수습되었다. 부러진 왼발도 무서운 힘을 발휘했다. 원광은 청연의 주검을 절벽 아래로 던졌다. 암 자에 흩어진 신발이며 찢어진 옷도 함께 던져버렸다. 터무니 없는 일이 벌어졌고 상황은 이상하게 꼬였으며 무엇보다도 그 중심에 청연이 있다는 사실에 원광은 화가 났다. 노여움과 광기와 뒤채는 슬픔을 잠재우기 위해서 원광은 자신의 방에 앉아 목탁을 두드렸다. 그런데 묘하게도 눈을 감으면, 스님! 하고 부르는 청연의 음성이 들렸다. 그런데 눈을 뜨면 아무도 없었다. 원광은 매질을 하듯 힘껏 목탁을 두드렸다. 그러나 곧 눈을 감으면 치마 스치는 소리와 함께 청연의 체취가 다가 와 기대는 기미가 느껴졌다.

"네가 사람이더냐, 귀신이더냐, 아니면 늙은 여우더냐!"

원광은 화를 냈다가 세차게 목탁을 두드렸다가 정신이 없 다. 아무리 세게 두드려도 목탁 소리를 뚫고 스님! 하며 부르 는 청연의 축축한 목소리가 스며들었다. 독특한 체취가 코끝 에 스쳤다. 눈을 뜨면 아무것도 없는데, 눈을 감으면 목소리 와 체취가 성큼 다가왔다. 아무리 미친 듯이 목탁을 두들겨대 도 사라지지 않았다.

이미 날은 밝아 계곡으로부터 안개가 걷혀가고 있었다. 원 광은 부서질 듯 아픈 몸을 일으켜서 절벽으로 다가가서 아래 를 내려다보았다. 아뿔싸! 굴러떨어졌다고 믿었던 청연은 절 벽 중간에서 자라난 소나무 가지에 걸쳐져 있었다. 파리한 얼 굴에 검은 눈을 뜨고 있는데 아무리 봐도 죽은 사람으로 보이지 않았다. 그 모습이 어찌나 정갈하고 차가우며 예쁜지 원광은 측은하고 사랑스러워서 견딜 수가 없었다. 먼빛으로 보아도 청연의 눈에는 원망이 담겨 있었다. 원광은 몇 번이나 돌아섰다가 다시 돌아가서 보았고 또다시 돌아서며, 그 눈의 원망에 붙들려버렸음을 알았다. 저 눈이 감기지 않는 한, 원망 섞인 눈동자가 각인되어 평생 따라다닐 것 같았다.

부지런한 까마귀 한 마리가 검은 날개를 펼치고 청연의 주검 주변을 빙빙 돌았다. 저대로 방치한다면 까마귀가 청연의 예쁜 눈을 파먹겠구나! 창고에는 칡넝쿨로 만든 긴 밧줄이 있었다. 화랑들의 담력을 키우려고 절벽을 타는 훈련을 할 때 사용하던 물건이었다. 부러진 왼발에 힘이 가지 않아서 밧줄을 타고 절벽을 내려가는 일은 엄청난 고통과 노력이 필요했다. 오른발을 내디디고 다시 왼발로 지탱해야 하는데, 부러졌으니 그럴 수가 없었다. 원광은 발 대신에 오른팔에 칡넝쿨을 감아 지탱하고 다시 오른발을 내디뎠다. 절벽 아래로 떨어질 뻔한 아찔한 순간이 여러 번 지나갔다. 마침내 칡넝쿨에 매달린 채 원광은 소나무에 닿았다. 청연은 여전히 눈을 뜨고 있다. 원망 가득한 눈으로 허공을 뚫어지게 바라보고 있었다. 원광은 청연의 흰 얼굴과 말갛고 서늘한 눈을 한참 동안 들여다보다가, 볼을 비비며 깊게 울었다. 그리고 마침내 허리춤에서 작은 칼을 꺼내 들었다.

샘터에서 손을 씻으면서 원광은 자신이 절벽 아래에서 가져온 덩어리를 들여다보았다. 그것은 이미 고운 눈이 아니었다. 원망스러운 시선도 아니었다. 사람을 빨아들일 것만 같은 검고 깊은 늪도 아니었다. 그것은 흐물흐물하고 거무튀튀하며 물컹한 두 개의 핏덩이일 따름이었다. 원광은 샘터 뒤편에 그것을 묻은 후에 돌로 눌러놓았다. 지친 몸으로 원광은 방으로 돌아와 누웠다. 그런데 이상하게도 눈만 감으면 청연의 눈이 나타났다. 눈을 깜빡이는 짧은 매 순간 그것은 나타났다가 사라졌다. 지난밤에는 청연의 보드라운 살맛에 미쳐버릴 것 같았던 원광은, 이제는 그 눈동자 때문에 돌아버릴 지경이었다. 원광은 다시 샘터로 갔다. 돌덩이를 헤쳐 눈을 찾아냈다. 그것은 아무것도 아닌 검고 물컹한 원망 덩어리 같았다. 차갑고 정결한 느낌을 주던 고운 눈이었는데, 이제는 시커먼 원망이 되어버렸다.

'아름다움도 원망도 순간이로다. 이리될 것을 어찌 그렇게 고왔던 게냐! 그 예쁜 눈이 이렇게 끔찍하게 변했구나. 변해버린 너를 나는 도저히 견딜 수가 없으니 차라리 너는 내가 되어버려라. 나는 네가 되어야겠으니.'

원광은 청연의 눈을 꿀꺽 삼켰다. 물컹한 덩어리가 목구멍을 타고 식도로 넘어가는 느낌이 생생했다. 토악질이 올라왔다. 원광은 절벽 소나무에 걸쳐진 청연을 바라보며 토하고 또 토했다. 어쩐 일인지 삼킨 덩어리는 올라오지 않고 헛침만 자꾸 게웠다. 원광은 절벽 아래의 청연을 바라보며 길게 통곡했다. 원광의 절망적인 눈물에 건너편 계곡도 그 옆의 봉우리도 함께 따라 울었다. 눈이 없어졌는데도 청연은 여전히 살빛이 뽀얬고 표정도 그윽했다. 그 모습을 보니 원광은 지난밤 품에서 무르녹던 청연의 살이 미치도록 그리웠다. 한 번만 더 그 살맛을 느낄 수만 있다면 지옥에라도 갈 수 있을 것 같았다.

아픔도 처지도 잊고 원광은 다시 절벽을 내려갔다. 그는 불덩어리였다. 이미 다른 것은 보이지 않았다. 청연의 살은 예전처럼 보드랍지 않았다. 이미 장작처럼 경직되어 온기라고는 남아 있지도 않았다.

"내 너의 살을 가지리. 너의 보드라움을 기억하리. 너를 온전히 가져버릴 테야!"

까마귀에게 네가 먹히도록 두지 않을 것이야! 원광은 제정신이 아니었다. 기억 속에서 달달하고 보드라웠던 청연의 피부를 칼로 베어냈다. 시큼한 냄새를 풍기던 머리채도 움켜쥐고 잘랐다. 동그랗고 말갛던 무릎을 도려내고, 어머니 품처럼 푹신하고 말랑말랑하던 가슴도, 그를 미치게 했던 따뜻하고 감미로웠던 뽀얀 배도, 야릇한 냄새를 풍기던 불두덩도 모두 베어냈다. 머리채와 가슴과 무릎, 피부를 모두 도려냈지만, 여전히 청연은 아름다운 그 무엇처럼 보였다. 피 냄새를 맡은 까마귀들이 점점 모여들었다. 원광이 바랑 안에 청연의 육신을 넣고 절벽을 기어 올라오는 동안, 이미 까맣게 모여든 까마귀 떼들은 남은 살점을 파먹기 시작했다. 까마귀들은 곧 핏물을 뚝뚝 흘리며 절벽을 오르는 원광의 축 늘어진 바랑을 향해 달려들었다.

"훠이, 훠이, 이놈들아. 저리 가지 못할까? 이 여인은 온전히 내 것이란 말이다."

팔을 휘휘 저으며 까마귀들을 쫓으려 했지만 성한 팔은 밧줄을 붙들고 있으니 역부족이었다. 영리한 까마귀들은 그가 다친 몸이라는 것을 알고 있는 듯, 바랑에 든 청연의 육신을 마음 놓고 뜯어먹었다. 까마귀 떼들의 공격으로 원광의 바랑은 자꾸 가벼워졌다. 바랑을 벗어 절벽 아래로 던져버린다면 까마귀들의 공격에서 벗어날 수 있으련만, 원광은 절대로 청연을 놓치기 싫었다. 살의 기억을 잊고 싶지 않았다. 살맛의 기억이야말로 자신만의 것이었으므로, 그것을 온전히 갖고 싶었다. 그러나 그악스러운 까마귀들은 바랑 속의 살점들을 남김없이 뜯어갔다. 피 맛을 본 까마귀들은 거기서 멈추지 않았다. 언덕을 굴러 상처투성이인 원광의 몸뚱이도 공격하기 시작했다. 산 채로 까마귀들에게 살점을 뜯어먹히는 고통으로 원광의 비명이 계곡을 낭자하게 울렸다. 그때였다. 어디선가 스승 혜공의 목소리가 들려왔다.

"이놈아! 거기서 멈추어라. 악업은 그만 되었다. 멈추라 했거늘! 내가 늘 말하지 않았더냐! 어떤 곳에도 매이지 말라 했거늘, 왜 네가 지은 악업에 얽매인단 말이냐! 네 고통을 움켜쥐고 있기 때문인 게야! 뜨거우면 얼른 손을 놓으면 되는 일을, 왜 뜨겁다 비명을 지르며 그대로 쥐고 있느냐! 당장 그 바랑을 벗어버리지 못할꼬! 어서 그 여인을 벗어버려라! 죄의 기억조차 얽매이지 말아야 하는 이치를 가르쳤거늘, 이놈아! 당장 눈을 떠라, 당장 실상과 마주하라!"

"스승님, 죄송합니다. 제가 죄를 지었습니다. 욕망에 눈이 멀어서 하지 말아야 할 짓을 하고, 욕심에 젖어 갖지 말아야 할 여인을 취했습니다. 스승님, 용서하십시오!"

원광의 울부짖음이 산과 계곡과 하늘 곳곳에 쩌렁쩌렁 울렸다.

자신의 비명 소리를 들으며 원광이 눈을 떴을 때는 고요한 방 안이었다. 흔들리는 호롱불 아래에서 청연이 원광의 소매를 가만히 부여잡고 눈물을 흘렸다.

"대사님, 정신이 드십니까?"

청연이? 그럼 이 모든 일은, 꿈? 이토록 선명한데 생시가 아니라고? 어느 쪽이 진짜란 말인가! 원광은 어리둥절하여 눈만 껌뻑거렸다. 청연의 목소리는 먼 곳에서 들려오는 환청 같았다.

"대사님, 잘 이겨내셨습니다. 아마도 대사님은 죽음의 문턱을 넘으신 것 같습니다. 제가 여기까지 대사님을 따라온 이유도 이 일 때문이었습니다. 제가 있어야만 대사님이 이생과 전

생을 통틀어 해결하지 못한 그 한 점을 찍으실 수 있기에. 대
사님께서 스스로 찾아야 하는 일이라 미리 말씀드리지도 못
했습니다. 잘 이루셨습니다. 참으로 잘 견디셨습니다."

청연은 눈물을 펑펑 쏟았다. 마지막 관문이라면? 한 점이
라니, 무슨 말인가? 원광은 아득한 지옥에라도 다녀온 듯 팔
다리가 축축하고 무거웠다. 눈을 감으면 계곡에서 자신을 쪼
아대던 까마귀 떼의 습격이 계속되었다. 잦아들 듯 다시 잠에
빠졌다가도 원광은 비명을 지르면서 눈을 떴다.

"스님, 어찌 그러십니까? 열이 많이 오르셔서 헛것을 보시
나 봐요."

가리의 음성이었다.

"그러게. 일만 너무 하시면서 잘 잡수시지도 않으시고 몸을
돌보지 않으시니. 너무 마르셔서 볼은 푹 꺼지고 배는 홀쭉해
지셨어. 산마를 갈아 죽을 쒀서 드려야겠어."

공양주 보살의 목소리도 거들었다.

"스님, 정신이 드십니까? 샘물을 떠 왔는데, 드시겠습니까?"

가리와 공양주 보살이 청연과 함께 둘러앉아 원광을 들여
다보고 있었다. 가리가 고배를 원광의 입에 대주었다. 어리둥
절한 얼굴로 원광은 물을 벌컥벌컥 마셨다. 샘물의 맛이 이렇
게 달구나! 그 어떤 술이 이토록 시원하겠는가! 원광의 탄식
과 함께 긴 갈증이 끝났다. 장지문에 불그스레한 빛이 번졌
다. 아주 긴 밤이 지나고 새날의 서광이 방 깊숙이 들어와 빛

의 길을 만들었다.

*

원광은 새로 지은 정랑(靜廊)*에 쭈그리고 앉아 근심을 덜
어내는 중이었다. 멀리서 뻐꾸기가 울고 미풍은 엉덩이를 간
지럽게 더듬었다. 새로 지은 정랑은 무척 쾌적했다. 전에 있
던 측간은 낮은 돌담이 둘러 있을 뿐, 칸막이가 없는 허허벌
판이었다. 절을 찾는 대중들이 이용하는 측간인데도 사용하
기에 불편하기 짝이 없었다. 용변을 보러 들고 나는 사람이
서로 마주쳐 멋쩍은 일은 보통이고, 발밑에는 누가 눴는지도
모를 똥이며 오줌이 질펀했다. 운수가 나쁜 날엔 똥을 잘못
밟고 미끄러질 수도 있어, 볼일을 보는 데도 요령이 필요했
다. 게다가 여름이 되면 구더기와 똥파리가 들끓었고 구린내
가 법당은 물론 사방으로 풍겼다.

정랑을 새로 짓자고 한 사람은 청연이었다. 원광은 수나라
의 절에서 본 똥수깐처럼 지푸라기와 황토로 흙벽을 세우고
문에는 거적때기를 둘러치면 그만이라고 생각했다. 그러나
청연은 작은 집처럼 지어 문을 만들고 창문도 내야 한다고 주
장했다. 처음부터 아예 복층으로 지어서 아래에는 짚을 쌓아

* 절에서 화장실을 이르는 말.

194

두는 공간을 두어, 인분을 자연스럽게 거름으로 만들자고 했다. 아래에 쌓인 썩은 거름부터 차례로 가져다가 농사를 지으면 소출에도 도움이 된다고 했다. 그렇게 하면 환경도 말끔해질 뿐만 아니라 따로 거름을 만드는 작업이 줄게 되니 일손도 적게 쓰인다는 설명이었다. 똥수깐에 그렇게 공을 들이는 절간은 못 봤기에 원광은 미심쩍었지만 청연의 의견을 받아들였다.

정작 정랑을 그대로 지어놓고 보니 누구보다 원광 자신이 제일 편했다. 스님들이 이용하는 정랑을 두 칸 짓고, 남녀 대중을 위한 정랑은 따로 두 칸 나누어 지었는데, 오고 갈 때 대중들을 만나는 일이 없어 편했다. 무엇보다도 근심을 덜어내는 일이 쾌적했다. 세로로 나무 창살을 세운 날살문을 양쪽으로 달았는데, 그 사이로 바람이 무시로 드나들며 불쾌한 냄새를 지웠다. 그뿐만 아니라 아래로 떨어진 인분은 짚으로 덮여 섞이면서 자연스럽게 썩어 질 좋은 거름이 되었다. 벽이 있고 문이 닫힌 자신만의 공간이 확보되니 정랑은 생각을 정리하는 자리가 되었다. 원광은 정랑에 앉아 몸의 근심과 마음의 걱정거리까지 살펴보는 시간을 갖곤 했다.

쪼그려 앉은 원광의 발 옆으로 개미 한 마리가 기어갔다. 제 몸의 수십 배나 되는 죽은 파리를 짊어지고 급한 일이라도 있다는 듯 뒤뚱거리며 부지런히 발을 옮겼다.

'아등바등 사는 모습은 개미나 사람이나 같구나.'

원광은 언젠가 서책에서 보았던 '입으로 들어오는 음식만 보려 하지 말고 자신의 뒤를 살펴라'는 글귀를 문득 떠올렸다.

'입과 똥구멍으로 이루어져 있는 본새는 저 개미나 사람이나 다를 게 무에 있나. 먹은 음식이나 나오는 똥이나 그 본질은 같다. 사람들은 입만 생각하고 산다. 무엇을 먹을까, 무엇을 입을까, 무얼 더 빼앗고 가져야 하는지만 마음 쓴다. 그러나 우리는 내가 먹고 입고 빼앗고 가진 후에 남는 똥을 기억해야만 한다. 적나라한 인간 자신을, 의식 저 아래에 파묻고 망각하는 똥. 엄연히 존재하지만 외면하면서 사는 자신의 똥주머니를 기억해야만 한다.'

창문을 통하여 참새들이 떠들어대는 소리가 계곡을 가르는 바람 소리와 절묘하게 어우러지며 절제된 음악으로 들렸다.

'현실이 척박하다지만 낭만과 이상이 중첩되어 있으며, 속(俗)과 성(聖)은 입과 항문처럼 이어져 있는 것. 삶과 죽음, 용(用)과 불용(不用), 하늘과 땅이 어찌 다를 수 있겠는가! 저마다 점잖은 표정으로 불전 앞으로 다가앉지만, 우리의 뒤로는 길고 슬픈 그림자가 땅에 끌리고, 뱃속에는 시궁창보다 더 썩은 욕심 가득한 똥주머니를 차고 있다. 만약에 사람들이 똥주머니와 똥주머니에 담긴 그것들을 알아차려, 그것을 낱낱이 해체할 수만 있다면, 저 피비린내 나는 전쟁과 아귀다툼도 없어지지 않을까?'

바깥에 서 있는 살구나무에서 농익은 열매의 달콤한 향기가 풍겨왔다. 그 향기는 곧 뒷간의 똥 냄새와 뒤섞여 야릇하게 들척지근한 냄새로 바뀌었다.

　'향기가 구린내가 되고 구린내가 다시 향기로워지는구나. 청연은 환원의 의미를 명쾌하게 해결한 정랑을 지었구나!'

　원광은 새삼스럽게 청연의 명석한 살림살이 솜씨에 감동했다.

　'나의 불용(不用)인 근심을 저 살구나무가 향기로운 용(用)으로 바꾸어주었다. 음식은 몸으로 들어와 생명을 잇는 용으로 쓰이고, 한때 생명이었던 음식은 똥으로 배설되어 불용으로 바뀐다. 거기서 그치지 않고 똥은 다시 생명을 키우며 먹을 것으로 재생되니, 용이 불용이고 불용이 또 용이 아니던가. 삶이 죽음이고 또한 죽음이 삶이로다. 거름을 주지 않았다면 저 살구나무가 어떻게 풍성하고 향기로운 열매를 맺겠는가? 누구나 진정으로 부처님에게로 가기를 원한다면 생명으로서의 나뿐만이 아니라 똥주머니인 나 자신을 뼈아프게 통과해야만 한다. 나를 찾는 일이 부처님을 찾는 것이며, 그것은 똥주머니를 헤집는 통찰이어야 한다. 똥주머니 안에서 질식할 지경인 부처님을 끌어올려야 한다. 불단에 바치는 진정한 뜻은 바로 똥주머니여야만 한다.'

　생각은 제멋대로 하늘과 땅, 개미와 사람, 성과 속, 똥과 생명 사이를 자유로이 널뛰었다. 느닷없이 원광은 쭈그리고 앉은 채로 나지막이 콧노래를 불렀다.

우우우. 우우. 우우우.

절의 크고 작은 일로 걱정하고 결정하며 지시를 내려야 하는 시간도 아니고, 글을 쓰거나 수행도 하지 않는 혼자만의 오롯한 시간이면, 원광은 자신 안에서 절로 우러나오는 알 수 없는 운율에 자주 사로잡혔다. 그것은 언젠가 들어본 기억도 없고 어떤 악기의 음색을 흉내 낸 것도 아닌, 심중에서부터 저절로 우러나오는 무엇이었다. 폐부 깊숙한 곳에서부터 자연스레 흘러나오는 운율에 자주 홀려, 원광은 음악을 좋아했다. 수행자가 아니었다면 자신 안의 음악을 꺼내 연주하는 악사가 되었으리라. 수행과 공부에 매진해야 하는 중의 신분이었기에 내부에서 흘러나오는 음악 소리에 문득 홀려 멍하니 있곤 하는 자신을 자책하며 살았다. 음악에 대한 갈증으로 원광은 어렵게 손에 넣은 향비파며 와공후를 율리의 형님 댁에 들여놓고 만족스러워했다. 귀히 여겨 스스로 손에 넣었던 악기를 손수 연주하지는 못해도, 그것들을 설화가 계속 연주하고 있다고 생각하면 원광의 얼굴에는 지긋이 웃음이 번졌다.

원광은 첩첩 말려 있던 두루마리를 펴듯, 자신 안에 깃들어 있는 말랑말랑하고 나긋하며 둥그런 음악을 꺼내어 하늘로 날려 보냈다. 천천히 리듬이 피어오르며 그를 건달바 신에게 데려갔다. 보산(寶山)에 살면서 술과 고기는 먹지 않고 오직

향(香)만 맡고 사는 불사신이 있다는 그곳.

　우우우. 우우. 우우우.

　가볍게 날아오르는 리듬을 타고 원광은 높은 하늘 위로 상
승하여 건달바성에 닿았다. 제석천의 음악을 주관하는 건달
바 신이 사는 곳, 불국토(佛國土) 신라를 수호하기 위하여 하
늘의 성에서 삼천대천세계를 굽어보는 그곳. 심향이 타오르
면서 음악이 간지러운 아지랑이처럼 출렁출렁 어른대는 세
계. 원광은 눈을 감았다. 몸을 죄었던 끄나풀에 묶였다 풀린
듯 그의 내부에서는 알 수도 없고, 또 굳이 알아내고 싶지도
않은 자연스러운 운율이 절로 흐르고 넘쳤다. 음악과 함께 원
광의 어깨가 둥싯둥싯 움찔거렸다.

　그때였다. 원광은 문득 오른쪽 날살창 사이로 이상한 형체
를 보았다. 세로로 세워진 다섯 개 날살 중에 세번째와 네번
째 사이에 사람의 눈동자처럼 보이는 형상이 떠 있었다.

　"저게 뭐지?"

　원광은 쭈그리고 앉은 채로 고개를 갸우뚱 기울여 그 눈을
마주보았다. 눈의 형상도 따라서 눈꺼풀을 몇 번 깜빡이더니,
곧 사라져버렸다.

　"건달바 신께서 내가 똥 누는 것까지 감시하시나? 부처님
이 뒷간까지 나타나셨을 리도 없고. 사람의 형상도 아닌데 눈
만 덩그렇다니 이상도 하구나!"

　묘하게 생긴 눈 형상 때문에 원광은 건달바성에서 이승의

세계로 돌아와, 근심을 밀어냈다.

밤나무 잎으로 엉덩이를 문질러 닦으면서 원광은 밖에서 이야기를 나누는 여인네들의 말소리를 들었다. 이야기를 나누는 사람은 둘이었는데, 한 사람은 청연이고 다른 이는 절을 찾은 신도로 보였다. 신도가 묻는 소리가 들렸다.

"보살님, 저도 점찰법회에 참석하면 과거의 업보를 벗을 수 있을까요?"

청연의 낮고 부드러운 목소리가 대답했다.

"한번 지은 생각과 말, 행동은 어디론가 퍼져나갔다가 언제든지 조건만 맞으면 다시 자신에게로 되돌아오는 법이지요. 그것을 업력이라고 합니다. 우리는 탐욕과 분노, 어리석음과 생로병사, 우비고민(憂悲苦悶)의 불로 활활 타오릅니다. 이 불을 끄기 위해서는 자신의 번뇌가 어떤 불로 타고 있는지 알아야 합니다. 자신을 잘 파악한다면 사는 일이 좀 더 쉽지 않을까요? 불자님께서도 점찰법회에 참석하시어 자신을 바르게 바라보는 정견의 지혜를 얻으시기 바랍니다."

두 사람은 정랑의 뒤편에서 이야기를 나누고 있었다.

"생각으로 짓고, 말로 지으며 행동으로 짓는 모든 행위인 업은 선한 것은 선한 대로, 악한 것은 악한 대로 뭉쳐 씨앗 형태로 있다가, 조건이 맞아떨어져 그 힘이 발동하면 그에 상응한 결과를 반드시 부르는 것이 법의 이치입니다. 선한 사람은 선한 과(果)를 받고, 악한 사람은 그에 따른 과를 받지요. 다만 그 시기가 지금이냐, 나중이냐 하는 차이가 있을 뿐, 자기가 뿌린 씨는 자기가 거둔다는 법리는 변하지 않습니다. 그러니 악업은 멈춰 자라지 않게 하고, 선업은 더욱 길러야 하겠지요. 대중들에게 그 방법을 도와주려고 점찰법회를 열게 되었습니다. 개인의 번뇌로 인한 괴로움의 화살은 다수를 향해 쏘아집니다. 한 사람의 번뇌가 일으키는 파장을 막기 위해서는 그때그때 죄와 괴로움을 덜어내야 합니다. 많은 경우에 자신이 무엇으로 번뇌하는지 모르는 경우도 많지요. 번뇌라는 놈은 안으로 숨어들기를 좋아하거든요."

청연은 다른 신자에게 업보에 관해 설명하는 중이었다.

'도대체 청연은 언제 저렇게 공부를 많이 했단 말인가! 참으로 영특하고 기민한 사람이구나. 내가 복이 많은 사람이야. 어떻게 저런 복덩이가 내 뒤를 봐주게 되었단 말인가! 만약에 청연이 없었다면 나는 이 많은 일을 다 해내지 못했을지도 몰라.'

청연은 지난해 겨울에 머리를 깎고 승복을 입었다. 율리에서 떠나오면서부터 서낭을 모두 정리하고 중이 되겠다고 마음먹었다는데 당분간 보살계*만 받고 청신녀**로 살겠다고 했다. 승복은 입었으되 스님은 아니고 절의 행정을 돕는 보살이

* 보살계(菩薩戒). 대승불교의 보살이 지키는 계율.
** 청신녀(淸信女). 보살계를 지키며 사는 여자 불교 신자.

었다. 원광이 지어준 법명은 청연광(靑蓮光), 푸른 연꽃의 광휘라는 뜻이었다. 차가우면서도 동시에 따사롭고 신비스런 기운을 가진 청연이, 전설 속의 푸른 연꽃의 이미지와 닮았다고 느꼈다. 푸른 연꽃이 피던 날 태어났다는 청연은 세상과 격리되어 있는 듯 묘한 신비를 품고 있었다.

청연은 작갑사의 재정과 운영을 맡아 깔끔하고 견고하게 경영하였을 뿐만 아니라, 대중들의 물음에 알아듣기 쉽고 자세하게 답변해줘서 인기가 많았다. 원광이 대중들의 필요에 모두 답할 수 없을 때, 청연이 나서서 쉽게 설명하고 이해시켰다. 덕분에 절을 찾는 대중들이 날로 늘어났다. 그뿐만이 아니었다. 청연은 절의 전답을 잘 관리하여 상당한 소출을 거두었으며 절의 재정에 큰 보탬을 주었다. 중창 공사가 끝나는 삼 년 후가 되면 가슬사는 중앙의 대작갑사를 중심으로 동쪽에는 가슬갑, 남쪽의 천문갑사와 북쪽의 소보갑사, 서쪽의 소작갑사 등 다섯 개의 부속 갑사를 거느린 제법 규모가 큰 절이 될 예정이었다.

원광은 대작갑사와 떨어진 곳에 위치한 가슬갑에 거처했다. 화랑들을 가르치지 않을 때는 그곳에서 경을 번역하는 일을 계속했다. 갑(岬)은 산허리, 물이 만나는 곳이라는 뜻이었다. 원광이 처음 이곳으로 들어올 때 만났던 커다란 폭포를 비롯하여 전체적인 산세는 산골짜기의 물이 절의 허리를 감고 돌아가는 형국이었다. 풍수로 본다면 가히 명당이라고 할 수 있었다. 원광은 어떻게 청연이 율리에서부터 이 모든 것을 알았는지, 참으로 신비로운 사람이라고 생각했다. 원광은 정랑을 나와 걷다가 먼빛으로 청연을 쳐다보았다. 청연은 합장을 한 채로 두 신도에게 열심히 설명하고 있었다. 신기하게도 낙상 사고를 당해 꿈속에서 엄청난 일을 저질렀던 그날 이후로 청연에게서는 더 이상 야릇한 냄새가 풍기지 않았다.

'지나갈 때마다 심기를 불편하게 했던 냄새였는데…… 그것을 꿈이었다 할 수 있겠는가? 그토록 생생하였으니 꿈이라 보기도 어렵고 또한 현실이었다고도 할 수 없구나. 유식무경(唯識無境)이며 만법유식(萬法唯識)*이라더니. 그 말이 한 치도 틀리지 않도다. 아뿔싸, 그동안 내가 안다고 믿었던 것들이 활자 속에서만 잠자고 있었구나!'

원광은 맑게 웃는 청연의 모습을 한 번 더 바라보았다.

왕의 명으로 화랑들의 교육장으로 쓸 강당과 도량을 중창하는 중이었지만, 원광은 대중들에게 어떤 방식으로 불법을 전해야 할지 막막했다. 왕과 귀족들은 자신들의 통치를 위해 불법을 앞세우지만, 대중들이 받아들이기에는 거리가 있었다. 원광은 점을 치고 굿을 하며 살아온 대중들에게는 불법을 전하는 접근 방법이 달라야 한다고 믿었다. 토착신앙을 밀어

---

* 만법은 실재하는 것이 아니라 식(識)의 표상에 불과하다는 뜻.

내지 않으면서도 불법의 지혜를 널리 알리는 것이 과제였다. 경을 그대로 전한다면 문자를 익히지 못한 대중들은 이해하기 어려우니 죽은 법이 될 수도 있었다. 원광은 경을 어떻게 해석하고 전달해야 대중이 이해 가능한 법이 될지 늘 고민했다. 무엇보다도 생활에 유용하게 쓰이는 현실적인 불법이어야 했다. 점찰경에 의한 법회를 제안한 것은 청연이었다.

"예부터 대중들은 법주, 목륜상(木輪相)으로 선악과 과보를 점쳤습니다. 이를 좀 더 체계적으로 만들어보시면 어떻겠습니까? 맹신이나 예언이 아니고 자신의 상태와 문제를 인과법에 따라 살피면서 참회하면 수행이 되지 않겠습니까?"

"번뇌의 종류를 법주를 굴려서 알아본다는 뜻이군!"

원광이 알아듣고 반색했다. 점찰경은 지장보살이 만든 것으로 나무토막을 던져서 선악과 길흉을 점쳤다. 그것을 부처님의 가르침 자체라고 할 수는 없지만, 오래전부터 천신과 지신 등 여러 신들에게 익숙하게 둘러싸여 살아왔던 대중들에게 접근하기 위한 도구로는 맞춤한 방식으로 보였다.

'진나라에서도 과거 선악에 따른 업을 점치는 탐참법이 한때 유행했었지. 그런데 어떤 체계로 어떻게 만들어야 하나? 그렇지. 십악*이라면 대중들도 알고 있으니, 옻 모양의 간자

* 몸으로 짓는 세 가지 악업인 살생(殺生: 생물을 죽임), 투도(偸盜: 도둑질), 사음(邪婬: 부정한 육체관계). 말로 짓는 네 가지 악업인 망어(妄語: 거짓말), 양설(兩舌: 이간질), 악구(惡口: 괴롭히는 말), 기어(綺語: 진실이 없는 말). 마음으로 짓는 세 가지 악업인 탐욕

열 개에 해당 악업을 적어 허공에 던져서 뒤집어진 죄목이 나오면 그 죄목을 참회하도록 하면 되겠구나. 놀이를 통해서 부처님의 가르침을 배우게 하고 참회하여 좋은 행을 권하고 나쁜 행을 금하게 하면, 좋은 일이 아니겠느냐!'

원광은 속으로 무릎을 쳤다. 그 방법이라면 업이며 과보를 대중들에게 이해하기 쉽게 전해줄 수 있을 것 같았다.

"대견하구나. 어떻게 그런 생각을 했느냐?"

"스님, 제가 만신 노릇을 할 때에 사용하던 방법을 응용했을 따름입니다. 단군이 계시던 고대부터 우리는 제석신을 모시며 살아왔습니다. 나라에서 불법을 받아들인 후에 서라벌에는 절이 기러기 떼처럼 들어섰고, 남산에는 발에 차이는 돌마다 부처들의 형상을 만들어 세웁니다. 그러나 저는 대중들이 혼란스러워하는 모습을 많이 보았습니다. 지금까지 믿고 의지하며 복을 빌던 산신, 지신, 제석천을 제쳐두고 부처를 믿으라고 하니, 대중들이 갈팡질팡하게 되지요. 제석천을 함께 섬기는 불도라면 대중들이 받아들이기 쉬울 것입니다. 대중들이 의지하던 산신과 제석신을 절에 모셔서 불법과 융화할 수 있게 하면 좋을 것 같습니다. 절 근처 암자를 산신각으로 만들면 어떻겠습니까?"

청연은 눈을 동그랗게 뜨고 열심히 설명했다.

(貪慾: 지나친 욕심), 진에(瞋恚: 성냄), 사견(邪見: 인과법을 부정하는 것).

"절에 산신각을? 오호!"

평소에 마음에 두고 있던 생각이었던지라 원광도 고개를 끄덕이며 수긍했다.

"점찰법회 말이다. 길흉을 점치는 것이 아니라, 참회를 통하여 중생의 마음이 본래 깨끗하고 무한한 공덕을 갖춘 여래장임을 깨닫게 한다면 좋을 것 같구나. 지장보살의 원력에 의해 죄를 소멸시키도록 가르치니, 불법에도 크게 어긋나지 않으며 대중들에게 불법을 잘 전할 수 있게 되겠어. 참회를 통해서 자신의 문제를 회피하지 않고 스스로 반성하고 수행하는 해결 방안을 제시한다면 가장 효율적이지."

원광은 새로운 기대로 부풀어 젊은이처럼 가슴이 뛰었다. 멀리서 절의 공사를 하는 일꾼들이 부르는 노래가 바람결에 실려 왔다. 두 박자의 빠른 리듬의 향가로 흥을 돋우고 작업의 속도를 높이게 하며, 듣는 이들도 신명을 돋게 만드는 가락이었다.

　　오다 오다 오다 오다
　　이래 한세상 서럽구나
　　우리 모두 공덕 쌓네*

---

* 양지가 영묘사의 장륙상을 만들 때 성의 모든 남녀가 진흙을 나누며 불렀다는 향가인 「풍요」로, 시대가 가까운 가슬갑 공사에서도 불렀을 것으로 생각됨.

허무한 삶, 고된 삶이지만 공덕을 닦아 슬픔이 극복되기를 희망하는 뜻의 향가였다. 두 사람은 일꾼들의 노랫소리를 들으면서 저마다의 마음에서 푸른 동굴을 들여다보듯 아스라한 기분에 젖어들었다. 그때, 구름이 또 장난질을 시작했다. 한가로이 떠놀던 구름 몇 조각이 바람 따라 엉기고 합치며 멋대로 흩어지다가 문의 형상을 그렸다. 청연이 팔을 뻗어서 구름이 그린 무늬를 가리켰다.

　"스님께서도 저 구름이 보이십니까? 저는 가끔 저 문의 형상을 봅니다. 문이 설핏 열리는가 싶으면 눈동자 하나가 떠 있곤 합니다. 그럴 때마다 저는 참으로 이상한 기분이 듭니다. 저건 구름이 아니고 이곳의 사정을 살피러 온 사람이 아닐까 싶습니다."

　원광도 청연의 손가락이 가리킨 하늘의 한 지점을 바라보았다.

　"그러게 말이네. 나도 가끔 저 눈을 보곤 했네. 아까는 내가 정랑에 앉아 있는데 거기까지 따라왔더군. 볼일을 보다가 깜짝 놀랐지 뭔가? 똥수깐까지 따라왔다고 느꼈으니 나도 예사로 보이지는 않네."

　"스님께서도 저 구름을, 아니 저 눈을 그렇게 보시는군요. 그런데 도대체 저게 뭔지 아시겠습니까?"

　청연의 깊은 눈이 깜빡거리며 원광을 바라보았다.

　"허허, 구름이 하는 일을 낸들 어찌 알겠는가?"

둘이 말을 주고받는 동안에도 구름의 장난질은 계속되어, 이제 눈동자 같은 것은 흔적도 없이 지워졌다. 원광이 입을 뗐다.

"처음에는 건달바 부처님이 속세에 놀러 오셨다가 세상 기운이 지어내는 음악에 겨워 장난하시나 여겼네. 어쩌면 사람들 복닥거리며 사는 시늉이 하도 어리석게 보이니, 재미있어서 관찰하시는 건지도 모른다는 생각도 드네만. 속세의 음악을 좋아하시는 부처님이시라니 못할 일도 아니잖나."

원광은 뒷짐을 진 채로 뒤돌아서 대웅전을 향하여 걸음을 옮겼다.

"스님, 저는 이런 어리석은 생각을 해보았습니다. 어쩌면 백년 후 천년 후, 그보다 먼 나라, 어쩌면 먼 미래의 사람이 이곳을 바라보고 있지 않을까 하는. 이곳의 일이 무척 궁금하여 엿보는지도 모른다는 생각이 듭니다. 그게 어떻게 가능하냐고 물으면 대답할 근거는 없지만요. 혹시 그 사람이 이곳을 볼 능력을 갖췄는지도 모르지요. 또 그 먼 나라에서는 천년, 이천 년 전의 나라로 불쑥 찾아올 방법이 있을지도 모르지 않습니까? 스님, 참으로 어리석은 생각이지요?"

청연은 얼굴까지 붉히며 자신도 모르는 일을 열심히 설명했다.

"먼 후세의 사람이 지금의 우리를 보고 있다! 허허 그런 재미있는 생각을 했구먼. 그런데 말이야. 저 눈이 부처님이든 먼 다음 세상의 사람이든 뭐든 말이야, 우리도 저 눈을 보고 있다는 사실을 알아차릴까?"

원광이 다시 돌아서며 청연을 바라보며 웃었다. 청연은 햇볕을 피해 회화나무 그늘로 들어서며 말했다.

"그 말씀은 더 신기하네요. 먼 미래의 사람이 시간을 거슬러 올라와 이곳을 바라보고 우리는 그 사람을 되바라본다니…… 정말 놀라운 일이 아닙니까! 지금 이 시각이 서로를 바라보는 순간이라면, 그야말로 참으로 아득하고 신비로운 일이네요. 너무 멀고 아득하지만, 어쩌면 가능할지도 모르지요, 스님."

뭔가 재미있는 일을 발견한 듯 청연의 동공이 크게 열렸다. 원광은 허리에 손을 얹었다가 기지개를 켜며 말했다.

"뭘 그리 심각하게 받아들이나! 그저 농담해본 게야. 나는 저것이 그저 구름의 장난질이라 믿네."

"아마 그렇겠지요, 스님."

청연도 고개를 끄덕거리며 원광의 뒤를 따라 걸었다. 늙은 회화나무의 수많은 잎사귀가 바람이 가는 방향으로 기울어지며 크게 일렁거렸다.

"비가 오려나, 바람에 흙내가 물큰한 것이."

"그러하네요, 스님."

마음의
중심

원광은 소작갑사를 가로질러 화랑들이 모여 있는 대작갑사 쪽을 향해 발걸음을 옮겼다. 길은 반달 모양의 싸리비 자국이 단정하게 겹쳐져 있었다. 마당을 빗자루로 단정하게 쓸면 새로 열릴 길처럼 보였다. 원광은 그 길을 천천히 걸으면서 중창 공사가 마무리 단계에 있는 절을 둘러보았다. 낡은 부분만 고치고 부족한 강당 두 채만 짓는 증축이어서 공사는 빠르게 진척되었다. 일주문에는 복국우세지장(福國祐勢之場)이라는 현판이 적혀 있었다. 원광의 글씨를 가리가 조각하여 붙였다. 가리는 손재주가 있어서 나무로 무언가를 만드는 것을 좋아했다. 공양주 보살에게 만들어준 공양간의 창문은 섬세하고 아름다웠다. 공양주 보살은 그 창문을 꽃살문이라 부르면서 좋아했다.

'복되고 행복한 나라의 힘을 기르는 터, 이곳은 반드시 그런 곳이 되어야 한다.'

원광은 대웅전 쪽으로 발을 옮겼다.

바야흐로 산비탈에는 진달래가 뺨을 붉히는 봄날이지만, 냉랭한 바람은 대님으로 단속해놓은 승복 바짓가랑이 사이로 무람없이 스며들었다. 찬바람이 스치자 원광은 지난해에 부러졌던 다리와 어깨가 시큰거려 저절로 어깨가 움츠러들었다. 원광은 의식적으로 어깨를 펴면서 꼿꼿한 걸음으로 대웅전으로 들어섰다.

대웅전 앞마당에는 연꽃 좌대를 밟고 석탑이 서 있었다. 중앙이 뚫린 탑 안에는 촛농이 흘러내려서 그릇처럼 굳어졌는데, 이슬이 고여 있었다. 원광은 그 이슬이 초를 밝혔던 이의 눈물처럼 보여 얼른 시선을 거두었다. 다 타버린 토막 초가 비스듬히 서 있는 모습이, 지난 가을 영흥사에서 만났던 여인의 뒷모습과 불쑥 겹쳐졌다.

원광이 영흥사 일주문을 들어섰을 때 대웅전 앞에는 초로의 여인이 탑돌이를 하고 있었다. 주지와 몸종이 여인의 곁을 지켰다. 얼마나 탑을 돌고 또 돌았는지 여인의 치맛자락은 누더기가 되어 너덜너덜했다. 발을 끌며 걷던 여인이 비틀거리더니 탑신에 기대 쓰러졌다. 몸종과 주지가 달려갔다. 몸종이 일으켜 세운 여인을 보고 원광은 흠칫 놀랐다. 여인은 미실이었다. 원광은 수에서 돌아와서 월성에 입궁하여 왕을 알현했을 때 미실을 처음 만났다. 얼마나 대단한 설법인지 들어봐야 그 유명세를 직접 확인할 수 있겠다며, 새파랗게 빛나던 미실을 원광은 기억하고 있었다. 그러나 영흥사에서 만난 미실에게서는 예진의 눈빛은 찾아볼 수가 없었다. 그녀는 흰머리의 평범한 여인네가 되어 있었다.

'몇 년 사이에 이 여인에게 무슨 일이 있었던 것인가?'

말을 삼키며 원광은 미실과 함께 절 뒤편을 흐르는 북천을 거닐었다.

"대사님, 어찌하여 북천의 물은 저리도 잔잔할까요? 언제 소용돌이를 쳤었는지, 언제 큰물이 나서 범람했었는지 전혀 모르겠다며 시치미를 떼고 있지 않습니까?"

미실은 예전의 까랑까랑하고 날선 음성도 아니었다.

"그러기에 사는 일은 물과 같다고들 하지요. 움켜쥐었던 모든 욕망을 흘려보내게 되니까요. 산은 산대로 청청 푸르고, 물은 물대로 흐르며 자연은 철철이 계속되어 세상을 잇겠지요."

신라 최고의 아름다움으로 세상을 호령하고 왕이며 귀족들도 쥐락펴락하며 살았던 미실이었지만, 이제는 북천의 물처럼 잔잔한 표정이었다. 영흥사 옆으로는 사다함이 전공을 세우고 받았다는 양전이 지척에 있었다. 이미 백골이 되어버린 첫사랑의 연인을 흘려보내기 위해 탑을 돌고 돌았을까? 붉고 시리게 타오르면서 뜨겁게 피어났던 꽃은 이미 져버리고, 바람에 흰 머리카락만 흩날리고 있었다.

"요즘은 그런 생각이 듭니다. 내가 왜 그랬을까, 하고 말입니다."

말을 하려다 말고 미실은 기침을 멈추려고 흰 손수건으로 입을 가렸다.

"부처님께서 제 입을 막으시나 봅니다. 하긴 이제 와서 말하면 뭐하겠습니까? 달라지지도 않을 텐데. 그렇지요, 인생이란 그런 것이겠지요…… 회한도 미련도 바꿀 수 없는 일이지요. 대사님의 설법을 듣고 깨달은 점이 많아, 궁에서 나와서 이렇게 절로 들어왔습니다. 저는 이제 평범한 여인으로 살다 가렵니다. 아직도 제가 미실로 살고 싶어 하는 줄 알고 사람들이 이곳 영흥사를 들락거리는데, 이제는 그런 번거로운 인연에서 놓여나고 싶습니다. 스님, 가능하겠지요?"

"여인이여, 그대를 묶은 밧줄이 어디 있는지 잘 살펴보시게나."

원광은 어딘가에서 읽었던 시 한 수를 읊었다. 문득 바람이 불어 미실의 먹색 치맛자락이 크게 휘날렸다.

'지난날 저 치마폭에 움켜쥐었던 욕망들은 이제 제 색깔을 덜어내고 잿빛 바람이 되어 펄럭거리는구나!'

뒤돌아 일주문을 걸어 나오면서 원광은 조용히 탄식했다.

원광은 대웅전에 앉아 영흥사에서의 일을 떠올려 어지러

왔던 마음이 가지런해지기를 조용히 기다렸다. 등 뒤로 화랑들이 글 읽는 소리가 들려왔다. 새소리처럼 그 소리도 주변에 묻혀 스며들 무렵 그는 자리에서 일어났다. 강당의 문을 열자 글 읽는 소리는 자못 우렁찬 파도처럼 터져 나왔다. 원광이 들어서자 화랑들이 읽기를 멈추고 모두 일어났다. 화랑들이 원광에게 절을 하고 자리에 앉았다. 법문을 청하는 화랑들의 또랑또랑한 눈을 바라보며, 원광은 눈을 지그시 감았다. 불현듯 이 년 전 이곳으로 처음 왔을 때의 일들이 떠올랐다. 왕이 화랑들의 교육을 맡겼을 때, 그는 어떻게든 이 직책에서 벗어나고 싶었다. 이곳에 남아 화랑들을 지도하게 된 이유는 저 눈들 때문이었다. 젊은 소년들이 스승을 바라보는 설레는 눈빛. 자신을 어디로 어떻게 이끌어줄까 하며 싱그러운 호기심으로 빛나는 눈들. 이 자리는 그가 만들려고 애쓴 결과가 아니었다. 젊고 푸른 소년들의 기대가 지금의 그를 만들었다. 원광은 벅찬 기분과 슬픔을 동시에 느끼며 먹먹해졌다.

'삼 년 동안의 교육이 끝나면 이 소년들은 나라의 부름에 응하러 나가게 된다. 변경에서는 적들과 대치하며 전쟁을 준비하고 있으니, 이 소년들은 필시 전쟁터로 가게 될 터. 저들의 상당수는 자신의 뜻을 펴보지도 못하고 죽게 될지도 모른다. 그것이 옳은가? 과연 나는 옳은 자리를 펼쳤는가? 무엇을 위해 이들을 교육하였나? 전쟁터로 내몰기 위해서? 왕이 원하는 뜻, 왕의 힘이며 신라의 상징인 화랑들을 만들기 위해서? 신라의 상징이라지만 이들도 결국은 왕과 귀족들의 욕심을 채우는 일에 목숨을 걸게 되겠지. 도대체 무엇을 위해서 나는!'

가부좌를 틀고 조용히 앉아 있지만 원광의 심사는 복잡했다.

'아직도 내 마음은 술 먹은 선머슴마냥 건들건들 비틀거리는구나!'

이백 명의 화랑들이 앉아 있는 법당에서는 침 넘기는 소리도 들리지 않을 정도였다. '법당 밖의 자연은 기운생동하고, 젊은 화랑들의 뜨거운 심장 또한 활발하게 타오르고 있다. 어떤 경우에도 생명은 계속된다!' 활발발한 봄은 치밀어 올랐던 분노를 가라앉게 했다. 원광이 입을 뗐다.

"열반경을 읽었더냐?"

"네, 그러하옵니다."

젊은 소리가 우렁차게 한목소리로 대답했다.

"그러면 그대들은 무엇을 읽었더냐?"

경내가 조용해졌다. 방금 열반경을 읽었냐고 물으셔서 그렇다고 대답했는데, 무슨 뜻일까? 화랑들은 같은 궁금증으로 서로를 바라보았다. 늘 선문답으로 가르침을 내리는 원광이었다. 질문을 먼저 붙든 사람은 화랑 바도루였다.

"부처님의 말씀을 읽었습니다."

선을 긋지 않은 질문에 색칠하지 않은 대답. 남다르게 총명

하여 경을 읽고 해석하는 일에 재능을 보였던 바도루의 대답이
었다. 화랑들의 얼굴에 웃음이 번졌다. 다시 원광이 질문했다.

"무엇을 읽었더냐?"

화랑들은 점점 더 어리둥절했다. 원광은 평소에는 온화하고
따뜻한 말씨에 두려움보다는 편안함이 느껴지는 분이었다.
그러나 가르침을 내릴 때는 단호하고 냉정하며 서슬 푸른 회
초리였다.

"조금 전 그대들은 함께 글을 읽었다. 내가 문을 열고 들어
설 때 그대들의 목소리가 어찌나 우렁찬지 마치 커다란 파도
가 나를 덮치는 듯했다. 그렇게 입을 모아 이 강당이 떠나가도
록 책을 읽었으면서도 무엇을 읽었는지 알지 못하는 게냐?"

원광이 단정한 얼굴로 화랑들을 바라보았다.

"누구도 무엇을 읽었는지 모르겠느냐!"

원광이 주장자를 들어 바닥에 쿵 내리찍었다. 그때 화랑 추
항이 일어섰다.

"여래의 죽음을 읽었습니다."

"그래, 그대는 여래의 죽음을 읽었구나. 잘했다. 또 무엇을
읽었느냐? 다른 사람이 대답해보거라."

눈을 감으면서 원광이 다시 말했다.

"스승님을 읽었습니다."

귀산이었다. 귀산은 말수가 적어 무뚝뚝해 보였지만 총명하
여 배운 것을 빨리 익혔고, 검과 활을 쓰는 데도 능통하여 화

랑들에게 모범이 되었다.

"허허, 나를 읽었다고? 그대가 읽은 경은 부처님의 열반에 관한 책이 아니었더냐? 그런데 어찌하여 나를 읽었다는 것이냐?"

"이 경을 저희에게 읽게 하신 이유는 스승님께서 저희에게 하고 싶은 말씀을 들려주시려는 뜻이기 때문입니다. 무릇 책은 큰 가르침이지 않습니까? 더구나 이 경은 부처님께서 열반에 이르신 때에 제자들에게 들려주신 말씀이옵니다. 마지막으로 제자들에게 일러주신 진리의 말씀이지요. 저희에게 스승님께서 이 경을 읽으라고 하셨을 때는 이 책에 담긴 부처님의 마지막 말씀을 들려주고 싶으셨던 게지요. 그러니 스승님을 읽었다 말씀드렸습니다."

느린 말투였지만 귀산은 자신의 뜻을 명확히 전달하고 있었다.

"자네는 내 뜻을 잘 읽었구나. 허나 그것만으로는 부족하다. 또 무엇을 읽었느냐? 다른 사람이 말해보거라."

원광의 입가에 조용한 미소가 피어올랐다. 스승의 미소를 본 화랑들이 용기를 내어 저마다 자신이 책에서 알아낸 바를 말하기 시작했다.

"정각을 이루신 부처님께서도 죽음은 피하지 못하셨습니다."

"늙거나 병들어서 죽음에 처한 사람, 자살의 충동을 일으

킨 사람, 죽음에 관심을 가진 사람에게 설하신 부처님의 말씀
이 인상적이었습니다."

"다른 사람을 의지하지 말고 나 자신을 의지하라는 말씀,
또한 바깥 것에 휘둘리지 말고 진리의 말씀에 기대어 살라고
조언하셨습니다."

화랑들은 저마다 열반경이 자신에게 점을 찍은 바를 말하
였다. 조용히 듣던 원광은 자세를 고쳐 앉았다.

"모두 경을 잘 받아들였구나. 그러나 그대들은 열반경의 핵
심을 놓쳤다. 이 경에서 말하고 싶은 것은 단 한 가지이다. 바
로 진리는 영원하다는 말씀이다. 법신과 해탈과 반야는 하나
이다. 모든 중생에게는 죽지 않는 진리를 자기로 하여 살 수
있는 자질이 있다는 말씀이 열반경의 핵심이다. 부처에게만
불성이 있는 것이 아니라 아귀나 축생, 지옥이나 아수라, 인
간에게도 있다. 진리의 세계 전체가 본래 우리들 안에 들어와
있다. 부처는 내 안에 항상 살고 있으므로 부처의 길을 닦고
부처의 행동을 하는 사람, 그가 바로 부처이니라. 모든 중생
은 부처님의 성품을 가지고 있다는 사실을 제군들은 명심하
도록 하여라. 그러니 항상 내 안의 부처님에 집중할 일이다."

"예, 잘 알고 받들겠습니다."

화랑들이 입을 모아 대답했다.

"스승님, 알아듣기는 하겠으되 설명하기가 어렵습니다. 왕

이나 진골, 성골, 귀족들이 일반 평민이나 노비들과 같은 불성을 가졌다는 것을 받아들이기 힘듭니다. 서열이 없다면 어떻게 나라의 체제가 제대로 유지되겠습니까?"

승적을 가졌으면서 동시에 화랑인 욥천이었다.

"그대는 지금 열반경을 읽었다. 부처님은 전단나무의 버섯 요리에 독이 들어 있다는 것을 아시면서도 드셨고, 그로 인하여 돌아가셨다. 부처님은 죽음의 인연조차 있는 그대로 받아들이셨도다. 열반은 일반적인 죽음과 달라 성불이요, 큰 성취이다. 퇴보가 아니라 진보이며, 멈춤이 아닌 진행, 추락이 아닌 상승이다. 부처님은 자신을 죽이려던 죄인까지도 자식처럼 자비롭게 살피고 도와주려 하셨다. 그대가 이 경에서 부처의 그 평등심을 받아들였다면, 어떻게 그런 질문을 할 수가 있느냐? 자비심이 이 나라의 기틀을 무너뜨린단 말이냐? 신분이라는 우산 아래 숨어서 행하는 귀족들의 행태를 보아라. 그들은 수탈을 일삼고 자신의 잇속을 채우는 일에 급급하다. 높은 신분을 가진 자가 더 덕스럽고 화(和)해야 하거늘, 그들이 스스로 귀감이 되도록 살아가고 있느냐? 단연코 그렇지 못하다. 내가 진나라로 공부를 하러 떠날 때 내 스승께서 말씀하셨다. 내 곁에 굶주리며 고통 받는 이가 있다면 나는 결코 정의롭지 못하다고. 그들을 외면하였으니 불의하다고 말씀하셨다. 탐욕은 공포로 향하는 길이다. 더 잘살아야 하고 더 가져야 한다는 공포로부터 탐욕이 시작되고, 그 탐욕 아래

짓밟힌 백성들의 삶은 더욱 두려운 현실을 마주해야 한다. 백성들의 고혈(膏血) 없이 귀족들이 모든 것을 누리면서 잘살 수는 없다. 백성 없는 임금이 있을 수가 없는 법. 신분이란 개념은 누가 만들었느냐? 저 하늘이 허락하였는가? 부처가 만들라 하였는가? 날 때부터 부처님이 너는 진골 너는 노비 이렇게 구분하셨는가? 그것은 절대로 아니다. 신분이란 권력과 부를 움켜쥔 자들이 그것을 계속 누리고 싶어서 만든 제도이다. 신분의 주장보다 서로 잘 살아가겠다는 상생의 의지가 있어야 공포가 없어지고 탐욕이 사라지며 나라가 진정 평안하게 될 것이다."

"죄송합니다. 스승님, 제가 생각이 짧았습니다. 잘못을 깨닫는 의미로 열반경을 열 번 필사하겠습니다."

융천은 순순히 무릎을 꿇었다.

"복수하는 방법에는 다섯 가지가 있다. 방해와 심술을 부리며 부처님을 괴롭히던 마왕 파순을 기억할 것이다. 부처님이 보리수 아래에서 정각을 이루어 부처가 되고자 했을 때, 그는 여자를 보내 유혹했고 괴물로 위협했다. 이처럼 나쁜 짓만 골라 저지르던 마왕 파순이 부처님이 열반에 드시는 자리에서 슬퍼하며 공양을 올렸다. 제군들은 생각해보라. 어떻게 그런 일이 가능했을까? 불경에서 이르기를 복수에는 다섯 등급이 있다고 말한다. 가장 저급한 복수는 상대에게 위해를 가하는 일이요. 조금 더 높은 복수는 원수를 잊는 것이다. 원수에게 떡 하나를 더 주는 복수가 있는가 하면, 상대가 오히려 나에게 호의를 갖게 만드는 복수도 있다. 최상의 복수는 처음부터 원수 관계가 아니었음을 알게 함이다. 부처님은 최상의 복수를 하셨다. 원수는 처음부터 없으며 있다 해도 그것은 인연의 얽힘이었을 뿐임을 스스로 깨닫게 하셨다. 원수는 원수가 아니며 또한 원수를 갚지 않음이 가장 원수를 잘 갚는 일임을 몸소 보여주셨다는 사실을 기억하라. 또한, 부처님의 열반에는 제행무상의 교훈이 담겨 있다. 세상의 모든 것은 무상하며, 한시도 머물지 않는다. 부처조차도 더 머물지 못하셨다. 그러니 이를 깨닫고 결코 태만해서는 안 된다고 가르치신 것이다. 그대들은 부처님이 마지막까지 전해주시려고 애쓴 진언을 기억해야 한다. 바른 진리를 보았다고 하더라도 항상 부지런히 닦지 않는다면 탐욕에 섞여 묻히게 되는 법. 그러므로 항상 자신을 닦는 데 게을리해서는 안 되느니. 알아듣겠느냐?"

"예, 스승님의 말씀을 명심하겠습니다."

화랑들의 대답은 강당의 지붕이라도 뚫을 기세였다. 원광의 빰에 자비로운 미소가 번졌다.

이어 원광은 며칠째 마음에 두었던 말을 꺼냈다.

"오늘 나는 제군들도 아는 한 사건에 관해서 이야기하고자 한다. 그것은 바로 얼마 전에 죽은 낭도 검군에 관한 사건이다. 모두 그 일을 잊고 싶은지 아무도 언급하려 하지 않는다.

하지만 잊는다고 아픔이 덮이지 않고 추함이 가려지지도 않는 법이다. 검군은 창예창*의 곡식을 훔치는 무리에 동참하지 않았다 하여 다른 사인(舍人)**들에 의해 독살당했다. 그런데 검군은 다른 사인들이 자신을 해칠 것을 알고 미리 친구 근랑에게 작별을 고하고 신변 정리까지 했다고 들었다. 귀관들은 낭도 검군의 죽음을 어떻게 보는가? 사람이라면 불의한 일, 부도덕한 일을 부끄러워하는 마음을 가지고 있다. 그것은 인이며 예로 선을 긋지 않아도 자연스러운 마음이다. 그렇다면 검군은 죽음으로 자신의 고결함을 유지하였는가?"

질문을 던지고 원광은 눈을 감은 채로 화랑들의 대답을 기다렸다. 이백 명이 넘는 화랑 중 누구도 대답하지 못했다. 창문 너머로 들려오는 다채로운 새소리뿐, 강당에는 조용한 침묵만이 흘렀다. 정적을 깬 사람은 가리였다. 가리는 이제 어엿한 화랑의 낭도가 되어 함께 공부하고 있었다.

"검군은 태산같이 귀한 목숨을 기러기의 깃털처럼 가볍게 여긴 사람입니다. 그는 친구 근랑에게 작별 인사까지 하고 자신의 신변을 정리했습니다. 또한, 그들이 독주를 주었다는 사실을 알면서도 아무 말도 없이 그 술을 마셨습니다. 이것은 명백한 자살입니다. 저는 검군의 이야기를 전해 듣고, 그에게

---

* 궁중의 창고.
** 신라 17관등 중 12번째 등급인 대사와 13번째 등급인 사지 벼슬을 통틀어 이르던 말.

스스로 죽고 싶을 만한 어떤 다른 사연이 있지 않았을까 하는 생각이 들었습니다. 사정을 알아보았더니, 최근에 혼인을 약속했던 여인이 갑자기 죽어서 마음 붙일 곳이 없어졌는데, 동료들에게 따돌림까지 당하게 되어 살고 싶지 않다며 입버릇처럼 말했다고 들었습니다. 그는 자신의 행동이 정당하고 불의와 타협하지 않았다는 명분을 들어, 죽고 싶었던 마음을 그런 식으로 실행에 옮겼습니다. 스스로 자결할 명분도 용기도 없으니, 타인에게 살해당하는 편이 낫다고 작정한 것 같습니다. 그는 고결하지도 않으며 불의에 몸을 담그지 않은 사람도 아닙니다. 다른 사람으로 하여금 자신을 죽이도록 하였으니, 오히려 타인을 불의에 얽히게 했고, 스스로 불의를 실현한 꼴이 되었습니다."

얼마나 열심히 설명했는지 가리는 얼굴까지 붉어졌다.

"그래? 자네는 검군이 자살한 것이라 믿고 있군. 일리가 있는 말이네. 불의한 재물을 탐내지는 않았지만, 스스로 죽고 싶은 마음을 타인의 손을 빌려 행했으니 불의하다는 것이군. 그렇다면 신의는 어떻게 되는가? 검군은 친구 근랑이 창예창의 곡식을 훔친 사건에 대해서 관원에게 알리고, 그들에게 죄를 물으라고 했지만, 그는 자신의 두려움 때문에 동료들을 고발하여 벌 받게 하는 일은 옳지 않다며 거절했다지. 이 말이 사실이라면 검군은 불의와 타협하지 않았을 뿐만 아니라 신의를 지킨 것이 아닌가? 그대는 살기 위해서라면 친구 사이의 신의는 지키지 않아도 된다고 보는가?"

원광은 여전히 눈을 감은 채로 따끔하게 훈수를 두었다.

"스승님, 친구 사이의 의리란 금석과도 같습니다. 두 화랑
이 임신년*에 새겼던 비석을 보면 나라에 충성하고 좋은 책을
읽어 인(仁)을 도모하자는 뜻이 담겨 있습니다. 그들이 비석
에 새기고자 했던 뜻은 학문의 열정이었지만, 우정과 신의를
다짐하는 뜻이 먼저였습니다. 이처럼 신의는 삶의 기반이니
지키는 일은 당연한 일입니다. 그러나 검군은 신의를 빙자한
자포자기였습니다. 맹자께서 이르기를 자기가 자신을 해치는
그런 부류의 사람과는 함께 올바른 일을 할 수 없다고 했습니
다. 제 몸에 인의 덕을 지니지 않고 의에 따라가지 못하는 것
을 자기자(自棄者)라고 하지 않습니까?"

가리는 얼굴이 더 붉어지며 대답했다.

"오호, 자기를 포기한 사람은 인의 덕이 없다, 듣고 보니
틀렸다고 할 수 없겠구나. 다른 의견을 가진 사람은 없는가?"

귀산이 머뭇거리더니 천천히 일어서며 말했다.

"맹자의 말씀을 예로 들었으니, 저도 그를 들어 인용하겠습
니다. 검군이 고결하냐고 물으신 스승님의 질문에 저는 '진중
자는 청렴결백한가?' 하는 맹자의 질문이 생각났습니다. 진
중자는 자기 형의 녹(祿)이 불의한 것에서 나왔다고 믿어서

---

* 552년.

226

집에서 나와 살았는데, 먹을 것이 없어 사흘을 굶었더니 허약해져서 귀가 안 들리고 눈이 안 보였다지요. 벌레 먹은 오얏 한 개를 주워 먹고서야 그는 겨우 들리고 보였습니다. 그는 자신이 의를 따랐다 믿었지만, 맹자께서는 진중자의 행동은 청렴결백이 아니며, 지렁이가 된 후에야 비로소 가능한 일을 했을 뿐이라 평했습니다. 의는 사람이 따라야 할 올바른 길이지만, 자신이 살아 있어야 가능한 일입니다. 받아도 좋고 받지 않아도 좋은 경우에는 받지 않음이 청렴을 훼손하지 않으며, 주어도 좋고 주지 않아도 좋은 경우에는 주지 않아야 자신의 은혜로움을 지키게 됩니다. 죽지 않을 수도 있는데 죽음을 택함은 용맹함을 손상당하게 되는 일이 아니겠습니까? 검군은 용감하지 않았으며 오히려 비겁했다고 말할 수 있겠습니다."

원광이 빙그레 웃었다.

"좋은 지적이구나. 자기가 피할 수 있는 일을 피하지 않고 스스로 죽으러 갔으니 순리가 아니었지. 정당하고 마땅한 도리를 다하고 죽는 것이 곧 정명(正命)이다. 그렇다면 올바른 용기란 무엇인가 말해보아라."

원광은 다시 질문을 던졌다.

"증자께서는 스스로 반성해서 옳지 못하다면 비천한 자도 겁내게 되지만, 자기가 옳다면 군중 앞에서도 겁내지 않고 꿋꿋이 나아가라 하였습니다. 검군은 그들과 결투를 해서라도 자신의 옳음을 증명했어야 했습니다."

머뭇거리는 귀산 대신에 추항이 목소리를 높이자 원광이
대답했다.

"그대는 용기 있게 살기 위해서 동료들과 칼부림을 해야 했
다는 말인가? 그렇게 하면 반드시 옳음이 가려지는가? 현실
적으로 늘 옳은 자만 승리하는 것은 아닌 법. 용기 때문에 세
상에 칼부림이 계속하여 행해져야 하는가? 물이 맑으면 갓끈
을 씻지만 물이 흐리면 발을 씻는 법이다. 인이 아니면 하지
않고 예가 아니면 행하지 않을 뿐이라 했다. 의를 위해 생명
을 희생하는 정신을 가진 자는 현자만이 아니다. 사람이라면
누구나 목숨을 걸고 의를 지키려는 마음이 있다. 다만 그런
마음을 잃어버리지 않는 사람이 현자라 할 수 있다. 우리가
공부하는 기본은 결코 대단한 데 있지 않으니, 잃었던 본연의
마음을 되찾는 것이 아니었는가? 그러니 불인을 이겨내려면
그것을 이겨낼 만한 충분한 인을 가지고 있어야 한다. 한 잔
의 물로 불붙은 집의 불을 끌 수는 없는 법이다."

이어서 원광은 수치심에 대한 맹자의 구절을 되새기자고
권했다.

"사람은 욕됨을 참고 견뎌야 하는 순간을 자주 접한다. 힘
든 일을 당해도 참고 견뎌야 하며, 억울하거나 분하거나 성낼
일을 당해도 참고 견뎌라. 세상은 고통의 바다이니 인생살이
모두가 고통인 줄 바로 보고, 바로 알고, 바로 받아들여서 어

떠한 어려움, 어떠한 고통, 어떠한 억울함, 어떠한 분함도 모두 자비로운 마음으로 삭여라. 남들이 비리를 저지른다고 해서 이 우주의 진리가 없어지겠느냐? 하늘에 검은 구름이 떠 있든 흰 구름이 떠 있든, 아니면 구름 한 점 없든 그와 상관없이 밤하늘에는 항상 달이 있다. 구름에 가려서, 비가 와서 보이지 않을 뿐. 부정과 비리는 언제든 들통이 나서 그 죄보를 받고, 미혹과 집착으로 모아 소비하는 물질은 필경 무상함을 알게 되는 것이 만고불변의 진리이다. 천하에 정도가 행해질 때는 자기 이념대로 국가를 위해 일하지만, 악과 부정이 득세할 때는 물러나 자기 자신만이라도 이념에서 어긋나지 않게 살아가야 할 일이다. 덕을 행하고 악을 따르지 않음은 고매한 인격에서 자연적으로 우러나오는 행동이지, 결코 덕행을 인정받고 그 보상으로 벼슬이나 해보자는 심사로 행함은 아니로다! 군자는 마땅히 법도대로 행하며, 그 후에 돌아오는 부귀영달 같은 것은 천명에 맡겨두라. 하늘이 주는 그대로 살 뿐, 얻는 데 급급해하지 말라. 검군은 스스로 보직에서 물러나 다른 길을 찾았어야 했다."

원광의 표정은 부드러웠지만, 목소리는 서릿발처럼 매웠다. 수백 명의 화랑이 앉아 있는 강당에 일순 정적이 흘렀다.

　정적을 깬 사람은 화랑 귀산이었다. 귀산은 흥분된 어조로 빠르게 말하기 시작했다.

　"스승님의 참된 가르침을 평생 뼈에 새겨 실천하며 살겠습니다. 저와 추항은 어릴 때부터 벗으로 사군자와 더불어 교우하고자 기약하였습니다. 스스로 마음을 바로 하고 몸을 지키지 않는다면 모욕을 면치 못하니, 저희는 현자의 곁에서 도를 묻기로 맹세했습니다. 바라옵건대 스승께서는 저희들이 평생의 잠언으로 삼아 지킬 계를 내려주시기 소망합니다."

　원광은 잠시 눈을 감았다. 바람은 나뭇잎을 훑으며 파도 소리를 흉내 내고, 새들은 저마다의 음성으로 자유롭게 노래하는 좋은 계절이었다. 천지에는 잠시나마 평화가 가득 차고 화합으로 어우러져 빛났다. 원광은 감았던 눈을 떴다. 마당에는 햇살이 너그럽고 충만한데, 기대에 찬 젊은 눈들이 자신을 바라보는 이 순간. 원광은 화랑 한 사람 한 사람이 빛나는 꽃 그물 위에서 싱싱하게 반짝이는 모습으로 보여, 만화방창의 벅찬 기분에 젖어 울컥했다. 잠시 후 그는 조용히 입을 뗐다.

　"불교에 열 가지 보살계가 있지만, 그대들은 세속에서 사는 신하이고 아들 된 몸으로 감당하기 어려울 것이다."

　원광은 이렇게 운을 떼고는 화랑들에게 물었다.

　"세상에는 이미 삼강과 더불어 오륜이라는 실천적인 가르침이 있다. 그것에 대해서 누가 정리해보아라."

추항이 일어나 답했다.

"삼강은 군위신강(君爲臣綱), 부위자강(父爲子綱), 부위부강(夫爲婦綱)을 말하는데, 각각 임금과 신하, 어버이와 자식, 남편과 아내 사이에 마땅히 지켜야 할 도리를 강조하고 있습니다. 동중서는 하늘과 땅을 임금과 신하, 양과 음을 남편과 아내, 봄과 여름을 아버지와 아들에 비유하여 통치 윤리를 만들었습니다. 또한, 오륜은 네 가지 덕인 인(仁), 의(義), 예(禮), 지(智)에 신(信)을 추가하여 이를 오행에 맞춘 것이라 들었습니다. 그 내용을 보면 부모는 자녀에게 인자함으로 행하고 자식은 부모를 존경으로 섬기라는 부자유친(父子有親), 임금과 신하의 도리는 의리라는 군신유의(君臣有義), 부부는 서로 분별 있게 각자 본분을 다하라는 부부유별(夫婦有別), 어른과 아이는 차례와 질서가 있다는 장유유서(長幼有序), 친구 사이의 신의를 말하는 붕우유신(朋友有信)입니다."

원광은 가부좌했던 손을 모으면서 다음과 같이 말했다.

"잘 알고 있구나. 나라마다 그 시대에 따른 질서와 규칙이 있다. 지금 신라는 밖에서부터 적들이 시시때때로 노리고, 주위의 나라들은 저마다의 세를 불리기 위해서 혈안이 되어 있다. 충(忠)과 효(孝), 신(信)과 용(勇)이 필요한 이 시대에 맞도록 세속에서 사람들이 지켜야 할 다섯 가지 수신계(修身戒)를 전할 터이니 잘 듣고 행하도록 하여라. 그것은 사군이충

(事君以忠) 즉 충성으로써 임금을 섬기어야 한다는 뜻이며, 사친이효(事親以孝) 즉 효로써 부모를 섬기라는 뜻이며, 교우이신(交友以信) 즉 벗은 믿음으로 사귀어야 한다는 뜻이며, 임전무퇴(臨戰無退) 즉 싸움에 나아갔을 때는 물러남이 없어야 한다는 뜻이며, 살생유택(殺生有擇) 즉 살아 있는 것을 죽일 때는 가림이 있어야 한다는 뜻이다. 둘째 셋째 계명은 육방예경(六方禮經)에 나오는 불교의 교훈이며, 첫째, 넷째 계명은 지금 신라를 지키고 이끌어가는 데 꼭 필요한 덕목을 골랐다."

"네, 스승님 잘 알겠습니다."

화랑들의 대답이 우렁찼다.

"자네들의 대답으로 강당 지붕이 뚫릴 기세로구나."

원광이 부드럽게 웃자, 모두 즐거운 표정을 지었다.

그때 화랑 하나가 슬그머니 일어나더니 쭈뼛거리면서 물었다. 귀산이었다.

"스승님, 내려주신 계를 잘 받들어 마음에 새기도록 하겠습니다. 하오나 살생을 함에 가림이 있어야 한다는 뜻은 이해할 수가 없습니다. 무엇을 가려야 하는지요?"

총명한 젊은이의 예리한 질문이었다. 살생이란 불교의 이념에 어긋나는 항목이었고 불자로서 설명하기 어려운 문제였다. 화랑들 스스로 알아서 현실을 직시하기를 바랐기에 설명없이 넘어가려고 했던 원광은 문득 말문이 막혔다. 그렇다고 질문을 회피할 생각은 없었다. 이럴 때는 정공법이 원칙이다. 원광은 다시 질문을 던졌다.

"좋은 질문이구나. 살생은 불교의 교리에 맞지 않는다. 그러나 지금 신라는 고구려와 백제, 왜와 맞서 끊임없는 전쟁에 직면해 있으니 어찌하면 좋겠느냐?"

귀산이 대답했다.

"스승님께서는 세속에서의 처신을 묻고 계십니다. 창과 칼을 든 적군이 있는데 자비로운 미소만으로 내 땅과 가족을 지킬 수는 없지 않습니까? 내 나라 내 땅을 지키기 위해서는 적을 향해 칼을 들고 활을 쏠 수밖에 없는 일입니다. 신라의 젊은이라면 국가와 동지를 위해 죽음을 택할 뿐, 병석에 누워 죽음을 기다림은 수치로 압니다. 내 나라를 지키기 위해서라면 오로지 전진하다가 전사함이 영예로운 행동이요, 적군에게 패한다 해도 자결할지언정 포로로 남는 일은 수치로 여깁니다. 그러니 이 나라의 존망이 전쟁에서의 승리에 달린 이때 젊은이로서 나라를 위해 전쟁터에서 용감하게 싸우다 죽음은 자랑스럽고 명예로운 일입니다. 충(忠)이 앞서야 효(孝)며 인(仁)도 얻을 수 있는 시대이기 때문입니다. 허나 스승님의 계는 그렇게 간단한 뜻은 아니라고 생각합니다. 제 생각에는 윤회전생의 법을 기억하라는 뜻이 담겨 있다고 생각합니다. 현세에는 귀한 신분이라 하더라도 공덕을 쌓지 않는다면 다음 생에 어떤 미물로 태어날지 모르니, 공덕을 쌓는 일을 게을리 하지 말라는 숨은 뜻이 내포되어 있다고 보았습니다. 불필요한 살생은 죄악이라는 뜻이겠지요?"

고개를 끄떡거리며 원광이 말했다.

"그래, 잘 이해하고 있구나. 감추어둔 뜻까지 포착하니 내가 더 가르칠 것이 없지만, 덧붙여야 할 말이 있다. 식용을 위해 가축을 잡을 때라 하더라도 새끼는 죽이지 말아야 하며, 꼭 소용되는 만큼만 잡고 남획하지 말라는 뜻이다. 또한, 특별히 살생하지 말아야 할 날이 있으니 그것은 봄과 여름철, 육재일이다. 그때에는 말이나 소, 닭과 개라 하더라도 죽이지 말라. 육재일이란 사천왕이 천하를 순행하면서 사람의 선과 악을 살피러 다녀가는 날로 악귀가 틈을 보는 날이기에 사람마다 몸조심하고 마음을 정하게 하여 계를 지켜야 하는 날이다. 바로 음력 8일, 14일, 15일, 23일, 29일, 30일이 이에 해당한다. 이것이 세속의 선계(善戒)이니라."

"스승님, 주신 계를 잘 받들어 실천하겠습니다."

화랑들이 큰 소리로 대답하였다. 원광이 말을 이었다.

"세속오계를 한 글자로 줄여 말한다면 어떤 글자로 표현하겠느냐?"

귀산이 다시 대답했다.

"감히 한 글자로 줄인다면 충(忠)이라 말하겠습니다."

원광이 눈을 가늘게 뜨며 웃음을 지어 보였다.

"기특하구나. 어떻게 계의 핵심을 잘 짚을 수 있었느냐?"

"일전에 스승님께서 충이란 가운데 중(中)과 마음 심(心) 자가 합해졌으니 마음의 중심을 잡는다는 뜻이라고 하셨습니다. 저희가 살아갈 힘이 될 계를 주셨으니 그것은 마음에 중심을 세운다는 뜻이라 알아차렸습니다."

귀산은 손을 합장하며 열띤 음성으로 대답했다.

"그렇다. 충의 본래 의미는 스스로 충실함이며, 거짓 없는 마음이다. 충심(忠心), 충성(忠誠), 충직(忠直), 충정(忠情) 등으로 푼다. 충의 실행은 마음을 깨끗하고 고요하며 정직하게 가져 마음을 중심에 두어 다른 곳에 마음을 쓰지 않는 일이다. 마음을 다하여 바쳐 흔들리지 않음이고 속이지 않으며, 또한 살고 죽음을 구별치 않는 일이다. 충에서 효가 나오고, 또 충에는 인이 스며들어 있어 인의 실행은 곧 충이라 할 수 있으니, 충 한 글자를 선택함이 마땅하도다. 그대들은 이곳에서 문무를 겸비한 수행을 하고, 예를 지키며 염치를 중요하게 여겨, 공명정대한 정신의 바탕을 기르도록 하라. 그대들은 앞으로 이 나라를 이끌어갈 인재들이다. 모든 면에서 모범적인 행위를 수양의 척도로 삼도록 하라."

원광은 두 손을 모아 합장했다.

"스승님, 고맙습니다. 지금부터 계율을 마음에 새겨 한 치의 소홀함도 없도록 하겠습니다."

귀산이 벅찬 음성으로 대답하자 화랑들이 모두 일어나 예를 올리며 스승이 내린 계를 받았다. 원광은 잠깐 망설이다가 말을 이었다.

"이곳에서 자네들에게 제공되는 식사가 부실하다는 말을 들었다. 그로 인해 자네들 중 일부는 마을로 내려가 콩이나 닭을 서리하거나 어린 돼지를 훔치는 일이 있다는데, 듣기에 내 마음이 불편하구나. 자네들은 한창 식욕이 왕성한 나이인데다가, 절 음식이 부족하고 아쉽게 느껴질 수도 있겠지. 더구나 이곳에서는 집에서와는 달리 고기와 기름진 음식을 구경할 수도 없고. 나도 객지 생활을 오래 했으니 집을 떠나 먹는 밥은 항상 먼 배고픔과 갈증이 뒤따른다는 것을 알고 있다. 자네들 중 일부는 음식을 적게 내놓는 게 몸매를 관리하게 하려고 일부러 그런다고 알고 있더군. 분명히 말하지만 그런 일은 없다. 어여쁜 얼굴과 날씬한 몸에 인(仁)이 달리고 충(忠)이 따라오는가? 절에서는 식사를 가볍게 하는 게 원칙이고 육식을 취하지 않을 따름일 뿐이다. 나도 나라의 인재인 자네들이 중처럼 먹고 중처럼 살기를 바라지 않는다. 한창 때인 자네들을 위해서 육식할 수 있는 기회를 제공할 수 있게 해달라고 대왕께 건의했다. 오늘부터 산 중턱에 위치한 국밥집에서 열흘에 한 번은 푸짐한 밥상을 차리도록 하겠다. 모두 가서 식사를 할 공간이 부족하니 열 개의 반을 구성하여 교대로 다녀오도록 하라. 내가 미처 자네들의 어려움을 알아차리지 못해서 미안하구나. 대부분 그 국밥집에 한두 번은 가봤을 테니, 어디에 있는지는 말하지 않겠다."

화랑들은 차마 기쁜 얼굴을 드러내지 못하고 말없이 앉아 있는데, 가리가 먼저 일어나 대왕께 감사하다고 소리치자, 모두 일어서서 큰 소리로 대왕의 은덕에 감사드립니다, 하고 왕궁을 향하여 절했다.

아막성
전투

푸른 달이 물러가고 어스름이 뒷걸음질하는 시간. 새벽안개
가 채 걷히지 않은 궁궐 마당을 누군가 뛰고 있다. 왕의 침소
가 있는 전각을 향하여 빠르게 달리는 사람은 병부령이었다.

"대왕, 기침하셨나이까? 국경에서 파발이 급한 전갈을 가
져왔습니다. 백제의 군사가 두류산*을 돌파하여 아막성을 포
위하였다 하옵니다. 지금 벌판에 진을 치고 아막성을 지키는
군사들과 대치 중이라 합니다."

병부령의 보고에 왕이 자리에서 급히 일어났다. 그 바람에
금침 앞에 놓였던 긴 서탁이 이 가는 소리를 내며 앞으로 밀
려나갔다. 병부령이 허리를 깊게 숙였다.

* 지리산의 옛 이름.

"적장은 누구이고, 군사는 얼마나 되느냐?"

"좌평 해수입니다. 군사는…… 사만이라 하옵니다."

"뭐, 사만 명이나! 무강* 그놈이 간이 배 밖으로 나왔구나. 고구려와 왜의 형세는 어떠하더냐? 쇼토쿠 태자는? 지난번에 왜로 숨어들었다가 잡혔던 가마다 말고 왜의 형세를 보고 하던 그 세작, 누구더라? 무치로, 그자에게서는 보고가 있었느냐?"

노여움을 품은 왕의 목소리가 갈라졌고, 병부령은 자꾸 허리를 더 숙였다.

"바로 어제 보고가 건너왔습니다. 올봄 3월 왜의 스이코덴노**가 고구려에는 대반련설을, 백제에는 판본 신강수를 파견하여 급히 임나를 구하라는 전갈을 보냈다고 합니다. 협공으로 신라를 치겠다는 계획인 것 같습니다. 현재 고구려의 군사들은 아리수 근처 북한산군 주변으로 진을 쳤고, 왜는 난파에서 출발하여 진도***에 도착하였다 하옵니다. 이만 오천의 군사들과 함께 선봉에 내목황자가 섰다는 소식입니다. 무치로의 말로는 총공격의 예정일은 11월 5일이라고 하온데……"

병부령이 전선을 그린 두루마리를 서탁 위로 펼쳤다.

"임나라니, 이제 와서 왜 임나를 거론한단 말이냐! 지금은

* 무왕의 이름.
** 왜의 여왕.
*** 삼국시대에는 대마도를 진도라고 불렀음.

8월*인데 백제가 벌써 두류산을 넘었으니 정보가 틀리지 않느냐! 정녕 믿을 만한 간자가 맞더냐?"

"예, 무치로는 신임할 만한 사람입니다. 그자가 백방으로 사정을 알아보았더니, 진도에 도착한 내목황자가 갑자기 병이 나서 배를 띄우지 못하고 있다고 합니다."

"그나마 다행이로구나. 출병이 아예 없던 일로 되기 전까지는 계속 왜를 경계해야겠구나. 어찌하여 왜는 신라가 그들의 땅을 범할 것이라 보는지 그 이유를 짐작하는가?"

왕은 자리옷을 벗으면서 물었다. 평소의 어조를 회복한 음성이었다.

"왜에서는 고구려나 백제보다 신라가 위협적이라고 판단하는 것 같습니다. 고구려는 수와의 전쟁으로 국력 손실이 많았고, 백제는 국경이 크게 줄어 세력이 약해졌다고 보는데, 신라는 임나를 정벌하여 땅을 넓히고 세력을 키웠기에 밖에서는 위협적으로 보일 수도 있겠습니다."

병부령이 대답했다.

"간교하게도 임나를 명분으로 내세우면서 말이지? 왜로 넘어간 임나의 귀족들이 백제와 작당하여 일을 꾸민 게로구나! 자신들이 살아남기 위해서는 명분이 필요했을 테니까 말이야. 무슨 일이 있어도 야만인들이 서라벌을 짓밟지는 못하게

* 음력 8월을 말함.

해야 한다!"

흥분한 왕이 거친 발걸음으로 회랑을 오가고 있는데 파진
찬* 건품이 급히 다가와서 고개를 숙였다.

"대왕, 불러 계시옵니까? 소인 건품입니다."

"파진찬, 어서 오시오. 들으셨겠지만 지금 신라는 심각한
위기에 봉착했소. 고구려와 왜의 동태도 심상치 않은데, 백제
놈들이 몰려와서 아막성 주변을 포위하고 있답니다. 기병 천
을 줄 터이니 공이 선봉에 서서 아막성을 탈환해주시오."

"하명하신 대로 소장 목숨을 걸고 아막성을 탈환하겠나이
다. 다만 벌판에 있는 적들은 기병으로 제압할 수 있겠지만,
산의 형세가 가파르니 기병만으로는 어려워 보입니다. 보병
으로 전술을 펼쳐야 아막성을 지켜낼 수 있을 것입니다."

급간 무은과 비리야, 파진찬 이리벌도 헐레벌떡 도착했다.

"모두 도착하셨습니까? 파진찬 무리굴이 보이지 않는군요."

"파진찬 무리굴은 지방의 성들을 돌아보는 임무를 수행 중
입니다. 날랜 말을 가진 화랑을 뽑아 파발을 보냈으니 일정을
취소하고 곧 출발할 것이라 사료되옵니다."

무은이 대답했다.

"장군들, 촌각을 다투는 싸움이 시작되었소. 아시겠지만 아

* 신라시대 4등급의 관등.

막성은 서라벌을 지키는 보루라 할 수 있습니다. 우선 네 분께서 먼저 출발하시고 파진찬 무리굴이 도착하면 곧 보병 천을 더 보내겠소. 남쪽 항구를 도모할지도 모르는 왜구들과 혹시나 아막성을 넘는 백제군들을 대비하기 위해서 나는 군사들과 함께 아시량군*으로 출발하여 대기하지요. 하여, 오늘 나는 파진찬 건품을 대장군으로 임명하려 하오."

건품이 한쪽 무릎을 꿇고 자신의 칼을 받쳐 들었다. 왕은 칼을 받아 하늘을 향하여 우러러 바치는 의식을 행하고, 다시 건품에게 돌려주며 말했다.

"천신과 부처의 은덕을 입은 칼을 내리니 무탈하게 임무를 수행하길 바라오. 또한 전쟁터에서의 모든 작전과 상벌에 대한 군령권을 주는 의미로 이 부월**을 하사하겠소. 고구려와 왜의 협공에도 대비해야 하므로 우리 군사들은 흩어져서 주요 지점을 지킬 수밖에 없소. 그래서 아막성으로 많은 군사들을 보낼 여력이 없소. 기병 천은 무은 장군이 맡아주시고, 삼천의 군사는 무리굴, 이리벌, 비리야 장군들이 각각 맡아주시오. 무슨 일이 있어도 아막성을 지켜내시오. 장군들의 손에 이 나라의 운명이 걸려 있다는 것을 잊지 마시오."

왕의 목소리는 낮고 힘이 있었다.

* 신라시대 함안의 옛 지명.
** 도끼. 군령권을 부여하는 의미로 도끼를 하사하였음.

"왕의 근심은 백성의 근심이요, 왕의 뜻은 곧 백성의 뜻이니 소장들을 믿고 맡겨주소서. 전쟁은 동원된 군사가 많다고 하여 반드시 유리하다고 볼 수는 없습니다. 아막산성은 산이 가파르고 계곡이 협소하여 많은 군사들이 한꺼번에 지날 수가 없는 곳입니다. 계곡으로 들어오는 순간 협공을 당해 한꺼번에 괴멸될 위험이 있기 때문이지요. 저들이 벌판에 있을 뿐 아직 성을 도모하지 않는 이유도 그 때문으로 보입니다. 소장, 장군들과 더불어 목숨을 걸고 아막성을 지켜내겠나이다."

건품은 왕이 내리는 부월을 받쳐 들고 고개를 더 숙였다.

"내게는 국가를 위해 목숨을 바치겠다고 맹세한 화랑들이 있소. 아직 교육 기간이 끝나지는 않았지만 그들의 젊은 피가 끓고 있다오. 이들도 함께 보낼 것이니 장군들에게 큰 힘이 되길 바라오."

"하명에 감읍할 따름입니다."

세 명의 장군들도 함께 고개를 숙였고, 왕은 돌아서서 병부령에게 풍월주 용춘공을 부르라고 명했다.

김충헌 장군의 지도로 화랑들이 마당에서 수박(手搏)* 연습을 하고 있을 때, 풍월주 용춘공이 한 무리의 군사들을 이끌고 들어섰다. 원광은 용춘공의 표정을 보고 심상치 않은 일이

* 손을 써서 상대를 공격하는 우리나라 전통무예.

벌어졌음을 짐작하고 조용히 다구를 펼쳐놓았다.

"용춘공, 오셨으니 녹차나 한잔하시지요. 산 아래에서 세작을 보냈더군요."

방 안에는 녹차의 향이 잔잔할 뿐 둘은 말없이 찻잔을 비웠다. 다 마신 찻잔을 손에 들고 말을 꺼내지도 못하는 용춘공을 보며 원광이 먼저 입을 뗐다.

"공, 전선은 어디인가요? 백제입니까, 고구려입니까?"

"이런, 말씀드리기 전에 대사께서는 벌써 짐작하시고 계십니까? 백제에 보낸 간자에 의하면 사만의 군사를 앞세우고 좌평 해수가 아막성 앞에 진을 치고 있다는 전갈입니다. 아막성이 무너지면 이곳 서라벌까지는 다른 산성이 없습니다. 백제가 일으킨 군사가 대군인지라 형세가 위급하여 화랑들의 참여를 독려하려 왔습니다. 왕께서도 친히 출병하신다며 기마병 천 명을 준비하라 하시는데, 아무래도 말타기에 능한 화랑들이 나서야 할 것 같습니다. 이건 대왕의 전갈입니다."

용춘공이 품속에서 서찰을 꺼내 다구 옆에 놓았다.

"나라가 위급에 처했으니 신하된 도리로 산속에 은거하고 있을 수만은 없는 일이지요. 그러나 이곳 화랑들은 아직 수업 기한도 채우지 못하였소. 우선 징집된 군사들만으로 전쟁을 치를 수는 없는지요?"

그렇게 말을 꺼내놓고 원광은 합장한 채로 눈을 감았다. 원광이 서찰을 열어보지도 않고 화랑의 교육 운운하며 눈을 감고 있으니 마음이 급해진 용춘공의 목소리가 조금 높아졌다.

"위급한 일이라 왕께서 제게 특별 명령을 하달하셨습니다. 징집된 백성들은 대부분 일반 군사들이지요. 신라에는 그들을 지휘할 지도자들이 필요합니다."

"일전에 풍월주께서는 화랑들이 장수의 책임을 다할 수 있으려면 실전에 필요한 병법 공부가 시급하다고 하지 않으셨습니까? 용춘공께서 계획하신 삼 년의 일정으로 시작한 화랑들의 공부는 아직 다 마치지도 못했습니다. 그 사실을 누구보다 잘 아시는 분이 그렇게 말씀하시면⋯⋯"

원광이 눈을 뜨고 합장한 손을 풀자, 용춘공은 품에서 뭔가를 꺼냈다.

"이박 삼일 동안의 특별 교육을 통해 화랑들을 재정비한 뒤에 전쟁에 투입할 예정입니다. 나라가 위급하니 어쩔 도리가 없습니다. 다 하지 못한 병법 교육을 짧은 시간 동안 마칠 수 있도록 제가 이렇게 일정을 짰습니다."

원광은 다탁 위의 왕의 서신도, 용춘공의 계획서도 열지 않고 침묵하고 있었다.

"입으로 하는 교육만으로 전쟁을 치를 수는 없습니다. 전쟁이란 실전에 임하여 어떤 계책을 사용할 것인지 몸으로 익혀야 합니다. 자연과 사람과 지형을 어떻게 이용하는가 하는 점은 현장에서 배우고 적용하게 될 것입니다. 대사께서 화랑들을 얼마나 아끼시는지, 무엇을 우려하시는지는 소장도 잘 알고 있습니다. 그러나 지금은 나라의 존망이 위태로운 때이고, 전장이 가장 위급하니 저들의 출병이 무엇보다 시급합니다. 왕께서 직접 저를 이곳까지 보낸 심정을 혜량하여주십시오."

용춘공이 얼굴을 붉히며 열심히 설명했다.

"화랑들이 이곳에서 교육을 받을 때는 나의 학생들이지만, 공의 지휘를 받을 때는 공의 부하들이니 제 소관이 아니지요. 무엇보다도 왕께서 화랑들을 이곳으로 보내신 이유를 소승도 잘 알고 또 이해합니다. 자, 끼니때가 되었으니 먼저 공양을 드시고 화랑들을 만나보시지요."

그렇게 말했지만 원광은 공양을 걸렀다.

*

이른 아침 수구에 오물을 버리려고 장군 막사를 지나가는 가실에게 누군가 다가오며 이름을 불렀다.

"가실, 너 가실 맞지?"

소감 복장을 한 사람이었다. 안개가 자욱하여 잘 보이지 않았는데, 가까이 다가가서 보니 율리에서 함께 자랐던 친구 추항이었다.

"와, 이런 곳에서 만나다니 반갑다. 어떻게 정곡산성까지 왔어?"

"그게…… 사정이 좀 있었어. 아니 있었습니다."

친구라서 말을 놓았다가 소감 복장을 보고 존댓말을 하자, 추항은 가실의 어깨에 손을 얹으며, 지금은 군사의 관계로 대하고 있지 않으니 편하게 말하라고 했다.

"넌 성을 쌓는 기술자잖아. 왜 여기서 오물을 나르는 거야?"

율리에서 있었던 일을 말하자 추항이 가실의 어깨를 툭 치며 웃었다.

"너라면 그럴 수 있을 것 같아. 아마도 예쁜 아가씨겠지? 나는 이곳에 계신 파진찬을 모셔오라는 대왕의 전갈을 받고 왔어. 파진찬 무리굴 장군과 함께 오늘부터 나는 아막성으로 차출되어 갈 거야. 백제군의 대병이 산성 주변으로 오고 있다는 전갈을 받았거든. 아막성을 빼앗긴다면 정말 큰일이야. 적에게 금강* 유역을 빼앗기면 서라벌도 위험해질 수 있거든. 그곳에는 철을 생산하는 광산도 있으니, 백제 놈들이 아막성을 도모하여 일석이조의 효과를 노리려는 속셈인 거야. 아까 파진찬의 말씀을 들어보니 전쟁이 시작되면 적의 충차나 석포로 부서진 성벽을 수리할 기술자가 필요하다고 하시던데, 아무래도 오늘 널 만난 게 행운인 것 같네. 너도 나를 따라서 아막성으로 갈래? 장군에게 네 보직을 바꿔달라고 하면 자리를 옮길 수 있어. 전선이라 위험하긴 하지만, 그렇게 오물통을 들고 다니는 것보다는 좀 낫지 않을까?"

* 영산강의 옛 이름.

추항이 코를 막는 시늉을 했다. 지금까지 고된 훈련과 보이지 않는 적을 상대하는 수자리로도 벅찼던 가실은, 전쟁터 한복판으로 가자는 말에 잠깐 주춤했지만 곧 대답했다.

"사내라면 늘 신라를 위해서 할 일이 있기를 갈망하잖아. 당연히 가야지."

"장군께서 곧 출발하신다고 하셨으니, 지금 찾아뵙자."

가실은 추항을 따라서 장군 막사로 들어갔다. 창을 세워 들고 경비를 서던 보초가 추항을 보더니 창을 거두었다. 파진찬 무리굴은 소감들과 함께 탁자에 앉아 이야기를 하다가 둘을 보고 무슨 일이냐고 물었다.

"장군, 이 사람은 동네에서 친구였던 가실입니다."

열띤 토론을 하던 중이었는지 장군은 얼굴이 벌겋게 달아올라 있었다.

"친구를 만났다고 데려오지는 않았을 테고, 무슨 일인가?"

"조금 전 장군께서 적의 공격이 시작되면 성을 수리하고 고쳐 쌓을 기술자가 필요하다시던 말씀을 들었습니다. 가실의 아버지는 신라 최고의 성을 쌓던 기술자였습니다. 가실도 아버지 밑에서 어릴 때부터 기술을 전수받아왔습니다. 이곳에서 수자리를 맡고 있다 하여 데려왔습니다. 내일 아침 출병할 때 가실도 데려가고 싶습니다."

추항이 가실의 등을 쿡 찌르며 장군께 인사하라고 했다. 엉

거주춤 인사를 하긴 했지만 가실은 엄해 보이는 장군을 똑바로 쳐다보지도 못하고, 장군의 왼쪽 팔에 붙은 반달 모양의 푸른색의 표지만 뚫어지게 쳐다봤다. 이상하게도 그 표지는 장군의 두번째 눈처럼 보였는데, 그 눈이 자신을 바라보는 것같이 느껴졌다.

"그래? 잘되었구나! 마침 아막성으로 기술자들을 좀 보내 달라는 전갈을 왕께 보낼 참이었다. 그래, 자네 아버지 함자가 어떻게 되는가?"

"김자 무자 선자이십니다."

"나마 김무선이란 말이냐? 그 삼년산성도 짓고 문천교도 놓은 그분 말이냐?"

"네, 그러합니다."

"참으로 잘되었구나. 김무선의 아들을 여기서 만나다니!"

"김무선이라니…… 아까운 사람이 일찍 갔다고 한탄하던 차였는데. 조부는 명활산성을 감독하신 분이었지 아마?"

대장군 앞에 앉은 소감이 말했다.

"처음 설계하고 감독하신 분은 고조부님이시고, 조부님과 아버님께서 두 번에 걸쳐 개축하셨습니다."

가실이 대답했다.

"허허, 이거 대단한 인재를 몰라보고 있었군. 그럼 어서 서두르세. 어두워지기 전에 도착하려면 곧 출발해야 할 것 같네."

가실과 추항은 마주보며 고개를 끄덕였다.

*

"선두 앞으로!"

말을 탄 장군의 커다란 음성이 쩌렁쩌렁 울렸다가 벌판으
로 흩어졌다.

나발 소리가 하늘을 가르며 긴 선을 그었고 큰북이 둥둥 땅
을 깨웠다. 대열 사이사이에서 기수들이 오색 빛깔의 깃발들
을 치켜세우며 흔들었다. 답을 하듯 멀리 적진에서도 깃발을
높게 올려 흔들었다. 장군은 눈이 가늘고 입매가 단정했다.
말은 금빛 갑옷을 입었고 장군 또한 황칠을 한 번쩍거리는 명
광개를 입고 있었다. 코 양쪽으로 뾰족하고 반짝이는 수염을
멋들어지게 기른 장군은 피처럼 빨간 술이 투구 위에서 건들
거리며 춤을 췄다.

다시 나발이 울었다. 걸음을 다그치듯 큰북이 둥둥 병사들
의 등을 떠밀었고, 이어 작은북이 자진모리로 몰아쳤다. 대열
은 칼을 빼어들고 외치는 장군의 지시에 따라서 이동하기 시
작했다. 장군의 앞에는 말을 타고 갑옷을 갖춰 입은 사람들
이 창을 세워 들고 밀집대형으로 앞서나갔다. 양쪽으로는 칼
을 찬 기병들이 깃발을 앞세우고 전진했다. 갑옷을 입지 않은
기병들은 무릎 아래에는 경갑을 찼고 팔뚝에는 가리개를 했
으며, 손잡이 끝에 둥근 장식이 번쩍이는 칼을 들었다. 말을
탄 사람들은 행렬의 바깥에 서고 안쪽과 후미에는 활이나 삭,

도끼를 든 병사들이 섰다. 병사들은 짧은 소매의 찰갑을 덧입었다. 행렬에는 도끼를 든 병사들이 상대적으로 많았다. 적의 투구와 비늘갑옷을 뚫는 데는 도끼만 한 무기도 없었다.

가실은 도끼를 멘 도부수로 행렬 중간쯤에 서 있었다. 도부수는 갑옷을 입지 않았기에 찰갑을 입은 병사들에 비해 그나마 걸음이 좀 가벼웠다. 도부수들은 부서진 방어진을 보수하거나 적의 기병을 방해하기 위한 장애물을 설치했다. 가실은 적군의 진격을 저해하기 위해서 나무를 뾰족하게 깎은 녹각을 설치하거나 목책을 만드는 임무를 맡았다. 가실의 뒤에 선 도부수들에게는 적이 만들어놓은 장애물을 부수고 치우는 역할이 배정되었다. 활 솜씨가 좋은 병사들은 궁수로 배치되었다. 어깨에는 활을 메고, 허리에 전통을 찬 궁수들은 장군의 명령에 따라 행렬의 앞에 서기도 하고 뒤에서 움직이기도 했다. 궁수들은 군사들의 작전을 엄호하거나 먼 거리에 있는 적의 군사를 공격하는 임무를 맡았다. 걷고 또 걷는 행렬에 지친 병사들은 말을 탄 기병들의 규칙적이고 빠른 동작이 부러웠다.

장군이 말안장 위에서 또다시 고래고래 소리를 질러댔다. 대열을 흩어지지 않게 유지하라는 지시이거나 반대로 적군의 대열은 흩어지게 만들라는 명령이었다. 장군이 고삐를 잡아당기면 말은 우로 또는 좌로 움직였다. 움직일 때마다 말의 꼬리와 갈기가 우아하게 출렁거렸다. 말 가리개에는 비단벌레 날개로 채색된 용이 번득였다. 장군은 말안장 위에서 이쪽 저쪽의 군사들을 향해 지시를 내렸다. 장군의 명령에 따라 말을 탄 한 무리의 기병들이 적군을 향하여 출발했다.

적군의 대열에서 검은 박쥐 떼처럼 화살이 날아올랐다. 화살은 포물선을 그리며 아군 쪽으로 날아왔다. 기병들은 화살을 피해서 둥그렇게 우회하여 달렸다. 대치한 적과의 거리가 멀어서, 화살은 대부분 아군의 대열 앞쪽에 떨어졌다. 땅에 주둥이를 처박고 떨어진 화살들은 야윈 새 떼처럼 파르르 떨었다. 적의 기병이 움직이기 시작하자 아군 측의 기병들도 경계의 화살을 날렸다.

적군의 대열 우측을 공격하던 기병 쪽에서 함성이 들렸다. 아군의 기병들이 적군의 대열을 흔드는 데 성공한 듯 보였다. 그러나 적군 쪽 기병들도 아군의 좌측 대열을 도모하는 중이었다. 아군은 좌측 대열을 일부 내주며 열이 흩어졌다. 장군의 지시로 찰갑과 중무장을 한 기병단이 나섰다. 기병단은 대열이 허물어진 적군의 우측을 공격했다. 먼 곳으로부터 행진하여 두류산을 넘어왔던 백제군은 이미 피로에 지쳐서, 행동이 눈에 띄게 굼떠 보였다. 더구나 엊그제에는 후미에 따라오던 식량을 운반하는 적군들이 포로로 잡혔다. 전투가 길어지면 식량이 부족하니, 저들은 작전을 서두르게 될 터였다. 적군의 약점을 꿰찬 아군 측의 보병이 기세를 올려 몰아세우기도 전에 적군의 기세가 허물어지듯 꺾였다. 적군들은 대열이 흐트러지며 좌우 사방으로 흩어져 후퇴했다.

휘몰이로 쳐대는 북소리가 빠르게 울렸다. 진군을 독려하는 북소리에 힘입어 군사들이 달려서 돌진했다. 군사들의 심장 뛰는 소리도 휘모리장단으로 몰아쳤다. 기병대가 적의 중심을 흩어뜨렸고 누군가의 활에 맞은 적의 기수가 넘어졌다. 아군의 깃발은 군사들의 피가 튀고 살이 찢기는 적의 대열 심장부로 진군했다. 기병대는 도망가는 적군을 추격했다. 도끼를 들고 마구 뛰어가던 가실은 땅에 떨어진 깃발을 주워서 흔들었다. 적의 화살에 당한 아군의 기수가 말에서 떨어지며 놓친 깃발이었다. 기수는 어디로 갔는지 피로 얼룩진 깃발만 흙먼지를 뒤집어쓰고 있었다. 가실이 쥔 깃발이 펄럭거리는 방향과 반대로 기병들이 커다란 먼지바람을 일으키며 달렸다. 적군이 흩어지는 방향에서부터 점점 더 많은 먼지바람이 일어 눈앞을 가렸다. 기병들이 달리며 일으키는 먼지와 보병들이 뛰면서 일어나는 흙먼지가 짙은 안개처럼 들판을 채웠다. 벌판은 적군과 아군을 분별하기도 어려울 지경이었다. 자욱한 흙먼지로 뒤덮여 전후좌우를 짐작할 수조차 없었다. 어딘지도 모르고 뛰던 가실은 문득 흙먼지 위로 아주 거대한 것이 움직이는 모습을 보았다. 그것은 한 번도 본 적이 없는 엄청난 크기의 짐승처럼 보였고, 먼지 덩어리나 먹구름 같기도 했다. 그것이 꿈틀거리면서 적군이든 아군이든 모두 미친 듯 뛰고 달리는 이 전쟁터를 어디론가 끌고 가는 것만 같았다. 싸워라 어서, 나아가라 앞으로, 화살은 시위를 당기고, 휘둘러라 칼을, 내리쳐라 도끼를, 죽거나 미치거나 나가떨어질 때까지, 둥둥둥둥. 어쩌면 전쟁터는 양쪽 장군들의 지휘로 움직이는 것이 아니고 뭔지 알 수 없는 저 거대한 놈의 발구름이 군사들을 앞장세우며 재촉하는 것처럼 보였다. 그것의 손아귀에서 벌판은 피가 튀고 생명이 찢어발겨졌다. 어서, 어서, 어서! 쿵, 쿵, 쿵! 그것은 생명이 꺾이고 젊음이 나가떨어지도록 계속 몰아붙였다. 우, 우, 우! 아우성인 전쟁터를 한 손에 움켜쥐고 주물럭거리는 저 거대한 것의 정체는 무엇인가! 가실은 자신이 목도한 그것의 크기와 괴력에 놀라 주저앉은 채로 얼어붙었다. 저것은 도대체 무엇이란 말인가?

갑자기 격한 징 소리가 병사들의 발목을 붙들었다. 추격하지 말고 돌아오라는 신호였다. 가실은 자기가 본 것이 무엇인지 도대체 알 수가 없었다. 세상에 그토록 커다랗고 사악한 짐승이 정말 있는 것인지, 혹은 자기 안의 두려움과 먼지구름이 거대한 그것을 보았다는 착각을 일으켰는지 알고 싶었다. 흙먼지가 가라앉은 후에 가실은 다시 '그것'을 찾아보았다. 그것은 간데없고 다치거나 죽은 사람들과 신음 소리만 벌판에 가득했다. 까마귀들이 긴 유선형을 그리며 까맣게 몰려들었다.

백제군이 물러나고 아막성에는 잠시 평화가 찾아왔다. 다친 병사들은 치료를 받았고 충차의 공격으로 무너졌던 성벽도 복구를 마쳤다. 가실을 부른 사람은 무은 장군이었다.

"귀산과는 어렸을 때 북천 냇가에서 놀던 친구라고?"

"네, 그렇습니다."

"아까 둘러보니까 부서졌던 성벽이 말끔하게 고쳐졌더군. 수고했네. 지금 가장 큰 문제는 사천 명의 군대가 아막성에 함께 있기가 어려워서 들판이나 계곡 주변에 막사를 치고 있다는 점이네. 백제군도 벌판에 거적을 둘러 진을 치고 쉽게 물러날 기색이 없어. 날씨는 계속 추워지고 있는데 우리도 막사만으로는 혹독한 겨울을 버틸 수는 없을 거야. 자네는 어디에 보루를 세우면 좋을 것 같나?"

무은 장군이 지도를 가리키며 물었다.

"우선 주위를 둘러보며 장소를 물색해야 할 것 같습니다. 제 생각에는 웬만한 보루로는 추위에 대처할 방도가 되지 못합니다. 아막성 주변 여러 곳으로 나누어서 성을 쌓는 편이 좋을 것 같습니다. 사실 제대로 성을 쌓으려면 몇 년이 걸리는 공사이므로 가능하지 않습니다. 지금은 성이라기보다는 외부와 차단되고 안에서 기거하는 사람들을 보호할 수 있도록 커다란 보루 형태로 된 성을 세우면 좋을 것 같습니다. 그러면 아막성으로 들어오는 적들을 몇 단계로 차단할 수 있을 뿐만 아니라, 군사들이 안전하게 버틸 수 있는 시설이 확보되니, 그곳에서 겨울을 지낼 수 있습니다. 저의 아버지께서는 산 위에 지어진 성에 군사들이 몰려 있는 경우에 적이 성 주변을 봉쇄하면 군사와 군량미가 보급되지 못하여 위험해질 수 있다고 하셨습니다. 그럴 때는 적이 도모할 만한 지형에 보루 형태의 성을 나눠서 배치하면 그럴 위험도 덜고 적의 총공세에도 대비할 수 있다고 하셨습니다. 성을 세울 위치를 정하려면 장군께서 가지고 계신 지도만으로는 지형과 형세, 물과 돌이 얼마나 있는지를 제대로 파악할 수는 없습니다. 제가 직접 가서 보면서 판단해야 합니다."

가실이 덧붙여 말했다.

"기마병 몇과 함께 말을 주시면 지형을 보러 가겠습니다. 그동안에 장군께서는 서라벌에 연통하여 석공 삼백 명과 물을 탐지하는 기술자를 차출해주시면 되겠습니다. 더 추워지기 전에 재빨리 성을 쌓아야 해서 연장과 인원이 많이 필요합니다. 진흙을 다져 토성을 쌓는 판축법은 시일이 오래 걸리고 인원이 더 필요하기 때문에, 화강암으로 이루어진 계곡을 찾아 돌을 다듬어서 성을 쌓으면 가장 빠르게 견고한 시설이 될 것 같습니다."

가실의 순발력 있는 대답에 무은 장군이 놀라며 물었다.

"말을 주면 탈 수는 있는가?"

"예, 제 아비가 대왕께 하사받은 말이 있었습니다. 그 말을 계속 데리고 있었는데, 가끔 북천 물가를 달리곤 했습니다."

"대단하네. 아비가 왕께 말을 하사받은 일이 있었구면. 말

을 탈 수 있다니 잘됐네. 석공과 미장공을 빨리 차출해야겠
어. 마침 좌장군 휘하에 우물을 탐지할 수 있는 자가 있다고
들었네."

　가실의 지휘 아래 석공들이 소타와 외석, 천산, 옹잠 등에
성을 쌓고 있을 때, 아막성으로 두 명의 백제군 암살자가 숨
어든 사건이 발생했다. 대장군 살해 임무를 띠고 들어온 암살
자들은 아군의 병사들에 의해 제거되었지만, 그들이 어떤 경
로를 통해 침입했는지는 아무도 알지 못했다. 가실은 곧 좌장
군 막사로 불려갔다.
　"저들이 어디로 침입했는지 알 수 있는가? 아막성은 계곡
을 끼고 있어서 적들이 타고 넘을 수 있는 높이가 아닌데, 도
대체 어디로 들어왔을까?"
　좌장군 무리굴이 가실에게 물었다.
　"장군, 제가 아막성에 도착했을 때 제일 먼저 들렀던 곳이
바로 수구입니다. 수구는 하수와 오물을 버리는 곳이라 허술
하게 여기기 쉬운데, 사실 적에게 가장 쉽게 노출되거나 허점
이 되는 곳입니다. 만약에 적이 오물을 뒤집어쓸 각오를 한다
면 쉽게 수구를 통하여 숨어들 수가 있으니까요. 그런 이유로
본래 수구가 있는 곳은 적들이 쉽게 알아차리지 못하게 만들
어야 하는 법입니다. 그런데 이곳 아막성의 수구는 겉으로 드
러나게 만들어져 있는 것을 보았습니다. 그러니 적이 마음만

먹으면 언제라도 그곳을 통해 들어올 수가 있었을 것입니다."

가실의 설명에 좌장군이 놀라며 물었다.

"정말로 그러하도다. 내가 사살된 적들을 살펴보았는데, 구린내가 진동하더구나. 사실 저들이 우리 군사의 옷을 입고 있었는데도 발각된 이유가 그 냄새 때문이었어. 과연 그대는 천하의 기술자로다. 그러면 저 수구를 어쩌면 좋겠는가?"

"저에게 맡겨주십시오. 기존의 수구를 약간 아래쪽으로 들여서 수리하면 됩니다. 또한 성벽 옆쪽을 파서 물길을 내면 보이지 않게 되고, 그 앞에 성벽과 같은 모양의 돌을 만들어 세우면 적에게 잘 노출되지 않을 것입니다."

가실이 자신 있게 대답했다. 가실은 처음 정곡산성에 차출되어 수자리를 설 때만 해도 언제 어떤 식으로 접근할지 모르는 적군의 습격이 두렵고 불안하여 잠도 편히 자지 못했다. 그런데 어느덧 가실은 자신의 역할을 찾아 빠르게 적응하는 중이었다. 가실은 신라를 위해 쌓은 성벽의 돌처럼 자신의 자리를 찾은 기분이 들었다.

*

백제군이 다시 공격해온 것은 다음 해 4월이었다. 보병들 중에는 농사를 짓다가 끌려온 사람들이 대부분이었다. 날이 풀리자 그들은 경작지를 갈지 못하게 되었음을 한탄했고, 뼈

꾸기가 울자 볍씨를 뿌리지 못하는 것을 슬퍼했다. 바다 건너 왜에서는 여전히 신라를 향하여 출발했던 대군들이 철수하지 않은 채로 주둔해 있고, 고구려를 경계하여 배치된 북쪽 국경의 병사들도 만약의 사태를 대비하여 움직일 수 없는 형편이었다. 그나마 다행인 것은 들판에서 겨울을 버틴 백제군들의 형편이 성의 따뜻한 온돌에서 지냈던 아군보다 나을 게 없다는 점이었다.

백제군은 총공세로 달려들었다. 백제 쪽에도 농사를 짓다가 끌려온 군사들이 많으니 어떻게 해서든 전쟁을 빨리 끝내고 싶어 하는 것 같았다. 농사짓는 철에는 전쟁을 하지 않는 것이 불문율처럼 작용했는데, 대치가 오래 계속되다 보니 농사철이 지나버렸다. 올해의 농사를 망치면 백성들이 기근으로 모두 고통받게 될 테고 전쟁을 수행할 자원을 잃는 것이기에, 백제는 물론 신라에서도 전쟁을 계속할 명분이 없었다. 작전 회의 때 대장군은 적군들을 몰아붙여 흩어지게 하는 병법을 쓰자고 말했다. 대장군의 지휘에 따라 기병단과 제1보병단이 앞장섰다. 가실은 소감의 명령에 따라 추격대의 역할을 맡아 빠르게 퇴각하는 적군을 따라붙었다. 적군들이 먼지구름을 피워 올리며 낮은 언덕 너머로 사라졌다. 소감은 앞으로 계속 달리라고 명령했지만 언덕을 넘던 가실은 걸음을 멈추었다. 습지의 냄새를 맡았기 때문이었다. 아버지와 성을 쌓으면서 가실이 가장 먼저 배운 것은 별자리를 보고 날씨를 점치는 법과 습기를 다루는 법이었다. 토성을 쌓을 때는 다져놓은 흙에 습기가 스며들면 기껏 쌓은 성이 무너질 위험이 있어, 비가 올 것 같으면 처음부터 작업을 하지 말아야 했다. 습기 있는 흙과 마른 흙은 다지는 방식과 시간이 달랐다. 아버지는 바람이 실어 나르는 습기를 감지하는 일에 민감해야 한다고 가르쳤기에, 가실의 감각은 늘 정확하게 들어맞았다.

예상대로 좁은 내리막길 아래로 습지대가 펼쳐졌다. 퇴락한 연못이라 물이 많지는 않아도 늪지대가 제법 넓게 퍼져 있어서 군사들의 발목을 잡기엔 충분했다. 빠지면 개흙이 엉겨서 발이 묶이는 늪지대였다. 습지에서 잘 자라는 버드나무가 아무렇게나 자라 뻗쳐서 길을 막았는데, 늪지대에는 갈대숲이 무성하여 군사들이 알아차리기 힘들었다. 가실의 앞쪽에서 뛰던 병사들이 늪지대를 발견하고 빠지지 않으려고 멈춰섰는데, 뒤쪽에서 오던 행렬은 앞쪽의 상황을 전혀 몰라 그대로 언덕을 넘는 바람에 군사들의 행렬이 뒤엉켜버렸다.

"부대, 협공을 조심하라!"

소감의 말이 떨어지기가 무섭게 화살이 귀신 콧바람 소리를 내며 날아왔다. 백제의 복병들은 갈대숲 왼쪽에 진을 치고 기다리고 있었다. 길이 좁은데 늪지대가 코앞이라 방패부대가 원을 그려 화살을 막아볼 수도 없었다. 적의 화살은 보병들의 어깨며 허리, 다리, 등 어디라도 와서 박혔다. 순식간에 활을 맞은 군사들이 뒹굴었고, 피비린내와 비명 소리가 대기를 밀어냈다. 대치하다가 늪에 빠져버린 가실은 늪 한가운데에 버드나무 두 그루가 얽혀 자라서 생긴 공간으로 숨어들었다. 몸의 대부분은 습지에 묻혔고 물 위로 자란 가지 아래 빈 공간에 간신히 목만 내밀고 있어서 다행히 화살받이만은 면할 수 있었다. 바람을 가르는 화살의 가쁜 숨소리가 계속 들렸다. 가실은 비명과 칼날이 부딪치는 소리에 이가 시렸다. 군사들은 화살에 맞고 쓰러지거나 자꾸 늪으로 빠졌다. 늪에 빠진 병사들은 개흙에 발이 묶여서 화살을 피하지 못했다. 늪은 군사들의 시체와 피로 붉은 아수라장으로 변했다. 설상가상으로 무은 장군이 백제군 복병의 낫창*에 걸려서 말에서 굴러떨어졌다. 장군의 말도 화살을 맞고 비명을 지르며 뒹굴었다. 신라 군사들은 늪 때문에 앞으로 나아갈 수도 없는 상황이고, 어디에 숨었는지도 모를 적병들로부터 화살은 자꾸 날아오는데, 장군까지 당한 모습을 보자 당황하여 우왕좌왕 길을 잃었다.

그때 뒤엉킨 행렬 가운데에 있던 귀산이 말에서 내리며 장군을 부축했다.

"아버지, 어서 제 말을 타고 언덕을 넘어 피하십시오!"

귀산은 넘어져 두 번이나 구른 장군을 자신의 말에 태우고 말의 볼기를 힘껏 쳤다. 말이 언덕을 넘자 귀산은 군사들을

* 갈고리창.

향하여 큰 소리로 외쳤다.

"임전무퇴! 군사들이여, 나는 스승께 배웠노라. 전쟁에 임
해서는 결코 물러서지 말라는 것을. 우리가 물러서면 신라가
위험에 처한다. 나는 물러설 자리도 없고 물러설 뜻도 없다.
뜻이 있는 자들은 나를 따르라!"

"임전무퇴! 치욕을 택할 것인가, 명예를 택할 것인가! 나를
따르라!"

소감 추항도 말에서 내려서며 외쳤다. 화살을 맞거나 늪지
대에 처박혀 아무것도 할 수 없는 군사들은 이제는 죽었다는
두려움에 사로잡혀 있었다. 추항과 귀산의 용기는 드높았지
만, 장군마저 쓰러지는 것을 보았으니 군사들은 사기가 꺾이
고 공포로 얼어붙어 움직이지 못했다.

'이 상황에서 어떻게 임전무퇴가 가능한가? 화랑이기에 나
올 수 있는 용기일까?'

가실은 머리만 내놓은 채 전투에서 비껴 있는 자신이 부끄
러웠지만, 차가운 물과 개흙에 묻혀 굳어지는 몸을 일으킬 방
법이 없었다. 당황한 군사들 앞에서 두 젊은이의 칼이 번쩍이
며 복병이 있는 곳을 향해 나아갔다. 추항은 이미 허벅지에
화살을 맞아 걸음이 무거웠는데도 계속 칼을 휘둘렀다.

"우리도 적이 보이지 않지만 적도 우리가 보이지 않는다.
적장이 쓴 투구에 달린 노란색 술이 보이지 않느냐? 그곳에
깃발이 몇 개 되지 않는다. 저곳만 뚫는다면 이 전투에도 승

산이 있다. 추항, 엄호해주면 내가 앞서겠다."

귀산과 추항의 대화가 들리는 가까운 거리인데도 가실은
도대체 움직일 수가 없었다. 개흙은 점점 더 가실의 몸을 움
켜쥐었고 물은 차가워 뼈가 시리고 턱이 덜덜 떨렸다. 귀산과
추항이 선두로 나서서 적의 지휘부를 공략하는 모습을 보며
가실은 간신히 주먹만 움켜쥐었다. 그들의 분투와 용기에 힘
을 얻은 신라 군사들도 적병들을 향하여 달려들기 시작했다.
적군의 지휘부는 귀산과 추항에 의해 베어졌고 흩어졌다. 언
덕에서 양쪽 군사들이 자꾸 굴러떨어지며 늪으로 빠졌다. 첨
벙 소리가 들릴 때마다 늪은 점점 더 붉은 피와 사람의 비명
으로 채워졌다. 지휘부를 잃은 백제군들이 갈팡질팡하는가
싶더니, 아군들 쪽에서 함성 소리가 커졌다. 원군이 도착했다
는 안도의 함성이었다. 아군의 기세에 제압당한 적군들이 사
방으로 흩어지자 이번에는 아군의 화살이 그들을 향했다. 후
퇴하는 적군의 잔당들이 계속 나가떨어졌다. 아군의 완벽한
승리였다. 화살을 든 자도 도끼를 든 자도 칼을 들고 말 위에
앉은 자들도 모두 두 손을 들어 잠깐 환호했다. 간신히 살아
남은 자들의 환호는 어쩐지 슬프고도 비통하여 비명처럼 들
렸다. 피투성이가 된 귀산과 추항은 군사들의 부축을 받아 말
에 올랐다. 둘 다 부상이 심하여 앉지도 못하고 등자에 간신
히 업혀 있었다.

가실이 늪의 개흙에서 빠져나온 것은 전투가 끝난 뒤였다.

부상당해서 갈대밭에 쓰러졌던 백제 군사가 개흙에 빠진 가실을 꺼내주었다. 백제 군사의 손에 의지하여 늪에서 빠져나온 가실은 손을 내민 상대의 얼굴을 바라보았다. 둘 다 지치고 슬픈 얼굴에 진흙투성이였다. 왜 이런 곳에서 이상한 표정으로 둘이 손을 마주잡고 있는지 생각할 겨를도 없이 가실은 도끼를 들었다. 도끼는 빗나갔지만 백제의 군사는 신라군의 손에 끌려갔다.

시체들을 모아 수레에 싣는 군사들의 지친 행렬이 어두워질 때까지 계속되었다. 갑자기 한쪽에서 시비를 가리는 소리가 높아졌다. 부상당한 장군의 말을 싣고 가는 일에 대해 다투는 모양이었다. 명마를 두고 갈 수가 없다는 측과 시체들을 싣고 갈 수레도 부족한데 말까지 싣고 갈 수는 없다는 측의 입씨름이 이어졌다. 개흙이 엉킨 가랑이에서 흙을 떼어내던 가실은 양측의 주장이 먼 들판으로 흩어져버리는 바람 소리처럼 들렸다. 가실은 그저 너무나 춥고 배가 고팠다.

귀산과 추항을 포함한 기병들과 전투에 참여했던 보병들은 흙투성이가 된 채로 예시량군으로 향했다. 예시량군에는 왕과 시위부가 바다를 넘어올 왜를 경계하는 중이었는데, 그쪽을 통과해서 서라벌로 갈 예정이었다. 팔랑치 고개를 넘는데 붉은 척촉화*가 끝도 없이 펼쳐져 핏빛 군락을 이루고 있었다. 전쟁에서는 누구도 승리를 움켜쥘 수 없는 법이었다. 사만 명의 적들을 완벽히 격퇴한 승리의 행군이었으나 모두가 지치고 쓸쓸하여, 행렬은 어둡고 느렸다. 죽은 자들의 시체가 겹겹이 실린 수레가 끝도 없었고 부상병들은 더 많았다. 길을 가는 자들의 사정이야 모른다는 듯 철모르게 환한 척촉화* 군락지 앞에서 행렬이 멈추었다. 추항은 상태가 점점 나빠지고 있었다. 간신히 말에 기대 있던 귀산이 몸을 일으켜 추항에게 다가갔다. 둘 다 여러 군데 칼에 맞아서 피투성이였다.

"추항, 우리가 어렸을 때 나무칼을 들고 전쟁놀이를 하던 때가 생각나니? 습비부 애들하고 자주 붙었었잖아. 그 녀석 들은 우리보다 머리 하나씩은 더 커서 걸음도 빠르고, 칼을 쥔 손아귀 힘도 강했었지. 그때 우리는 그 녀석들에게 늘 져 서 울며 집으로 돌아갔었는데, 오늘은 함께 백제 놈들을 물리 쳤어. 사내대장부로 태어나서 나라를 위해 나의 피를 바칠 수 있어서 영광이야. 금석문에 충절을 새긴 화랑들처럼 왕께 충 절을 바쳤으니까 말이야. 우리는 스승님의 세속오계를 따랐 을 뿐만 아니라 우리들의 가문도 영광스러운 이름으로 지켜 낼 수 있게 되었어. 저 척촉화처럼 붉은 피로 말이야. 그렇지 않니?"

추항은 가만히 눈만 껌뻑이다가 간신히 한마디를 뱉었다.

"우리의 우정도."

* 철쭉의 옛 명칭.

"그래. 맞아. 우리의 우정도 지켜냈어."

"나한테는 그게 더……"

"나도 그래. 그게 더 중요했어."

얼마 지나지 않아 추항은 귀산의 품에서 숨을 거뒀다. 귀산은 추항을 안고 슬피 울다가 따라서 목숨을 놓았다.

새들은 봄을 즐기느라 노랫소리가 바빴고 바람은 풀잎 사이를 넘나들며 가벼운 농담처럼 춤을 펼쳐놓았으며 척촉화는 사정없이 붉고 붉은데, 젊은 두 화랑들은 이제 아무것도 필요 없다는 듯 누워 있었다. 더 이상 임전무퇴도 충절도 의리도 필요 없는 그들의 흰 표정은 고요하고 적막해 보였다. 군사들은 무거운 표정으로 집 생각에 젖었다. 홀로 겨울을 나기위해 장작을 패고 나무를 하느라 손등이 터버렸을 아내와 굶주린 아이들과 헐벗은 부모 생각. 봄인데도 아직 경작할 땅을손보지도 못했다는 걱정에 쓸쓸하고 아득해진 마음으로, 하늘에 덩그렇게 뜬 흰 구름만 멍하니 바라보았다.

왕은 아나의 벌판에서 친히 군사들을 맞으려고 기다렸다. 돌아오는 길에 귀산과 추항이 사망했다는 소식을 들은 왕은 홀로 눈물을 흘렸다. 두 화랑의 주검이 먼저 도착하여 왕을 알현했다. 젊은 화랑들의 주검 앞에서 왕이 통곡했다. 빛나던 두 젊은이는 이미 차갑게 식고 굳어져 변해 있었다.

"아름다움은 붉은 피의 몫이었느냐! 참으로 낯설고도 낯설도다. 그대들의 아름다움은 어디로 갔단 말이냐. 이처럼 차가운 돌덩이가 되었으니. 꽃처럼 아름답던 그대들이 이렇게 돌처럼 변했구나! 내 어린 그대들을 전장으로 보내고 한시도 마음이 놓이지 않았다. 어려운 전투를 몸을 던져 막아낸 그대들에게 무슨 말로 위로를 보태리. 꽃다운 젊은 피로 아버지를 구하고 나라를 구했으니 사군이충, 사친이효, 임전무퇴를 실천했구나. 또한 두 친구가 운명을 함께하였으니 교우이신 또한 실천하였도다. 상사서*의 대사는 들으라, 군사들에게는 귀감이 되고 나라에는 영광이 된 충성스러운 두 화랑들에게 내리노니, 추항에게는 대사** 관등을, 귀산에게는 내마*** 관등을 추증하겠노라. 이들의 고귀한 희생은 세속오계와 함께 두 집안의 영광스러운 빛으로 후세에 영원히 전해지리라. 또한 경들은 목숨을 바쳐 나라를 구한 젊은 꽃들에게 예를 다하여 빈장(殯葬)****으로 모시도록 하라.”

“예, 분부 받들어 그리 행하겠나이다.”

침통한 표정으로 모여 있던 귀족들과 군사들이 어두운 목소리로 일제히 대답했다. 밤이 되자 들판 여기저기 화톳불이 피워졌다. 화톳불 주위로 군사들이 웅크리고 앉거나 누워 있

---

* 신라 때 창부에 속한 관아로 공로에 대한 상을 주는 기관.
** 신라의 12번째 계급.
*** 신라의 11번째 계급.
**** 국장에 준하는 장례.

었다. 장작이 타며 탁탁 소리를 낼 뿐, 벌판에는 정적이 가득했다. 군사들은 저마다 집 생각에 빠지거나 잠에 빠져 잠잠한데, 느닷없이 벌판 한편에서 숨죽여 흐느끼는 소리가 들렸다.

"가문의 영광 따위가 다 무엇이더냐. 나는 다 필요 없는데, 오직 네가 필요할 뿐이었는데. 내겐 너만 필요하도다. 아들아, 나는 너만 있으면 되는데⋯⋯"

왕이 거처하는 막사가 멀지 않아 소리를 죽인 아비의 통곡은 열 걸음을 채 넘지 못했다. 눈물이 어룽진 눈으로 장군은 마치 처음 보는 광경이라는 듯, 들판을 둘러보았다. 수레에 겹겹이 쌓인 시체들과 피투성이 부상병들의 신음 소리를 들었다. 누군가의 아들인 그들의 피곤과 아픔과 고통을, 장군은 찢어지는 울음을 꾹꾹 누르며 천천히 둘러보았다. 슬픔과 졸음에 던져진 군사들은 가장 무거운 것에 항복했다. 벌판은 곧 잠들었고 푸른 슬픔도 조용해졌다.

*

미륵당의 소나무가 검게 변했다는 소문은 빠르게 퍼져나갔다. 미륵당을 찾아왔던 사람들이 검은 소나무를 보고 가족들에게 전한 말이 소문을 점점 부풀렸다. 사시사철 푸르렀던 소나무였는데, 밑동부터 검어지더니 몇 년 만에 나무의 어린 가지들까지 모두 검게 변했다는 사실이 입에서 입으로 전해졌다. 국경에서는 전쟁이 계속되었고 집집마다 사내들은 전쟁터로 끌려갔다. 불안한 시절이었기에 작은 조짐에도 민심은 동요했다. 소문은 동시(東市)에도 퍼져나갔다. 쉬쉬하면서도 사람들은 검게 변한 소나무가 나라의 존망을 예견하는 흉조라는 소문을 퍼트렸다. 곧 고구려와 백제가 왜와 손을 잡고 신라에 맹공을 퍼부을 것이라는 제법 근거를 갖춘 소문이 함께여서, 민심은 두려움으로 얼어붙었다. 흉흉한 소문은 월성의 담장을 넘어 왕의 귀에까지 들어갔다. 정치적으로 풀 수 없는 골칫거리가 생길 때마다 왕은 원광을 불러들였다.

"소승은 그런 해괴한 소문을 듣지 못했습니다. 하온데 대왕께서는 어찌하여 그런 소문이 두려우십니까? 백제가 아막성을 범했을 때도 격퇴하셨고, 북한산성을 도모하려는 고구려군도 직접 막아내셨습니다. 아뢰옵건대 신라 사람이라면 대왕의 용감하고 지혜로운 치세를 침이 마르도록 칭찬하고 있는 줄 아옵니다. 이는 하늘이 알고 땅도 아는 사실입니다."

원광이 왕의 표정을 살피며 말을 이었다.

"아뢰옵기 송구스러우나 말씀하신 흉한 소문에는 좀 다른 방법으로 접근하면 어떨까 싶습니다. 존재하지 않은 불안이 근거 없는 소문을 키워 성해졌으니 그에 맞설 이야기를 지어서 성하게 만들면 될 일 아니겠습니까?"

원광이 허리와 목소리를 낮추었다. 왕은 호기심을 감추지 못하며 물었다.

"저런, 의도적으로 민담을 지어내라는 말이오? 거 놀라운 발상이로고."

"이야기에는 이야기꽃으로 눙치는 수밖에 없습니다."

미소를 지으며 농담을 섞는 원광을 보며, 궁금증이 더 커진 왕은 의자에서 일어났다. 왕은 탁자를 중심으로 긴 타원형을 그리며 서성거리면서 호흡을 가다듬었다.

"그래, 대사는 어떤 민담을 지어낼 요량이시오?"

"이야기는 현실에 바탕을 두었을 때 그 힘이 커지고, 진실한 무게를 가졌을 때 감동을 받게 됩니다. 일전에 제게 세속의 조카딸이 있다는 말씀을 드린 적이 있는데 기억하시는지요?"

왕은 원광이 앉은 의자의 등받이를 손으로 잡고 허리를 굽혀 원광을 바라보다가 자리로 가서 앉았다.

"그래, 장인 대신에 수자리로 간 젊은이의 이야기였지. 그것이 이 일과 무슨 상관이 있단 말인가?"

원광은 천천히 설명하기 시작했다.

"상관이 있도록 민담을 만들어야겠지요. 사실 얼마 전에 황룡사에 갔던 길에 율리를 들러 세속의 조카딸을 만났습니다. 미륵당에서 기도하고 오는 길이라던데 얼굴이 여간 해쓱해졌더군요. 혼인을 약속했던 그 젊은이가 오 년이 지났는데도 감감무소식이라고 했습니다. 조카딸은 그 젊은이가 살았는지 죽었는지조차 모르면서도 마냥 기다리고 있었는데, 나이 찬 딸이 걱정이 된 아버지는 다른 사람과 결혼하라고 채근한답니다. 천성이 착하고 여린 그 아이는 아버지의 말을 따를 수도 없고 그러지 않을 수도 없어서 눈물로 세월을 보내고 있었습니다. 그 이야기를 민담으로 만들어 동시와 민가에 퍼트리는 것이 어떻겠습니까? 한 여인의 기다림이 결국 사랑을 이루었다는 이야기로 말입니다. 전쟁이 계속되고 있어 신라 대부분의 가정에서는 부인이 남편을, 어머니가 아들을, 여인이 연인을 기다리는 형편입니다. 이 민담이 잘 퍼져나가기만 하면 여인네들에게는 귀감이 되는 한편, 동시에 널리 퍼진 불안도 줄어들지 않을까 짐작하옵니다. 불안한 기다림에 지고지순한 사랑 이야기로 후광을 입혀주면 불안이 잦아들 테지요. 그리하면 전쟁에 대한 불안도 사랑 이야기에 묻히게 되지 않을까 합니다."

원광의 말에 왕도 얼굴 가득 웃음이 번졌다.

"허허, 이제 보니 대사는 민담도 잘 지어내는구려. 대단하오. 들어보니 금방 지어낸 말이 아닌 것 같구려. 대사의 말이 내 심중에 와서 박히는 걸 보면 말이오. 기다림에 대한 불안이 사랑으로 바뀌면, 전쟁에 대한 불안 또한 덜어질 것이다, 좋은 해석이오. 내 대사의 민담을 역사에 기록하라 이르겠소. 전쟁터에 간 젊은이의 이름이 가실이라고 했지? 대사의 조카딸은 설씨녀라 밝혀두어 그 사정을 아는 자는 물론이고 모르는 자들에게도 귀감이 되도록 하겠소."

원광은 허리를 깊이 숙이며 절을 했다.

"대왕의 성심에 하늘과 땅은 물론이요, 바다도 엎드려 감읍할 것이옵니다. 또한 이야기는 그 자체로 예언의 효과가 있다 들었습니다. 이야기에서처럼 가실이라는 청년이 무사히 돌아와서 가정을 이루고 잘 살게 된다면, 그보다 좋은 일이 어디 있겠습니까? 만약에 그 일이 사실이 된다면 백성들은 대왕께 더 큰 칭송을 바치게 될 것이옵니다."

"저런, 그런 속셈까지 있었단 말이오? 민담이 현실의 이야기가 된다면, 대중들에게도 크게 설득이 되겠구려. 대사, 좋은 생각이오!"

왕이 흐뭇한 미소를 보이자 원광은 그동안 벼르던 간언을 꺼내놓았다.

"대왕께서는 요즘도 사냥에 자주 다니신다고 들었습니다. 병부령이었던 후직이 대왕께 간언하다가 죽었다는 사실은 소승도 들어서 알고 있습니다. 그런데 전선이 불안한 이때에 어찌하여 지금도 사냥을 다니시는지 감히 여쭈어도 되겠습니까?"

"후직이라면 주나라 희씨의 조상인 농사의 신을 말하는 것인가?"

원광의 말에 왕은 딴청을 피우며 노여움을 감추었다. 왕은 아직도 노여움에 떨었고, 후직을 용서할 마음도 없어 보였다. 원광은 왕의 노여움을 풀어주는 일이 우선이라고 판단했다.

"신하된 자로서 후직은 두 가지 죄를 지었습니다. 듣기로 물계자는 많은 공을 세우고도 인정받지 못했지만 누구도 원망하지 않았으며, 자신이 충을 다하지 못했음을 안타까워할 뿐이었습니다. 물계자는 머리를 풀고 거문고를 메고서 사체산(師彘山)으로 들어가 노래를 지으며 살고 자신의 원망은 접어두었습니다. 그러나 후직은 자신의 뜻이 관철되지 않는다 하여 대왕을 모시고 사냥하는 자들을 모두 싸잡아서 미친 자들이라며 욕하고 원망하였으니 그 죄가 첫번째입니다. 또한 왕께서 심중에 어떤 말 못할 고뇌가 있는지 알아차리지 못했으니 그것이 두번째 잘못이옵니다."

"그놈이 감히 내 앞길을 막았다니까!"

왕이 버럭 소리를 질렀다.

"하오나 소승이 보기에 이 나라에 후직만큼 진실한 신하는 없다고 보여집니다. 후직은 대왕께서 사냥터로 행차하시는 길에 자신의 무덤을 써달라는 유언을 남겼다고 들었습니다. 죽어서도 애끊는 간언을 그치지 않겠다는 충심이 아니옵니까? 대왕께서도 사냥터로 행차하시면서 후직의 무덤을 보셨을 것입니다. 모두들 대왕의 비위를 맞추느라 전전긍긍하며 옳지 않은 일을 보고도 그르다고 말하지 못할 때, 죽어서까지도 충을 실천하려 했던 신하의 어리석지만 진실한 충정을 헤아려주소서. 사람들은 알랑거리는 말에 쉽게 현혹되고 그럴듯하게 꾸민 얼굴을 잘 믿지만, 시간이 지나면 거기에 진실함이 없다는 것을 알게 되지요. 사람을 대함에 있어 능숙한 처세로 관계를 잘 요리하는 자들이 칭송받기 쉽지만, 사실은 능숙한 처세가 그 사람의 인품을 가리게 할 수도 있는 법이옵니다. 현명하신 대왕께서는 능숙함을 따지지 않으시고 어리숙하지만 심중에 진심을 둔 사람을 알아보시리라 믿사옵니다."

왕은 바닥을 뚫어져라 쳐다볼 뿐 말이 없었다. 원광은 조용히 읍소하며 기다렸다.

서동의 계략으로 가장 귀여워하던 선화공주를 빼앗겼을 때에도 왕은 사냥에 빠져 궁궐을 자주 비웠으며 정사를 돌보지 않았다. 서동이 왕으로 등극한 후 선화공주가 알 수 없는 이유로 절명하고, 서동이 곧장 사택적덕의 딸과 성대한 혼인 잔치를 벌였을 때도 왕은 사냥에 몰두했다. 사위와의 악연은 거기서 끝나지 않았다. 소백산맥을 탐낸 서동이 아막성을 공격했다. 왕과 사위는 인연을 모두 도려내려는 듯 아직도 치열한 전쟁을 거듭하고 있었다. 아막산성에서의 전투는 두 차례 모두 신라의 승리로 끝났으나 군사들과 젊은 화랑들도 많이 잃었다. 내목황자의 와병으로 출병을 철회하였지만 왜는 아직도 신라의 국경을 노리고 있으니 전선은 여전히 불안했다. 그뿐만이 아니었다. 고구려에서 아리수를 탈환하려고 북한산군*을 침공했을 때, 고구려를 부추긴 사람이 바로 백제의 왕인 서

* 북한산성의 옛 이름.

동이었다는 첩자의 보고도 있었다. 그 보고를 들은 왕은 이성을 잃을 정도로 분노했다. 급기야 왕은 열병으로 죽었다는 선화공주도 서동이 죽였을 것이라며 의심했다. 극도로 예민해진 왕은 모든 불안을 잊고 싶어서, 말을 달리며 사냥에 빠졌다. 전쟁이 계속되는 불안한 시기인데도 왕의 분노는 하늘을 찌를 듯하였고, 감히 간언을 올리는 신하도 없었다. 모두들 자신의 자리만 놓치지 않으려고 아등바등하며 눈치만 살폈다. 원광은 분노의 불호령이 떨어질지언정 지금이 직언하기 가장 좋은 때이며, 더 이상 늦출 수 없는 일이라 여겨 다시 입을 열었다.

"송구하오나 한 말씀 더 올리겠나이다. 진흥대왕 시절에 신라는 백제의 땅이었던 아리수 부근의 땅을 얻어 대륙으로 가는 뱃길을 열었으며 영토를 크게 확장하였습니다. 그때 고구려와의 밀약이 없었다면 백제의 땅을 빼앗을 수 없었을 것입니다. 그때부터 백제와는 늘 감정적으로 민감한 관계가 되었다 들었습니다. 오늘 소승은 감히 왕께서 자비를 베풀어주시기를 간청하나이다. 백제 성왕의 머리가 지금도 이곳 왕궁 북청(北廳)의 계단 밑에 묻혀서 지나가는 사람들에게 밟히는 수모를 당하고 있습니다. 왕이 관산성 전투에서 종인 고도(苦都)의 손에 참수당하는 수모를 당했을 뿐만 아니라, 몸만 백제로 반환되었고 머리는 아직도 이곳에 묻혀 있습니다. 저는 그곳을 지날 때마다 성왕의 머리가 몸을 찾아 우는 소리가 들리는 것만 같아 멀리 돌아서 다닙니다. 간청하건대 성왕의 머

리를 백제로 돌려보내소서. 왜에 굴복하지 않고 죽음으로 불
사이군의 충정을 지킨 박제상이 말하기를, 임금이 근심스러
우면 신하가 욕되고 임금이 욕을 당하면 신하는 마땅히 죽어
야 한다고 했습니다. 백제의 백성과 신하들의 입장에서 생
각해보면 매듭을 푸실 수 있으리라 사료되나이다. 불교에서
말하는 인과응보란 조상들이 행한 업보를 내가 받는다고 풀
기도 합니다. 소승은 혹시 서동이 왕이 된 후에 성왕의 머리
가 이곳에 있다는 사실을 알았다면 전쟁을 일으킬 이유로 삼
을 수도 있다는 생각을 했습니다. 선화공주님의 일은 저도 안
타깝습니다. 인명은 재천이라 하였으니 그 또한 사람이 어찌
할 수 없는 하늘의 일이옵니다. 대왕께는 영민하신 덕만공주
님이 계시지 않습니까? 앞으로 공주님께 물려주실 신라는 좀
더 탄탄한 나라이길 바라시겠지요. 공주님이 선왕들의 업보
를 받는 일은 없으셨으면 합니다. 그러하오니……"

"그만하시오. 대사의 말은 충분히 알아들었소. 말씀하신대
로 그리하리다."

"소승은 요즘 이상한 꿈을 꾸옵니다."

"허, 꿈 이야기라니 재미있겠군."

왕은 수염을 쓰다듬으며 느긋한 표정을 지었다.

"꿈속에 나타난 사람들의 얼굴은 신라와 백제 사람들과 닮
았는데 그들은 이상한 옷을 입었고, 신라 말도 백제 말도 고
구려의 말도 아닌 말로 대화를 했습니다. 그들은 말도 빠르고

278

걸음도 빠르며 노래 가락도 빨랐습니다. 무슨 일인지 몰라도 그들은 신라의 국경과 백제, 고구려의 국경을 두고 서로 다투고 있었습니다. 마치 천년 동안 다투고 있었던 것처럼 맹렬하게 서로에게 삿대질을 하며 싸워서 제가 말렸습니다. 그러나 그들은 제 말을 듣지도 않고 계속 싸움에만 집중했습니다. 마치 천년 동안이나 서로 삿대질을 하고 있었던 것처럼, 그 국경과 다툼이 너무나 중요하다는 듯 말입니다. 꿈에서 깨어나서 저는 큰 무거움을 느꼈습니다. 이 땅이 단군으로 하나가 되었을 때는 없었을 그런 다툼이 앞으로 천년이 지나도 계속된다면 얼마나 불행한 일인가, 하고 말입니다. 제가 본 그 사람들이 천년 후의 사람들인지, 만년 후의 사람들인지 그저 꿈속의 헛짓거리인지는 알 수가 없지만, 대왕께서는 소승의 어리석은 말을 이해하시리라 믿습니다."

원광이 일어서자 왕이 손짓으로 내관을 불러 무릎이 불편한 원광을 부축하도록 명하였다.

"소승 이만 물러가옵니다."

원광은 허리를 굽혀 왕에게 절하고 물러나왔다.

궁궐을 빠져나오다가 원광은 남산을 물끄러미 쳐다보았다. 비파골의 절벽 위에 우뚝 선 흰 바위가 보였다. 언제나 서라벌을 지켜보고 있는 흰 바위를 가리켜 사람들은 천년바위라 불렀다.

'저 천년바위는 서라벌의 모든 희로애락 우비고뇌를 다 지

켜보고 있을까?'

바위는 언제나처럼 침묵할 뿐 말이 없었다.

'백년, 천년. 어쩌면 그보다 더 오래……'

무거운 마음으로 가슬사로 향하는 원광의 뒤를 가리가 조용히 따라갔다. 구르는 돌멩이처럼 천방지축이던 가리는 이제 의젓한 청년이 되어 있었다.

돌아오는
자

흰 바위는 아주 오랫동안 남산의 비파골 절벽 위에 서 있었다. 나무는 서라벌에서 일어나는 모든 일들을 묵묵히 지켜보았다. 흰 바위는 미륵당 소나무가 검게 변한 이유를 알고 있었다. 오래전 한 소년과 소녀가 망각나무라 불렀다는 것과 그 나무에 찍힌 검은 점에 대해서도. 미륵당이 거기 있게 된 사연과 장대 위에 있다가 날아가버린 한 마리의 오리에 대해서도 흰 바위는 모두 알고 있었다. 모든 것을 지켜보았지만 흰 바위는 언제나 절벽에 조용히 서서 무심한 얼굴로 서라벌을 내려다볼 뿐이었다.

전쟁터로 떠나면서 가실은 자신이 쓰던 먹과 붓을 설화에게 건넸다.

"글을 몰라 편지도 보낼 수 없는데 제가 이 붓으로 무엇을 하오리까?"

설화가 묻자 가실이 대답했다. 가실은 설화를 설의자(雪衣
紫)라는 애칭으로 불렀다. 눈처럼 흰 옷에 입술과 허리끈은
붉기에 붙인 이름이라 했다.

"나의 설의자여, 그대가 외로워질 때마다 이 망각나무에 먹
으로 점을 찍으시오. 이 나무가 검게 변하기 전에 돌아올 것
을 약속하오."

가실이 떠난 후에 설화는 매일 미륵당을 찾아왔다. 아침에
새로 솟은 맑은 샘물을 길어와 정성스럽게 먹을 갈았다. 그리
고 붓에 먹물을 찍은 다음 마음을 다하여 소나무 줄기에 한
개의 점을 찍었다. 오늘 소녀는 당신을 그리워합니다, 라는
마음으로. 그리고 다음 날에는 가만히 있는데도 가슴이 아프
네요, 라는 마음으로 한 점을 또 찍었다. 외로울 때도 슬플 때
도 배가 고파도 설화는 점을 찍었다. 이상하게도 망각나무에
점을 찍고 나면 외로움도 슬픔도 고픈 배도 잠시 잊을 수 있
었다. 안타깝게도 비가 내리면 먹으로 찍은 점들은 대부분 씻
겨나갔다. 점이 지워지면 설화는 자신의 마음을 빼앗긴 기분
이 들었고 그리움이 사라져버린 듯 안타까웠으며, 조금 더 외
로워졌다.

어느 날부터 설화는 송진에 재를 섞어서 지워지지 않는 검
은 점을 찍기 시작했다. 삼 년이 지나자 검은 점은 점점 나무
를 타고 올라가서, 나중에는 새로 자란 가지 끝까지 칠해졌

다. 오 년이 지나자 망각나무는 완전히 검게 변했지만 가실은
돌아오지 않았다. 죽었는지 살았는지 소식조차 알 수 없었다.
설화의 아버지가 쓴 편지가 제대로 도착했는지 알 길조차 없
었다. 설상가상으로 가실이 만들어놓았던 나무 오리 한 개가
바람에 날아가버린 후에, 미륵당은 더 쓸쓸해졌고 설화의 근
심은 날로 깊어갔다. 해가 타고 애(哀)가 타는 시간이 지나갔
다. 해가 기울고 애(哎)*가 기울다 못해 애(欸)**로 기우는 세
월이 애끓는 소리 한마디 없이 지나갔다.

　설화의 연주는 나날이 깊어졌다. 슬픔을 건져 올려 빚어낸
소리는 짙고 푸르고 쓸쓸한 심정이 번져, 그 가락은 듣는 사
람들의 가슴에 곧장 스며들었다. 공후의 선율과 설화의 자태
에 반해서 집 근처를 서성거리는 남정네들이 많았고, 혼담도
제법 오갔지만 설화는 오로지 변방으로 떠난 가실만을 기다
렸다. 여전히 가실은 소식이 없었다.

　가을걷이가 한창인데 비가 내리기 시작했다. 설화는 빨래
를 걷으러 서둘러 마당으로 나갔고. 추수한 수수를 털던 설
길사는 서둘러 멍석을 걷었다. 빨래를 들고 들어가는 딸을 따
라 설 길사가 방으로 들어왔다.

* 애통한 소리 애.
** 한숨 쉴 애.

"애야, 내 오랫동안 마음먹었던 말을 오늘은 해야겠다. 가실 그 사람이 정곡산성으로 떠난 지 벌써 오 년이 지났구나. 정곡산성에 수자리를 섰다는 사람을 만나봤지만 가실이라는 사람은 없었다고 하더라. 그곳에서 전쟁이 일어나지는 않았지만, 듣기로는 수자리에 번을 서다가도 적에게 남몰래 끌려가는 사람도 있다는구나. 그 사람이 내 대신 수자리에 가서 미안하고 고맙기는 하지만, 나는 네가 더 걱정이다. 통 소식을 알 수가 없는 사람을 기다리며 좋은 시절을 다 놓쳐버릴 수는 없지 않겠니? 너도 생각을 달리했으면 좋겠구나. 꽃다운 딸을 마냥 시들게 둔다고 동네 사람들이 수군거리는 것 같아서 말이야."

덜 마른 빨래를 시렁에 걸던 설화가 놀란 눈을 했다.

"아버지, 그게 무슨 말씀이십니까? 그분은 아버지와 제 목숨 대신에 스스로 수자리로 가셨습니다. 두 목숨을 빚졌는데 어찌 그런 생각을 하실 수가 있습니까? 아버지께서는 저희 둘 앞에서 혼인을 약조하셨습니다. 저는 어려서부터 아버지에게 사람은 신의가 제일 중요하고 그다음이 인(仁)과 지(智)요, 예(禮)가 나중이라 들었습니다. 그분은 혼례만 올리지 않았을 뿐이지 틀림없는 제 낭군입니다. 그런데 남들의 시선 때문에 제가 신의를 저버리고 내 몸 편한 쪽을 택해야 하겠습니까? 다른 분부라면 몰라도 그 말씀은 따를 수가 없습니다."

설화는 눈물이 고였고 어깨를 떨었다.

"얘야, 그러면 소식도 없는 사람을 언제까지 기다린단 말이냐?"

설 길사는 차마 딸의 얼굴을 쳐다보지 못했다.

"아버지, 그 사람이 전쟁터로 갔지만 다행히 수자리에 번을 서는 직책으로 갔으니, 목숨은 부지하고 있을 것입니다. 그동안 정곡산성 쪽에는 전쟁이 없었으니 몸은 고되어도 틀림없이 살아 있습니다. 그분이 돌아오신다면 저는 한평생 섬기고 아껴 돌봐드리겠다고 결심했습니다. 그것이 제가 아버지로부터 배운 신의이고 사람의 도리가 아니겠습니까?"

"그야…… 그렇기는 하다만…… 좋은 혼처가 나왔기에 하는 말이다."

설 길사는 딸을 쳐다보지도 못하고 공연히 방에 들여놓은 멍석을 폈다가 다시 말았다 하며 말을 더듬었다.

"그게 무슨 말씀입니까? 저는 이미 낭군이 있는 아녀자입니다. 낭군을 전쟁터로 보내놓고 다른 사람에게 시집을 가라는 말씀입니까? 그럴 수는 없습니다. 저는 그분을, 고맙고 가여운 그분을 애틋한 마음으로 좋아합니다. 다시는 그런 말씀은……"

설화는 더 이상 말을 잇지 못하고 밖으로 뛰어나갔다.

비가 내리는 들길을 설화가 뛰고 있다. 가을비가 차갑게 설화의 몸에 스며들었다. 위해가 젖어 달라붙고 치마도 다리에 감겨 걸음을 붙들었다. 뺨으로 흘러내리는 눈물 자국을 지우려고 비는 점점 더 거세게 내렸다. 설화가 도착한 곳은 미륵당이었다. 푹 젖은 몰골로 설화는 미륵당 안으로 몸을 던지듯 들어섰다. 눈물과 빗물로 어룽진 눈을 비비며 설화는 몸을 조그맣게 웅크린 채 거적 위에 주저앉았다. 그곳은 가실과 둘이 서로 붉어지는 얼굴을 훔쳐보며 싱긋빙긋 웃음이 저절로 고였던 장소였다. 처음으로 안타까이 손을 잡고 어린 새처럼 떨던 가슴을 서로 느꼈던 곳이기도 했다. 속닥거리며 눈웃음을 흘리는 시간이 짧고도 짧아 안타까웠던 그곳에 웅크리고 앉았다. 설화는 자신의 몸이 아주 작고 작게 줄어들고 가볍디가벼운 연이 되어 낭군이 계시는 그곳으로 흘러가고 싶었다. 그곳이 전쟁터이면 어떠하며 사력지*라면 또 어떠하리. 한여름 땡볕에 등이 익도록 돌밭을 매야 한다 하면 또 어떠하리. 처음으로 마음에 품은 낭군을 마음껏 그리워할 수 있는 미륵당에서 설화는 늦도록 웅크리고 앉아 있었다.

아버지의 저녁밥을 잊었다는 것을 깨닫고 설화가 일어섰을 때에는 하현달이 어두운 구름 사이로 얼굴을 내밀고 있었다. 집 가까이 다가섰을 때 검은 그림자 하나가 불쑥 나섰다. 절로 움직이는 발걸음만 앞세우고 멍하니 걷던 설화는 놀라며 멈춰 섰다.

* 자갈이 많은 땅.

"얘기 좀 하자."

목소리는 막쇠였다.

"할 얘기가 있다니, 이상하구나!"

설화의 엄한 목소리가 선을 그었다.

"네가 한 짓을 다시 짚어줄까? 내 아버지의 생일을 잘못 기재하여 전쟁터로 보내려던 네가 도대체 무슨 할 말이 있다는 거니? 목구멍이 제일 무섭다지만, 네가 동네 사람들에게 한 짓은 용서받을 수 없어. 다들 쉬쉬하며 고개를 숙이니 너를 인정한다고 생각하겠지만, 절대 그런 일은 없을 거야. 네가 잘한 것은 네 어머니를 잘 봉양한 일이겠지만, 네가 어떤 짓을 해서 어머니에게 쌀밥에 민어탕을 올리는지 아신다면, 아마도 네 어머니는……"

"그 얘긴 그만해. 나도 이제는 벼슬이 있는 사람이라고."

"잘난 벼슬 얘기를 이제야 꺼내는구나. 이 야밤에 공등 나으리라고 부르라는 거야? 뭘 하는 벼슬인지는 서라벌 사람이라면 모두 아는데 말이야. 나는 할 말이 없으니 그만 돌아가. 가서 네 어머니나 잘 봉양하도록 해."

달을 등에 지고 있어 막쇠는 검은 그림자였고, 표정도 볼 수가 없었다.

"이제 나는 집이 생겼어. 밭도 있고 논도 있어. 모두 소출이 좋은 땅이야. 죽을 때까지 먹고살 기반을 잡으려고 미친 듯이 일을 했다고. 알아?"

설화는 한기를 느껴 몸을 떨었다.

"그래? 살려고 저지른 짓이니 네가 옳다는 거지? 네가 한 일이 옳다는 거지?"

"그래. 옳아. 옳다고. 아무것도 가진 것이 없는 내가 도대체 무엇으로 살아야 했을까? 그 일 말고 내가 할 수 있는 일이 있기나 했는지 좀 가르쳐줄래? 남의 땅에 피땀 흘려 농사를 지어도 늘 굶었어. 내가 아니라도 공등은 누가 됐든 해야 하잖아. 나 한 사람보다 신라가 더 중요하니까 말이야!"

막쇠의 검은 그림자가 침을 튀기며 소리쳤다.

"그러시겠지. 너는 옳고도 옳은 대단한 애국자로구나. 알았으니 그만 가봐."

"어머니 때문만이 아니었어. 너를 위해 한 일이었다고. 우리가 아무것도 모르고 함께 뛰놀던 시절부터 너와 혼인하겠다고 말했던 걸 기억하잖아. 가진 것 없이 배를 곯는 내가 너를 데려오려면 뭔가를 갖고 있어야 했어. 이제 나는 벼슬도 있고 집도 있고 또 땅도 있다고. 이제는 네게 손을 내밀 자격이 있다고. 그러니 내 손을 잡아."

검은 그림자가 내민 손은 달빛 아래 긴 쇠스랑 같은 그림자를 만들었다.

"너는 네 마음이 그토록 중요하구나. 비록 어린 시절의 마음이었다고 해도 말이야. 내 마음 따위는 전혀 염두에 두지 않고 말이야. 네 마음이 그렇다면 나도 따라서 그래야 한다는 거야? 내 아버지에게 한 짓이 손금처럼 정확한데 어떻게 감히 어두컴컴한 손을 내밀어? 무엇보다 나는 누구와도 혼인할 수가 없는 몸이야. 아버지 대신 수자리로 끌려간 가실 님하고 이미 혼인했으니까."

밤바람에 설화는 점점 더 몸을 웅크렸다.

"벌써 오 년이 지난 일이잖아. 아마도 그 사람은……"

그림자가 옆으로 돌아섰다. 그림자의 검푸르고 일그러진 옆얼굴이 달빛에 드러났다.

"그만, 그만하라고! 네가 뭐라고 내 낭군님의 생사를 말해? 그분이 어떻게 되었든 그분만이 영원히 내 낭군이라는 걸 알아줬으면 좋겠어. 그만 가줘."

설화는 몸을 돌려 집으로 돌아가고 검푸른 얼굴의 검은 그림자는 한참을 더 설 길사의 집 앞을 서성거렸다.

가실이 전쟁터로 떠나고 육 년이 지났다. 설 길사는 딸의 얼굴이 날로 어두워지는 모습을 안타까운 마음으로 지켜보았다. 원광에게 공후를 얻은 뒤 설화는 음성서의 악공으로 연주를 하게 되었지만 웃음을 잃은 지는 오래였다. 늘 활달하고 명랑했던 딸이었는데, 식사를 준비할 때도 아버지에게 세숫물을 가져다줄 때도 아무런 말이 없었다. 설화는 자주 공후를 들고 미륵당으로 갔고 어두워져서야 돌아왔다. 집으로 들어서는 딸의 그림자는 지나치게 길고 발걸음은 언제나 무거웠다. 그것만이 아니었다. 이상하게도 딸이 만든 음식도 예전과는 달랐다. 지(漬)*는 눈물로 담은 듯 짰다. 짜다 못해 쓴맛이 도는 지를 씹으면서 설 길사는 깊은 한숨을 토해냈다.

"내 너를 좋은 곳에 시집보내는 일이 평생의 소원이거늘, 너의 마음이 닿은 낭군을 만난 지금, 오히려 못난 애비가 너희 둘을 떨어뜨려놓았구나. 내 평생 간절히 바라던 일을 내 스스로 깨버린 꼴이 되었으니…… 아뿔싸, 금쪽같은 내 사위를 전쟁터로 보내고 말았구나. 늙은 몸이야 어찌 되든 무슨 상관이라고 내가 그런 일을 저질렀단 말인고! 앞뒤를 따져보지도 않고 그저 이 몸뚱이 하나 전쟁터로 가지 않게 된 일만 기뻐했으니, 이 늙은이의 어리석음을 어찌할꼬!"

설화는 아버지가 한탄하는 소리를 들었는지 말았는지, 이제는 다 큰 개가 된 점박이를 쓰다듬으면서 먼산바라기를 할 뿐이었다. 넋이 나간 딸의 표정을 살피며 설 길사는 아무래도 딸을 그대로 두면 안 되겠다고 마음먹었다. 자신은 조만간 북망산천으로 떠나게 될 텐데, 딸을 저대로 둔다면 혼자서는 슬픔을 거두지 못할 게 분명했다. 무엇보다 딸이 설 쉰 무처럼 홀로 시름맞아 늙어가는 게 제일 두려웠다. 언제 돌아올지도 모르고 어쩌면 죽었는지도 모르는 사내를 기다리며 저렇게 늙어가도록 그냥 두지는 않겠다고 설 길사는 마음먹었다. 사

---

* 소금물에 적신 채소.

내로 인한 병은 사내가 약이라고 믿어, 그는 어느 날 늦췄던 속마음을 꺼냈다.

"설화야, 나는 벌써 저승 문 앞에 있는 나이가 되었으니 네 혼사를 한없이 미뤄둘 수는 없구나. 삼 년이면 온다던 가실은 육 년이 된 지금까지 돌아오지도 않고, 소식조차 알 수 없지 않느냐. 네가 이미 과년한데 언제까지나 기다릴 수만은 없는 일이다. 몇 년 지나면 네가 아무리 곱다 해도 제대로 된 혼처를 만나지도 못하게 될 거다. 그러면 이 아비는 죽어서도 눈을 감지 못할 게야. 내가 또 수소문해서 정곡산성에 있었던 사람을 찾아 물어봤는데, 가실이란 사람은 만난 적이 없다고 하더라. 아마도 가실은 이미 돌아올 수 없는 곳으로 갔는가 보다. 그렇지 않고서야 어떻게 편지 한 장도 없는 것이냐? 아무래도 네가 마음을 돌려먹어야 할 성싶다. 전쟁터에서는 죽었는지 살았는지 알지 못하는 일이 허다하단다. 그 북새통에 사람들이 볼 수 없는 곳에서 죽은 사람이 어디 한둘이겠느냐. 상황이 급박하면 적군의 기지 한가운데에 죽은 동료들을 남겨두고 후퇴하기도 한단다. 그러면 누가 죽었는지 알 수도 없는 경우가 빈번하다는 걸! 주검을 거둬주지 못했으니 가족들에게 알리지도 못할 테고. 그런 일이 우리에게 일어나지 않는다는 보장이 없지 않느냐. 이 애비가 적당한 혼처를 봐두었으니 이제부터 너는 애비 말에 토를 달지 말고 내 말에 따르도록 하여라. 알았느냐?"

설화는 그럴 수는 없다며 고개를 저었다.

"저는 어려서부터 지금까지 아버지의 뜻에 순종하며 살려고 애썼습니다. 그러나 제 낭군을 두고 다른 이와 혼인하라는 말씀만은 따르지 못하겠습니다. 무엇보다도 그분은 아버지를 대신하여 목숨을 내어놓고 전장으로 달려갔습니다. 전쟁터에서 음식이나 제대로 먹었겠습니까? 헐벗고 굶주리는 것은 물론이요, 언제 적들이 쳐들어올까 늘 긴장 속에 잠도 제대로 자지 못하였을 그분을 생각해보십시오. 하루하루가 바늘방석에 앉은 듯 불안한 세월이었겠지요. 그분은 열다섯 어린 나이에 전쟁터로 갔습니다. 그곳에서의 고통을 어찌 말로 다할 수 있겠습니까. 저는 그분의 생사를 알기 전까지는 아버지의 말씀을 따를 수가 없습니다. 제가 쓰던 방제경을 깨트려 신표로 삼으며 지아비로 정했다는 약속을 했습니다. 아버지 앞에서 신의를 지키겠다는 언약을 했사온데, 어찌하여 사람의 도리를 저버리라 하십니까? 그 말씀만은 거두어주소서!"

설화의 하소연에 설 길사는 슬그머니 뒷짐을 지고 하늘을 바라보며 고개를 끄덕였다. 아버지가 새로운 혼처가 나섰다며 혼인할 것을 채근할 때마다 설화는 미륵당에 가서 공후를 뜯으며 노래를 했다.

해와 달이 바뀌어도 공후의 노래는 변치 않아
달아 한결같은 그리움을 낭군님께 비춰다오

비 오고 바람 불어도 공후의 노래는 변치 않아

떠나간 내 님 어디에서 주무시나 달님은 하마 아실까

바람아 망각나무의 노래를 내 님께 들려주게나

바람아 편지를 전해다오 설의자소서(雪依紫小書)를 전해
다오

더 이상 소나무에 점을 찍을 자리가 없어지자 설화는 공후
를 타며 노래를 했다. 나무 오리를 편지 대신 변방으로 보내
달라는 노래였다. 글씨를 몰라 편지를 보낼 수도 없고 인편에
소식을 물을 수도 없으니, 가실이 만들어놓고 간 나무 오리를
날려 보내달라는 내용의 노래였다. 그렇게라도 해서 마음을
전하고 소식을 알고 싶은 설화의 순박한 소망이었다.

'한낱 나무 오리가 무슨 일을 할 수 있겠나!'

설화의 길고 긴 탄식을 알아들었는지 돌풍과 비바람이 친
다음 날, 나무 오리 하나가 날아가버렸다. 바람에 떨어져버린
오리를 찾아 주변을 샅샅이 뒤졌지만 찾을 수가 없었다.

"두 마리가 나란히 앉아 있을 때는 서로 의지하며 곁에 있
는 듯 위안이 되었는데, 그나마 날아가버렸구나. 우리의 인연
은 이것으로 끝이란 말인가?"

설화는 슬픈 그림자를 업고 집으로 돌아갔다.

몇 달이 더 지나고 설 길사는 다시 험상궂은 얼굴로 설화에

게 재촉했다.

"화야, 이 사내는 번듯한 집이 있고 쌀섬 소출이 좋은 땅을 가지고 있다 하니, 먹고사는 데 문제가 없을 게야. 신체 건강하고 경제력이 있으니 그만하면 되었다! 벌써 육 년이 흘렀지 않느냐? 어제는 네 어미 무덤 앞에 가서 맹세하였느니라. 네게 짝을 찾아주지 못하면 그냥 혀를 깨물어 콱 죽어버리겠다고 말이야. 그러니 너는 아비 말을 따르도록 해라."

사실 사내는 혼인을 약속하면 해마다 쌀 석 섬을 따로 보내주겠다며 설 길사를 꼬드겼다. 설 길사는 딸이 눈물 바람을 하는 모습을 보며 마음이 아팠지만 그것은 잠시뿐, 생활이 안정되고 자식 낳고 살면 딸의 마음도 바뀔 것이라 믿었다. 설화는 아버지가 자신에게 화를 내는 모습을 처음 보았기에 놀랐다. 아버지의 뜻을 따를 수는 없지만 아버지의 마음도 이해가 되어서, 듣는 둥 마는 둥 대꾸하지 않았다.

*

어스름한 저녁 한 사내가 미륵당으로 향하는 바우개를 올라오고 있다. 쑥대강이 같은 두발에 검게 타고 씻지 못해 꾀죄죄한 얼굴, 낡아빠진 옷가지가 영락없는 거지 행색이었다. 사내는 팔을 축 늘어뜨리고 고개를 푹 수그린 채 살짝 어긋난 걸음걸이로 꾸역꾸역 걸었다. 먼지를 뿌옇게 뒤집어쓰고 걸는 사내의 모습은 멀리서 볼 때는 노인처럼 보였지만, 가까이 보면 찢어진 소매 사이로 팔의 힘줄과 튼실한 근육이 드러나 보였다. 거친 노동으로 다져진 젊은 몸이었다. 낡은 짚신 사이로 드러난 발은 상처투성이였지만, 언덕을 내려오는 사내의 발가락은 땅을 움켜쥘 듯 한껏 오므렸다. 사내의 등에 매달린 바랑에는 새 짚신 한 켤레가 덜렁거리며 따라왔다. 멀리서, 아주 멀리서 오는 사내였다. 가파른 언덕에 이르자 사내는 구르듯 달려 내려와서 미륵 앞에 털썩 주저앉았다.

"미륵님, 접니다. 이제 돌아왔어요."

쉰 목소리였다. 사내는 긴 장대 위에서 바람이 흔드는 대로 아무렇게나 고개를 내젓는 오리를 흘끔 바라보고는 힘없이 눈을 감고 미륵에 기댔다. 바랑을 벗은 사내는 뭔가를 주섬주섬 꺼냈다. 조잡하게 만든 청동거울, 방제경이었다. 비스듬히 반쪽으로 깨진 거울 뒷면에는 양각으로 튀어나온 연꽃 한 송이가 반쪽으로 잘려 있었다. 사내는 깨진 거울을 옷소매로 닦고 또 닦더니 자신의 얼굴을 비춰보았다. 해가 이미 산등성이를 기웃이 넘어간 뒤라 거울 속의 얼굴은 잘 알아볼 수가 없었다.

"미륵님은 왜 이렇게 더러워지셨어요?"

사내는 점점 더 어두워지는 하늘을 배경으로 서 있는 미륵을 올려다보았다. 사내는 곧 눈을 감고 젖은 빨래처럼 늘어졌다. 졸음이 거인의 그림자처럼 사내를 덮쳤다. 아침나절 미륵당에는 가을을 재촉하는 비가 내렸다. 구름 사이로 종일 해가 들락거리며 습기를 말렸지만 땅은 아직도 축축했다. 엉덩이가 곧 젖어들었고 사내는 진저리를 쳤다. 그러나 사내의 깊은 피곤은 숲의 눅눅함도 이제 곧 닥칠 밤의 냉기도 아랑곳하지 않았다. 백년은 잠을 못 잔 사람처럼 사내는 미륵에게 기댄 채 잘도 자고 있다.

사내는 고구려와의 전쟁터에 있었다. 왕은 일만의 군사들을 이끌고 친히 전장으로 나왔다. 아리수는 수나라를 오가는 무역선이 다니는 뱃길이었다. 진흥왕이 고구려와 백제의 중간을 가르며 얻어낸 땅으로, 신라가 비로소 무역의 중심지를 차지하게 된 의미 있는 장소였다. 아리수 유역을 빼앗기면 통일의 꿈은 무산될 위기에 처할 수도 있었기에 왕은 마음이 조급했다.

"진흥왕의 기념비를 사수하라!"

왕의 지엄한 명령에 따라 전쟁은 계속되고 또 계속되었다. 피가 튀고 살이 찢기며 사내들이 죽어나갔다. 사내들은 활이나 창에 찔려 죽었고 또 다른 사내들은 칼에 베인 상처가 덧나서 죽었으며, 군량미와 보급품을 나르다가 지쳐서 죽는 사내들도 있었다. 전염병에 걸려 열이 나고 물똥을 싸다 죽는 사내들은 더 많았다. 말을 타고 활을 날리는 사람들은 대부분 귀족이거나 부유한 사람들이었다. 몸뚱이밖에 가진 것이 없는 가난한 보병들은 전쟁터에서도 몸으로 부딪쳐 싸워야 했다. 화살이 날아오는 들판에서 창이나 도끼를 들고 무작정 돌격했다. 어떤 사내들은 적의 화살에 맞아 멀리서부터 나가떨어졌고 다른 사내들은 적군을 베었으며, 또 다른 사내들은 적군이 휘두른 칼에 맞아 나가떨어졌다. 사내는 푸르르 진저리를 치면서도 계속 잠을 잤고, 그러기에 여전히 전쟁터에 있었다. 꿈인가 싶게 몸을 묶었던 전쟁터에서 그토록 벗어나고 싶었건만, 전쟁터에서 벗어난 후에도 사내는 아직도 전쟁 중이었다. 검게 변해버린 미륵당의 소나무 사이로 바람이 안타까운 한숨을 토했다.

사내는 변방에서 돌아오는 길이었다. 육 년 전 사내는 전쟁터로 갔다. 그해 나라에는 전 가호에 대한 군역 징발령이 있었다. 백제와도 고구려와도 바다 건너 왜국과도 일촉즉발의 상황이었기 때문이다. 사내는 정곡산성을 지키는 수자리의 직분을 받아 갔지만, 곧 전쟁의 일선에 배치되었다.

전쟁터에서 사내는 많은 죽음을 보았고 슬픔을 억누르는 법을 터득했으며, 무엇보다 코앞에서 뒹구는 죽음과, 삶과 죽음의 경계에 걸친 공포와, 거친 노동의 비애를 겪었다. 그러기에 그는 이미 육 년 전의 소년이 아니었다. 미륵당을 지날 때마다 미륵을 닦아주면서 환하게 웃으면 무지개가 뜬 것처럼 보이던 그 소년으로는 보이지 않았다. 전쟁터로 떠나기 전 소년이었던 그는 밤나무의 곧은 가지를 꺾어 솟대를 만들어 세웠다. 끝이 두 갈래로 갈라진 나무 끝에는 나무 오리 한 쌍을 조각해 앉혔다. 장대 위에 올라앉아서도 더 먼 곳을 보러 가겠다는 듯 나무 오리는 날개를 펴고 있었다.

"오리들은 눈이 밝아서 저 멀리 전쟁터까지 볼 수 있어. 내 소식이 궁금하거든 솟대 위에 앉은 나무 오리들에게 물어보면 돼."

뜨거운 마음을 억누르며 소년은 소녀에게 그렇게 말했다. 소년이 떠난 후, 나무 오리들은 이제나저제나 하며 목을 빼고 언덕을 기웃거렸지만 소년의 소식은 알 수가 없었다. 솟대를 세워놓고 전쟁터로 떠난 소년, 그러나 이제는 소년이 아닌 다른 사람이 되어버린 사내, 그의 이름은 가실이었다.

희뿌연 새벽이 날을 열었다. 가실은 여전히 차가운 바닥에 웅크린 채로 자고 있었다. 아침 햇살이 얼굴을 비추자 가실이 눈을 떴다. 깊은 피곤으로 주위가 모두 뿌옇게 보였다. 해를 바라보며 잠깐 웃는가 싶던 가실은 다시 표정이 굳었다. 하얗게 웃을 줄 알았던 가실이, 한쪽 다리가 불편한 거지 몰골이 되어 돌아온 것이었다. 나라에 대대적인 징발령이 있을 때, 가실은 아직 정(丁)에 해당하는 나이가 아니었다. 가실은 슬퍼하는 설화를 위해서 그녀의 아버지 대신 전쟁터로 갔다.

그 시간, 율리 설 길사의 집에는 잔치 준비가 한창이었다. 설화의 아비는 고명딸의 혼례 준비로 분주했다. 크게 차리는 잔치는 아니어도 마을 사람들의 도움으로 닭을 잡고 약밥도 쪘다. 딸 몰래 준비한 잔치였다. 설 길사는 바로 전날까지도 딸에게는 혼례에 대한 말을 하지 않았다. 죽기 전에 딸을 짝지어주게 되었다는 생각만으로 설 길사의 입가에는 웃음이 흐드러졌다. 딸이 혼인을 하고 싶어 하든 아니든 상관없었다. 험한 세상에 여자 혼자 살아갈 수 없으니 사내의 그늘에서 살아야만 한다고 믿었다. 아침이 되어서야 설화는 동네 사람들이 집으로 속속 도착하여 잔치 준비를 돕고 있다는 것을 알아차렸다. 집에서 벌어지고 있는 혼란스러운 상황에 놀란 설화는 일을 하는 사람들을 붙들고 잔치는 없으니 집으로 돌아가라고 말했지만, 그 설득은 전혀 먹히지 않았다. 오히려 설 길사는 동네 아주머니들을 불러 설화를 방에 가두라고 지시했다. 억지로라도 짝을 채워주면 포기하고 사내를 받아들일 것이라고 믿었다. 설화는 방에 갇혔고 작고 좁은 쪽창으로는 밖으로 나갈 수도 없었다.

"아버지가 색시를 방에 가둬놨다고 하네."

"아휴, 새색시가 부끄러워서 혼인을 안 한다고 하는 게로군."

일을 거들러 온 동네 여인들이 수군댔다.

"에그, 그거 다 뻔한 거짓말이여. 세 가지 거짓말 몰라? 늙은이가 죽고 싶다는 말하고 장사꾼이 밑진다는 말, 아가씨가 혼인을 하지 않겠다는 말은 말짱 거짓부렁이라고. 다 괜한 소리지. 짝을 채워주면 언제 그랬나 싶게 어우렁더우렁하며 재미나게 살곤 한다니까. 새끼들까지 주렁주렁 낳고서 말이야. 그게 세상 사는 이치인 걸 어쩌나! 운우지정이 그래서 무섭지. 관계를 만들고 역사를 이루어내고 새끼들까지 토해내니까 말이야."

감나무집 할머니는 설화가 혼인하는 일이 즐거워서 아프던 다리까지 가뿐한 기분이었고 맘까지 괜스레 설레었다. 설화가 태어날 때 자신이 직접 받았고, 자라는 모습도 쭉 지켜보았으며 제 몫을 감당하며 사는 모습이 늘 어여쁘고 대견했기에, 딸의 일처럼 맘이 들떴다.

"어머니, 이러면 안 될 것 같아요. 설화는 이미 혼약한 사람이 있는데, 이렇게 마을 잔치까지 벌이시면서 혼인을 종용하다니요? 남녀가 기어코 짝을 맺어야만 행복한 건 아닌데, 왜 어른들은 그걸 모를까요? 어머니, 설화를 놓아주세요. 설화의 기다림을 인정해주세요."

감나무집 며느리만 홀로 시어머니를 붙들고 사정을 할 뿐, 모두 잔치가 즐겁다는 표정이었다. 사내아이 하나가 며느리 치맛자락에 붙어서 할머니의 눈치를 보며 손등으로 콧물을 훔쳤다.

"어이, 넌 집으로 안 가냐? 엉? 보리방아를 찧어야지. 남의 잔치에 들썽거리지 말고 네 할 일이나 하려무나. 애한테 피죽도 좀 끓여 먹이고. 네 낭군을 위해 기도도 좀 하고 말이야. 게을러 터져가지고서는."

감나무집 할머니는 여전히 며느리에게 구박을 먹였다. 대답 대신 원치 않은 구박을 뒤집어쓴 며느리는 아이를 데리고 느린 걸음으로 돌아섰다. 시어머니의 서슬 퍼런 눈길이 뒤통수에 따라붙는 기분이 들어 더 어깨를 움츠렸다. 사립문을 나서서 울타리를 돌고 나서야 며느리는 비로소 시어머니에게 하고 싶었던 얘기를 중얼거렸다.

"어머니, 제가 언제 한 번이라도 게을러본 적이 있나요? 산에 가서 나무를 하여 땔감을 만드는 일부터, 빨래며 먹거리, 논이며 밭으로 살에 휘파람 소리가 날 지경으로 돌아다녀도 하루 일은 다 끝나지도 않아요. 어머니가 혼자서 그걸 다 감당하시며 사실 때를 생각해보세요. 얼마나 몸이 고되고 맘이 고생스러웠는지요."

며느리가 울타리를 돌아가는 모습을 곁눈질로 바라보던 시어머니는 비로소 한숨 한 자락을 깔아놓았다.

"어이구. 저 화상. 다독거리면 홀몸에 가난한 시에미라고 올라타서 소 부리듯 할까 싶어 걱정이고, 미운 소리를 하자니 애잔한 맴이 들켜서 가진 속주머니까지 털릴 것 같으니 어찌해야 좋단 말이냐! 아들이라도 돌아오면 든든하겠는데, 큰소리를 치겠는데, 세상천지에 무슨 일이 일어나도 두렵지 않겠는데 말이야. 썩을 놈의 자식은 어째 소식도 없어. 어느 들판 구덩이에 처박혔을라나, 어느 강 물속에서 썩고 있을라나. 어느 산기슭에 몰래 숨어 전쟁을 피하고 있다면 얼마나 좋을까.

어서 내가 죽어야지. 죽어야 이런저런 꼴을 안 보지. 에고, 내 팔자야."

시어머니의 굽은 어깨와 흰 허리가 한숨 소리와 함께 가느 다랗게 떨렸지만, 잔칫상 앞으로 다가서는 순간 참견에 바빠 서 겨드랑이에 괜한 흥이 돋았다.

"이런, 실은 여기 놓고 당과는 저기 놓아야 한다고 하지 않 았소. 대추는 이쪽으로 놓고. 그렇지. 밤은 깎지 말라고 했는 데, 누가 깎아 올렸단 말이오? 까지 않은 생밤을 좀 찾아오시 오. 무명은 요래요래 잘 펴야지. 주름이 있으면 안 되는 법이 여. 새색시 앞길을 펴듯이 말짱하니 반듯하게, 그렇지. 거기 물 좀 가져오쇼. 무명은 물을 먹여서 팡팡 치고 문대줘야 반 드르르한 법인데."

전선에서는 전쟁이 계속되고 돌아오지 못하는 자들은 자꾸 늘어만 가도 오늘만큼은 흥겹고 즐거운 마을의 잔치가 벌어 지고 있었다.

혼인하려는 사내가 설화의 집 마당으로 들어섰다. 막 목욕 을 마친 사내의 얼굴은 붉고 번들거렸다. 사내가 들어서자마 자 점박이가 앞발을 들며 미친 듯이 짖었다.

"거 그만 좀 짖어. 너, 주인을 몰라보면 죽어! 가마솥에 확 삶아버릴까?"

사내의 발길질에 점박이는 깨갱거리며 꼬리를 감추고 제

집으로 숨었다. 사내는 설화를 볼 때마다 헛침을 흘리던 막
쇠였다. 집집마다 사내들을 징발하여 전쟁터로 보내는 일에
앞장을 섰던 막쇠를 동네에서는 아귀요 각다귀라고 불렀다.
그러나 나라에서는 공등의 임무에 충실했다 하여 해마다 진
급을 거듭했다. 눈먼 어미와 함께 굶기를 밥 먹듯 하던 막쇠
가 사내들을 전쟁터에 보낸 대가로 재산을 모았다는 속사정
은 알만한 자들은 모두 아는 사실이었다. 그악스럽게 재산을
모은 막쇠는 서라벌 외곽에 작은 기와집을 한 채 마련했고,
양식을 거둘 논도 충분하여 먹고살 만하게 되었다는데, 그러
자 걸음걸이마저 달라졌다는 소문이 돌았다. 막쇠는 가실만
을 기다리겠다는 설화를 설득하기보다 그녀의 아버지를 찾
는 게 실속 있으리라 판단하여, 설 길사를 뻔질나게 찾았다.
막쇠는 설화와 혼인만 하게 된다면 설 길사의 노후를 책임지
겠다는 달콤한 말로 꼬드겼다.

"내 나이에 무슨 대단한 노후가 기다리고 남았을까마는."

그렇게 말하면서도 설 길사는 눈물을 질금거리며 고마워
했다.

"몰래 혼례식을 준비한다면, 따님도 어쩔 수 없이 받아들
일 겁니다. 설화가 효녀라는 건 서라벌 사람이라면 다 아는
사실이지 않습니까? 세상에 혼례를 올렸는데 나 몰라라 할
수 있는 여인이 어디 있겠습니까?"

노쇠한 설 길사는 막쇠의 꿍꿍이가 옳은지 그른지에 대한

판단을 하지 못했다. 그저 슬픔에 빠진 딸을 거둬주겠다는 막쇠에게 절이라도 하고 싶은 심정이어서, 고부라진 허리를 자꾸 굽혔다.

마당에서는 혼인 잔치를 준비하는 사람들과 구경 나온 사람들로 북적였다. 설화는 동네 여인들에게 둘러싸여 혼례상을 차려놓은 상 앞으로 끌려 나갔다.

"아, 아파요! 놓아주세요."

감나무집 할머니가 암팡지게 잡은 왼쪽 팔을 풀면서 설화에게 말했다.

"설화야, 너 좋으라고 하는 일이야."

설화는 내가 싫다는데 도대체 무엇이 좋은 일인지 알 수가 없었지만, 어른들의 뜻을 잘 알았으니 말씀에 따르겠다며 고분고분한 태도를 보였다.

"제가 예인으로 산 세월이 도타운데, 공후 연주를 한 자락 깔지 않고 어떻게 잔치를 시작할 수 있겠습니까? 공후를 가져올 테니 저를 놓아주세요."

여인들의 손에서 놓여난 설화는 공후를 들고 나오다가 문득 마구간을 향해 걸어갔다. 말을 쓰다듬다가 설화는 가실이 했던 당부를 떠올렸다.

"이 말은 우리 아버지가 왕께 하사품으로 받은 상입니다. 왕이 내리신 말이라 예사로운 종자가 아니고 천하에 보기 드문 명마인 대완마*랍니다. 천 리를 달릴 수 있는 말이지요. 바람처럼 달릴 때 이 말은 피땀을 흘린답니다. 나 대신에 이 말을 키우시면 반드시 좋은 일이 있을 것입니다."

가실의 부탁대로 설화는 말을 정성스럽게 돌봤다. 대완마가 먹는 거여목을 구하기 위해 목숙전을 뻔질나게 드나들었으며, 털도 가지런하고 반짝반짝 빛나도록 닦아주었다. 미륵당을 갈 때 틈틈이 데리고 다니며 운동을 시키는 일도 잊지 않았다. 설화는 말의 갈기를 쓰다듬으면서 서럽게 울었다. 말은 탐스러운 갈기를 흔들며 기분 좋다는 울음소리를 냈다.

"가실 님, 저는 어찌해야 옳습니까? 아버지의 말씀을 따르자니 낭군에게 맹세한 의리를 저버리게 되고, 낭군을 따르자니 아버지의 소원을 외면하는 불효를 저지르게 되는군요. 말아! 너를 타고 낭군이 계시는 저 전장으로 달려가고 싶지만, 그건 불가능하겠지? 너는 천하에 드문 명마인데, 말발굽을 울리며 달린 지가 얼마나 오래됐는지 너조차 모르는 신세가 되었구나. 말의 본분은 달리는 일일 텐데, 너도 달리고 싶은 걸 참 오래 견디었겠구나! 피를 흘릴망정 미친 듯 힘차게 달려보고 싶겠구나. 나 또한 그러했단다. 피를 흘린다 하여도 가고 싶은 곳으로 가고 싶었다. 내가 낭군께 달려가고 싶은 마음을 아버지를 핑계로 묶어두었듯, 너 또한 기둥에 묶여 명

---

* 한혈마. 천마라 불리며 피를 땀으로 흘린다.

마의 이름을 묻어두었음을 이제 알겠구나. 네가 진정 명마라면 네가 가고 싶은 곳으로 나를 데려다주렴. 그곳이 삼도천이면 어떠하고 전쟁터라면 또 어떠하리."

설화가 울면서 말의 갈기를 쓰다듬었다. 말도 낮게 힝힝거리며 설화에게로 다가서서 설화의 어깨에 얼굴을 비볐는데, 어서 가보자고 말하는 것만 같았다.

"그럴 수만 있다면 얼마나 좋으리."

설화는 얼룩진 얼굴을 말의 얼굴에 비비다가, 뭔가를 결심한 듯 고삐를 힘껏 쥐고 어금니를 꽉 깨물었다.

*

미륵당에 있는 가실은 아직도 용기를 내지 못하고 뭉그적대고 있다. 설화의 혼례식이 시작되고 있다는 사실을 알 리 없는 가실은 불편한 다리와 자신의 거친 몰골이 자꾸 신경이 쓰였다. 이미 혼인을 약속한 사이이고, 설화의 아버지 대신 고생했으니 만남을 두려워할 이유는 없다고 중얼거려보지만, 가실은 봇짐만 들었다 놓았다 하며 망설이고 있었다. 가실은 또 미륵 앞에 기대앉았다. 봇짐 속에서 방제경을 꺼내 비춰보더니, 며칠째 세수도 못하고 헐벗은 옷에 봉두난발인 제 몰골을 확인하곤 말처럼 울었다.

"이런 몰골로 어찌 설화 앞에 나선단 말인가! 나를 알아보기나 하겠어? 차라리 전쟁터에서 죽었더라면 이런 몰골을 보이지는 않았을 텐데. 이미 나는 설화와 신의를 약속했던 예전의 가실이 아니야. 나는 부서져버렸어. 도끼를 손에 쥐었을 때 이미 예전의 나는 사라졌다고. 어쩌면 그 죗값으로 이렇게 다리를 다친 걸지도 몰라!"

가실은 어린애처럼 발을 구르며 울었다. 검은 점으로 뒤덮인 망각나무도 침울한 표정으로 가지를 떨었다. 가실은 검게 변한 망각나무를 쓰다듬으며 몸부림쳤다.

"나의 설화! 나의 설의자여! 우리의 망각나무가 이렇게 검게 변했구나!"

가실은 눈물에 콧물까지 훔쳤다. 가실이 땅에서 뒹굴 때 봇짐이 열리더니 무언가 삐죽이 튀어나왔다. 날개 하나가 잘리고 상처가 났으며 글씨는 희미해졌지만, 그것은 가실이 '설의자소서(雪懿紫小書)'라고 썼던 바로 그 나무 오리였다. 마침 미륵당을 지나던 구름도 기적의 물건을 보겠다는 듯 햇살 너머로 고개를 뺐다.

"설의자의 편지는 제대로 도착했건만, 나는 제때 돌아오지 못했어. 이젠 너무 늦어버렸을 거야."

가실은 아직도 망각나무를 붙든 채 코를 훌쩍였다.

"이 망각나무 아래에서 나의 설화가 얼마나 슬퍼했을까! 얼마나 눈물을 흘렸을까!"

그때였다. 언덕 위에서 말발굽 소리가 들리더니 곧 멋진 갈기를 날리며 갈색 말이 나타났다. 가실은 공후를 든 설화가 말에서 내리는 모습을 단박에 알아보았지만, 고개를 돌리고 어깨를 움츠리며 미륵 뒤편에 숨었다. 설화도 가실을 한눈에 알아보았다.

"아! 저의 낭군님, 맞습니까? 어쩌면 이리도 입성이 험하십니까?"

가실은 설화의 목소리를 듣자 칼로 저미는 듯 가슴이 아렸다. 둘은 육 년의 세월을 보태며 깊고 서럽게 껴안았다. 둘의 체온이 합해지자 슬픔이 눈물로 녹아 흘렀다. 사부작사부작 낙엽 밟히는 소리가 들리더니, 공후가 떨어지며 현이 한꺼번에 울렸다. 미륵당에는 따사로운 햇살의 위무가 가득했고, 제 할 일을 다했다는 듯 기분 좋은 바람이 두 사람의 얼굴을 간질였다. 둘이 내는 소리는 거의 들리지 않았다. 사실 소리도 무엇도 필요 없는 그런 때가 있지 않은가. 멀리 비파골의 흰 바위도 굳어버린 입가를 들어 올리며 조금, 아주 조금 웃었지만, 그 표정을 본 사람은 아무도 없었다. 제멋대로 장난질을 치던 구름 한 조각만이 흰 바위를 슬쩍 엿보았을 뿐이었다.

*

설 길사는 말을 타고 사라진 딸을 따라 문밖으로 나섰다가 놓치고 얼이 빠져 마당에 주저앉아 있었다. 말고삐를 나눠 잡고 집으로 들어서는 두 사람을 보자 설 길사는 앉은자리에서 일어나다가 다시 옆으로 쓰러졌다. 놓친 짚단처럼 쓰러진 아버지를 그대로 둔 채, 설화는 부엌으로 가서 쌀가마를 끌고 나왔다. 혼자서 무거운 쌀가마를 옮기는 설화를 보지도 못했는지, 가실은 마당에 덩그러니 서서 멋쩍은 표정을 지을 뿐, 아무런 말이 없다. 잔칫상 앞에 모였던 사람들은 거적때기 같은 옷에 다리까지 불편해 보이는 가실을 보고 저마다 수군거렸다. 설화는 혼인을 기다리며 멀뚱하게 서 있던 막쇠의 발 앞에 쌀가마를 던졌다. 설화는 가실의 바랑에서 방제경을 꺼내 들더니 입을 열었다.

"들을 귀가 있는 분들은 들어주십시오. 이분은 제 아버지를 대신하여 전쟁터로 갔다가 육 년이 지나서야 돌아오신 김가실 님입니다. 제 아버지께서는 가실 님이 전쟁터로 가기 전에 저와 혼인을 약조하셨고, 저는 그 약속의 증거로 방제경을 깨트려 나눠 가졌습니다. 피가 튀고 살이 찢겨나가는 전쟁터에서도 가실 님은 이렇게 방제경을 간수하셨다가 가지고 돌아오셨습니다. 가실 님이 전쟁터에서 저를 그리워하며 돌아오실 날을 기다리셨듯이 저 또한 항상 가실 님을 아껴 기다렸습니다. 안타까운 기다림마저 소중하고 귀하게 여겨 아끼는 마음으로 말입니다. 그동안 혼인을 하자며 사람을 보내온 일이 많았습니다만, 제게는 이미 낭군이 있기에 모두 거절했습니다. 이제 제 아버지는 노쇠하셔서서 잘 듣지도 못하시는 데다

올바른 판단을 내리기 어려운 지경이십니다. 그런 아버지를 막쇠가 쌀 몇 섬으로 어떻게 꾀고 부추겼는지 저는 정말 몰랐습니다. 오늘 아침에 일어나서야 잔칫상이 준비되고 있었다는 것을 알았을 정도였으니까요. 이제 볼 눈이 있는 사람은 보아주십시오. 이것을 좀 보십시오. 이처럼 제가 가진 방제경과 가실 님의 방제경이 딱 들어맞지 않습니까? 저는 혼인을 약속한 사람이 있고 그 당사자인 가실 님이 돌아오셨는데, 판단력이 흐려진 아버지가 준비하신 이 혼인을 제가 해야 하겠습니까? 무엇보다 이 모든 일의 시작은 낭군님을 전쟁터로 보낸 저 막쇠의 농간이며, 이 잔칫상 또한 저 사람의 간교한 계략으로 차려졌다는 사실을 밝혀드립니다. 자, 이 방제경과 가실 님을 똑바로 보아주십시오. 전쟁터에서 온갖 어려움을 겪고 집으로 돌아온 제 낭군님이랍니다. 감나무집 아드님도, 돼지네도, 석씨네도 전쟁터에 사내들을 보냈지 않습니까? 우리를 대신하여 그곳으로 간 사람들에게 우리는 사람으로서의 의리를 지키고 도리를 남겨두어야 하지 않겠습니까? 오늘 저는 육 년 전에 가실 님과 하지 못했던 성례를 치르려고 합니다. 들을 귀가 있는 분들과 볼 눈이 있는 분들은 이 잔치를 함께해주시길 부탁드립니다. 우선 먼 길을 걸어온 낭군님이 씻은 후에 옷을 갈아입고 나면 혼례식을 시작하겠습니다."

설화의 말이 끝나기도 전에 감나무집 할머니가 먼저 "옳다! 설화의 말이 맞아!" 하며 박수로 동조했다. 그러자 다른 사람들도 하나둘 박수를 곁들였다. 나중에 막쇠에게 해코지를 당할까 두려운 사람들이라 말을 더 얹지는 못하고 박수만 보탰다. 아무래도 혼례식이 궁금하여 울타리 밖에서 기웃거리던 감나무집 며느리는 아이의 손을 잡은 채로 눈물을 훔쳤다. 아직도 돌아오지 않은 서방을 생각하며 서러운 목울음을 안으로 삭였다. 기도도 할 수 없던 막막한 설움이 눈물에 녹아 흘러내렸다. 사실 그녀도 다른 여인네들처럼 장독대에 정화수를 떠놓고 간절히 기도하던 때가 있었다. 농익은 기도가 이상한 방향으로 자신을 이끈 그날 밤까지는 마음을 다하여 기도했다. 종일 일에 뱅뱅 돌렸던 몸은 물먹은 솜처럼 나른한데 일렁이는 촛불은 자장가처럼 곱고 나긋나긋했다. 종일 해낸 종종걸음은 내일 또 반복해야 할 일이었다. 촛불 속에는 친정집 배밭도 있고 가재 잡던 계곡도 어머니의 품도 있었다. 귀를 간질이던 서방님의 묵직한 저음도 그녀의 목덜미에 맞춤했던 그의 팔베개도 있었다. 달콤한 졸음에 기댄 그녀를 깨운 것은 뜨거운 불이었다.

촛불이 눈썹과 앞머리를 태웠던 그날 밤, 그녀는 자신의 기도가 달라졌다는 것을 알았다. '적을 모두 물리치고 내 낭군이 살아 돌아오길 바란다'는 기원은 '적들이 모두 죽어 나자빠지길 바란다'는 기도로 변했다. '신라의 군대가 개선해 돌아올 때 낭군을 맞으러 버선발로 뛰어나가고 싶다'는 기도는 일그러졌다. 그녀는 어느새 '백제의 성들은 모두 불타 없어지

312

고 백제의 여인네들은 과부가 되어서 죽은 사람들 앞에서 피눈물을 흘리게 해달라'고 기도하고 있었다. 그날 이후로 그녀는 기도를 멈추었다. 자신의 기도가 이기적인 복수와 저주가 득하고 잔인한 무기가 되지 않기 위해서였다. 시어머니는 그녀에게 기도도 하지 않는 게으름뱅이라고 하지만, 그녀는 기도하지 않음으로 기도하고 있었다.

누군가 마당 중앙으로 나서며 흥겨운 춤을 풀어놓았고 그것을 본 사람들의 웃는 소리가 마당을 채웠다. 제 어미의 치맛자락에 숨었던 아이도 덩달아 아이답게 청명한 웃음소리를 내며 잔치판에 끼어들었다.

점점 무거워지는 사람들의 시선을 감당하고 있던 막쇠는 가타부타 변명도 하지 못하고 그대로 서 있다가, 꿍 소리를 내며 쌀섬을 어깨에 짊어졌다. 저절로 새어나오는 신음을 줄이려고 애쓰면서 막쇠는 천천히 마당 밖으로 나갔다. 어깨를 짓누르는 쌀섬의 무게 때문에, 내리쏟듯 날카로운 가을 햇살 때문에, 어쩐지 저 박수와 웃음소리가 자신을 향한 손가락질로 느껴졌기 때문에, 맹렬하게 짖어대는 점박이 때문에 막쇠의 일그러진 얼굴은 점점 더 빨개졌다. 막쇠의 얼굴보다 더 빨간 고추잠자리들이 유선형의 비행을 더하며 마당의 잔치에 흥을 돋웠다. 마당을 나와 한참 걸어가던 막쇠는 가던 길을 다시 짚어 설 길사의 집으로 다시 들어섰다. 마당은 먹고 마시며 웃고 떠드는 사람들로 혼란스러웠다. 막쇠는 짊어졌던 쌀섬을 마당 한가운데에 내려놓았다. 쿵 소리를 내며 쌀섬이 마당에 부려졌지만, 그것은 잔치의 흥을 보태지도 빼지도 못했다. 천천히 제 그림자를 앞세우고 홀로 집으로 향하는 막쇠의 뒤로 태양은 무연한 표정으로 맑고 밝았다.

술과 약밥과 단술과 곡주를 나눠 먹는 소박한 잔치가 끝났다. 먹고 마셔서 흥겨워진 사람들에게 볼 빨간 석양이 나서서 홍조를 나눠주었다. 그들은 언젠가 한번쯤은 달크무레하고 새콤했던 어떤 시절을 떠올리면서, 어쩐지 자꾸 귀에 걸리는 입꼬리를 달고 집으로 돌아갔다. 해는 부부의 신방 앞에도 발그레한 주홍빛 부끄러움을 내려놓고는, 할 일을 마쳤다는 듯 서산을 성큼 넘어섰다. 어둠이 슬금슬금 마당으로 발을 뻗치더니 신방을 기웃거렸다. 아무래도 믿기지 않는다는 듯 가실의 손을 쥐고 놓지 않던 설 길사가 눈물을 질금거리면서, 어서 방으로 들어가라고 손짓을 했다. 번거로운 인사치레와 형식에서 놓여난 두 젊은이는 툇마루에 앉아서 마음껏 서로를 바라볼 뿐이었다. 이제는 이미 어두워져서 서로의 얼굴이 잘 보이지도 않건만, 두 사람의 눈에는 서로의 이야기가 담겼고 기다림이 첩첩 포개졌으며 간절했던 세월이 짙고 무거웠다.

설화가 혼인을 위해 준비해둔 가실의 옷은 쪽물로 염색한 파랑이었다. 생 쪽을 발효하여 염색한 숙남을 기본으로 하여 군청으로 깃을 달고 회청색 허리띠를 달았다. 가실이 돌아오면 입히려고 설화가 오래전에 준비해둔 옷이었다. 화랑이 되고 싶었으나 가업을 위해 뜻을 이루지 못했던 가실을 위해 화랑의 옷과 비슷하게 지었다. '비옥한 초승달' 지역*에서 왔다는 유리구슬처럼 맑은 숙남을 입은 가실은 곱고 맑은 파랑이 낯설다는 듯 자꾸 소매며 허리띠를 매만졌다. 잘 정련되어 희디 흰 베옷을 걸친 설화는 그런 신랑이 귀여워서 소리 죽여 웃음을 참았다. 파랑과 하양이 늦도록 속닥거리면서 방으로 들어가지 않자, 설 길사가 헛기침을 하며 들어가라고 다시 권했다. 파랑과 하양이 가만가만 발꿈치를 들고 방 안으로 들어갔다.

반달이 휘영청 기울어지며 쪽창을 향해 고개를 늘였다. 등잔을 켤 것인지 켜지 않을 것인지를 두고 파랑과 하양이 어둠 속에서 속살거렸다. 마침내 설화가 공후를 들고 희고 푸른 첫 음을 뜯었다. 설화는 어두운 밤이라 할지라도 자연스럽게 연주할 수 있었는데, 오늘은 이상하게 손이 헛놓이고 음이 돌아섰다.

"화야, 그만 자거라!"

설 길사가 한마디를 더 보탠 후에야 두 사람은 자리에 누웠다. 자리에 누웠지만 파랑과 하양 그대로였다.

"불편하실 텐데 그만 옷을 벗으시지요."

숨죽인 소리로 설화가 말했다.

* 고대 페르시아, 지금의 이란.

"나는 괜찮으니 편히 자도록 하시오. 이 옷이 너무 멋져서 말이야. 이런 옷은 생전 처음이거든."

어색한 목소리가 건너왔다. 그 말에 하양이 벌떡 일어나더니 아무렇지도 않다는 듯 위해*를 벗고 치마를 훌훌 벗었다. 그런 하양의 뒷모습을 훔쳐보다가 파랑도 일어나 앉았다. 파랑과 하양을 벗어버린 둘이 가만히 숨을 고르는 서로를 느꼈다.

"이런 날이 올 줄은 몰랐어."

"설마 이런 날이 오지 않길 바랐다는 말이어요?"

설화가 쿡 웃으며 뻣뻣한 신랑의 가슴팍에 얼굴을 댔다. 고개를 점점 늘리며 기웃거리던 반달이 하는 수 없다는 듯 훌쩍 발을 뺄 때까지 둘은 서로를 만지고 어르면서 몸 나누기를 멈추지 못했다. 그런 짓거리가 물이 흐르듯 자연스럽게 여울목을 건너는 일인지를, 둘은 볼 빨간 태양이 곁눈질을 하려고 까치발을 들 때가 되어서야 겨우 알아차렸다. 햇귀가 일어서자 설화는 버릇처럼 눈을 떴다. 자신의 겨드랑이에 얼굴을 파묻고 단잠에 빠진 가실을 가만히 바라보았다. 이 사람이 나의 신랑이구나. 내 사람이구나. 귀하고 소중한 내 살이고 피며 냄새로다! 나른한 행복감에 잠이 속속 밀려오고 몸은 말할 수 없이 피곤했지만 설화는 조용히 일어났다. 첫 아침을 지을 시간이었다.

* 저고리.

*

소달구지가 월성의 돌담길을 느릿느릿 걷고 있다. 농부가 고삐를 당기며 걸음을 재촉하자 소는 눈이 휘둥그레지며 뜨거운 입김을 내뿜었다. 소의 발걸음마다 붉은 흙먼지가 날렸다. 달구지는 돌담을 돌아 남천을 건너 영흥사로 들어섰다. 절 마당에서 사람들이 탑돌이를 하고 있다. 전쟁에서 죽은 사람들을 위한 천도재가 열리는 중이었다. 공중에서 까마귀가 빙빙 돌았다. 나아아알 까아먹지 말아요오! 까마귀의 울부짖음에 탑을 돌던 사람들은 죽은 자들을 떠올리며 눈시울을 붉혔다.

귀족이 시주한 쌀 닷 섬을 내려놓은 달구지는 중앙로로 향했다. 도로 양옆으로는 길이 사방팔방으로 뚫렸는데, 그 길을 따라 기와집들이 늘어서 있다. 달구지는 금빛으로 화려하게 치장된 집들 사이를 달그락거리며 지나갔다. 매화와 부용이 양각으로 화려하게 새겨진 꽃담 옆으로 솟을대문과 누각이 서슬 푸른 권력을 증거하며 서 있다. 궁궐에서만 쓰는 망새기와까지 높게 올린 집의 처마 끝에서 황금색 물고기 풍경이 깨끗한 소리를 내며 춤을 추었다. 고삐를 잡은 농부는 바로 옆의 또 다른 금입택(金入宅)에 시선을 빼앗겼다. 지붕의 합각 부분에는 금판의 물고기 모양 장식이 있고 겹치마를 올린 지붕은 화려하기 그지없다. 연꽃 모양의 막새기와, 금빛 서까래

장식에 용무늬 기와, 인동무늬의 수막새와 금동문고리. 말로만 듣던 금입택이었다. 호사스러운 집들에 시선을 빼앗긴 농부는 슬그머니 소의 고삐를 놓쳤다.

고삐가 풀어졌어도 소는 제 갈 길을 잃지 않고 끄덕끄덕 걸었다. 열린 대문 너머로 집 안이 얼핏 들여다보였다. 마당에는 흰 전돌이 단정하게 깔려 있는데 길 끝에서 누군가 움직이는 기척이 있었다. 비단 휘장을 젖히며 붉은 위해를 입은 여인이 모습을 나타내자 농부는 제풀에 놀라서 놓았던 고삐를 당겼다. 그 바람에 소가 갑자기 속도를 높이며 달렸다. 우마차는 햇빛을 받아 번들거리는 금입택들을 지나치며 달려갔다. 먼 왼쪽 구릉에는 선대왕들을 모신 둥그스름한 고분들이 평화롭게 졸고 있었다. 사람들의 왕래가 잦은 길에 들어서자 우마차는 느릿느릿 걸음을 옮겨 황룡사로 들어섰다. 일장육척*의 거대한 석가모니불상이 고요한 표정으로 우마차를 내려다보았다. 농부는 남은 쌀섬을 내려놓은 후에 석가모니불상과 좌우에 있는 문수보살상과 보현보살상에 차례대로 절을 했다. 우마차는 다시 언덕길을 올라 율리로 향했다.

아침때가 훌쩍 지났는데도 율리 설 길사의 집에는 가실이 늙은 소처럼 누워 있다. 누운 채로 가실은 밖에서 들리는 소

---

* 보통 사람의 신장은 8척으로 그 두 배 정도의 크기의 입불.

리에 귀를 세웠다. 동트기 전부터 일어난 설화가 분주히 몸을 움직이는 소리가 들렸다.

'잔인하도다. 어김없이 해가 떴구나!'

정지와 방은 흙벽을 사이에 두고 방문이 헐겁게 닫혔을 뿐이어서, 설화가 아침을 준비하는 소리가 잘 들렸다. 아귀가 어긋난 방문 틈으로 갖가지 소리가 밀려들었다. 사각사각 푸성귀를 써는 소리, 나무 그릇이 함지박과 부딪치며 내는 달그락 소리, 통통통 낭랑하고 맑은 도마 소리, 드르륵드르륵 맷돌이 돌아가는 소리도 들렸다. 설화는 소리로 밥을 짓는지 양념처럼 구색을 갖춘 소리가 제각각 초롱초롱 화려했다.

"가난한 살림살이에 먹거리도 부족할 텐데 무얼 그리 열심히!"

정지까지는 가실의 말이 들리지도 않을 터였다.

"설화, 나의 설의자여!"

두번째 중얼거림은 가실 자신에게도 들리지 않았다. 이부자리 옆에 개켜놓은 파랑과 하양의 옷들이 지난밤의 기억을 떠오르게 했다. 너무나 말랑하고 따스해서 몽글몽글한 기쁨에 젖었던 순간을 되살리며 가실의 얼굴에는 잠깐 미소가 꽃을 피웠다. 아무리 안아도 자신이 주려던 사랑에 미치지 못해 안타까웠던 느낌, 너무나 소중하여 놓쳐버릴 것만 같던 설화. 가실은 바로 문 뒤에 있는 설화가 아득히 멀고 그리운 기분마저 들었다. 아침상이 들어오고 장인이 들어올 때까지도 가실은 누워 자는 시늉을 했다.

"우리 사위는 아직도 자는가? 일어나서 아침을 들게. 전쟁터에서 그 고생을 하고 또 먼 길을 걸어왔으니 힘들겠지. 거기다 오자마자 신방까지 차렸으니 몸살이 날 만도 하네!"

장인의 음성에는 기분 좋은 가락이 묻어 있다. 가실은 못들은 척 누워 있었다. 마음이 몸을 묶어둔 듯 자꾸 바닥으로 가라앉았다. 집으로 돌아왔으니 편안해야 하는데, 뭔가 모를 불안이 슬금슬금 괴어왔다. 이런 몰골로 본댁으로 가봐야 큰아버지는 또 호통을 칠 게 틀림없었다.

'그동안 연락도 하지 않았는데 성치 않은 몸으로 돌아왔으니 반가워하기는커녕 용서하지도 않을 거야. 아직 다리가 다낫지 않아 작업장에서 일을 거들 수도 없을 테고. 무엇으로 식구를 먹여 살린단 말인가! 또 생계를 책임지지도 못하면서 무슨 염치로 처가에 얹혀살 것인가!'

가실은 누워 있기도 민망하고 일어나 얼굴을 마주할 용기도 나지 않아서 눈을 감은 채 숨소리를 죽이고 꼼짝하지 않았다. 두 사람이 소곤거리면서 아침을 먹는 소리가 들린 후, 설화가 상을 다시 차려 방에 들여놓는 기척이 느껴졌다. 졸음이 다시 새초롬한 눈길을 흘리며 가실을 끌어당겼다.

밤새도록 가실은 전쟁터의 꿈을 꾸었다. 백제군이 쏜 화살에 다리를 다쳐 뒹구는 꿈이었다. 가실은 피를 흘리면서 바로 코앞에 위치한 아막성을 향해 달렸다. 그런데 아무리 달리고 달려도 성문에 닿지 않았다. 등 뒤로는 말을 탄 백제 장수의 활이 자신을 겨누고 있었다. 말발굽 소리가 점점 더 가까이 쫓아왔다. 등줄기는 후끈 달아오르는데 다리는 얼어붙어 움직이지 않았다. 뒤돌아보니 바짝 따라붙은 건 말이 아니고 시커먼 불곰이 아닌가! 곰의 넓적한 발이 가실의 등짝을 후려쳤다. 감당할 수 없는 힘에 가실은 절벽으로 굴러떨어졌다. 깊고 넓으며 끝도 없는 절벽으로 떨어지다가 가실은 제 비명에 놀라며 깨어났다가 또 눈이 감겼고, 어김없이 꿈속으로 붙들려 갔다. 간신히 눈을 뜨고 빠져나왔다 싶으면 피곤이 또다시 눈을 감겼고, 이번에는 전쟁터 한복판이었다. 도끼로 후려쳐 잡은 적군은 피를 많이 흘렸다. 가실도 피 칠갑이 되었는데 장군은 포로를 죽이지 못하고 끌고 왔다며 불호령을 내렸다.

"그런 정신 자세로 어떻게 나라를 지키겠느냐! 저놈을 단칼에 베어라!"

칼이 목을 긋는 선명한 느낌에 가실은 눈을 떴다. 목 언저리에 삼베 이불깃이 닿아 있었다. 가실은 소스라치며 이불을 벗어 던졌다. 간신히 꿈에서는 벗어났는데, 아직도 장군의 칼칼한 음성이 귀에 쟁쟁했다. 돌아와서 꾸는 꿈은 달달하고 화창하길 기대했는데, 가실은 아직도 전쟁터에 붙들려 있었다. 언제까지 이렇게 전쟁에 붙들려서 살아야 하나 싶어 콧등이 시큰한데 몸은 자꾸만 땅속으로 끌려들어갔다. 몸이 늘어질수록 가실은 제 앞에 놓인, 곧 감당해야 할 것들이 더 두렵고 무거웠다. 누운 채로 가실은 꿈속의 전쟁을 다시 복기했다. 생각하고 싶지 않고 잊으려 하면 할수록 더욱더 선명하게 북새통의 전쟁터가, 아비규환의 지옥이 생생하게 모습을 드러냈다. 가실은 무거운 몸을 추스르며 게으름을 한참 더 부린 후에야 간신히 일어나 앉았다.

낡은 소반 위에 베 보자기가 덮여 있었다. 보자기를 들추자 쑥국에 보리밥과 콩 부침개가 정갈하게 차려져 있었다. 밥상을 보자 가실은 콧등이 시큰했다. 얼마 만에 받아보는 밥상인가! 전쟁터에서 매일 바라고 기다리던 순간이구나. 전쟁터에서 가실은 매일 되뇌었다. 조금만, 조금만 더 참으면 설화가 내 색시가 될 거라고, 색시가 매일 따뜻한 밥을 해줄 것이라고. 이것이 바로 그 밥상이 아니던가! 쌀알이 섞여 있어 식감이 부드러운 보리밥인데도, 가실은 목에 호두알 같은 게 걸린 것처럼 밥이 넘어가지 않았다. 느닷없이 오래전에 죽은 어머니 생각도 났다. 어머니가 입에 넣어주었던 물에 만 보리밥과 나복 짠지가 기억났다. 입안에서 오독오독 씹히던 짭조름한 맛이 생생했다. 푹신하고 따뜻했던 어머니의 품도 생각났다. 네 살 때의 기억이어서 음식 맛과 피부의 촉감만 남았을 뿐, 얼굴은 떠오르지 않았다. 콩을 갈아 만든 부치미를 입에 넣자 고소한 기름 냄새와 달달한 콩 맛에 눈이 감겼다. 쑥국의 진한 쑥 향이 입과 코와 눈을 통과하여 귀에까지 이르자, 가실은 잠시 고된 육신을 잊고 긴 한숨을 내쉬었다. 비로소 집에 돌아왔다는 실감이 났다. 밥을 먹고 나자 가실은 절망스러운 기분이 덜어지고 어깨에 바위가 얹힌 듯 무거웠던 몸도 제법 가벼워진 기분이 되었다. 악몽은 지나간 일이며 꿈이니 다행이란 걸 알았다.

밖으로 나가자 설화가 자배기에 손을 넣고 있었다. 잿물에 삶았던 베를 헹구어서 너는 중이었다. 마당은 빨래를 널기에 알맞게 팽팽한 햇볕으로 충만했다.

"서방님, 진지는 드셨습니까?"

설화의 부드러운 목소리에 가실은 이상스럽게도 얼굴이 활랑댔다. 가실과 눈이 마주치자 설화가 입에 손을 얹으며 가만히 웃었다. 그 모습을 보고 가실도 따라 웃어 보이다가 설 길사와 눈이 마주치자 웃음을 지웠다. 베를 널기에 편하도록 가실은 바지랑대를 비스듬히 내려주었다. 잿물에 담그고 여러 번 빨아낸 베가 햇살을 받아 하얗게 빛났다. 약간 여윈 듯 보였지만 설화는 여전히 곱고 눈부셨다. 흰옷과 붉은 허리띠도 여전했다. 실버들 같은 허리와 조붓한 어깨가 이리저리 움직이는 모습에 가실은 가슴이 먹먹해졌다.

"여보게, 바지랑대만 붙들고 있을 게 아니고, 물에 젖어 무거운 베를 들어서 함께 널게. 산다는 건 말이야, 생각이 아닌 행동이라네. 몸을 움직여 실행한 일만이 내가 살아낸 흔적이 되는 게야."

설 길사는 눈을 가느다랗게 뜨고 툇마루에 기대앉아 흡족
한 얼굴이었다. 가실은 장인의 부드러운 표정을 보자 오히려
천근이나 되는 바위가 등에 얹힌 것만 같았다. 삶아서 새하얗
게 된 베를 줄에 얹는 설화의 표정도 지나치게 환해 보였다.
가실은 문득 부드러움도 흡족함도 무거웠다. 눈부시게 빛나
는 햇살도 바지랑대에 걸려 새하얗게 출렁이는 베도 설화의
희디흰 표정도 두려웠다. 그리고 갑자기 눈앞의 모든 것들이
비현실적으로 느껴졌다. 곰이 가슴을 짓누르는 듯 가실은 갑
자기 숨쉬기가 힘들었다. 바지랑대를 놓친 가실은 어두운 얼
굴로 쫓기듯 방으로 들어갔다. 그 바람에 바지랑대가 기울어
지면서 줄에 널었던 베 몇 장이 흙바닥으로 떨어졌다. 놀란
설화는 쓰러지는 바지랑대를 부여잡았고 툇마루의 설 길사는
벌떡 일어섰다. 설화의 눈에는 눈물이 고였고 마당 가득 들어
찼던 햇살은 슬그머니 구름 뒤로 숨었다. 구름은 또 장난질을
시작하여 가늘고 슬픈 눈동자 하나를 그렸다. 느닷없이 닥친
일에 놀란 설화도, 벌떡 일어난 설 길사도, 방안으로 뛰어 들
어간 가실도 그것을 볼 여유는 없었다. 나무 그늘 뒤에 숨었
던 점박이만 나와서 하늘을 향하여 자꾸 짖어댔다.

천년
바위

가실이 남산을 오르고 있다. 아직 다리가 채 낫지 않아 걷
기에도 불편한 몸으로 무엇에 끌린 듯 산을 타고 있다. 그즈
음 가실은 자주 남산의 흰 바위를 바라보았다. 이상하게도 어
느 순간부터 그 바위가 자신을 바라보는 것처럼 느껴졌기 때
문이었다. 허허로운 마음으로 남산을 건너다볼 때마다 흰 바
위도 가실 안의 무언가를 조용히 들여다보는 느낌이 들었다.
눈만 마주쳤던 것이 아니라 자신 안의 어떤 것을 들켜버린 기
분이었다. 그것은 생명으로 존재하는 서로가 마주 보는 어떤
순간과 비슷했는데, 그게 무엇인지는 가실 자신도 알지 못했
다. 그것은 설화도 모르고 자신조차도 알지 못하며, 전쟁도
사랑도 끼니를 이어야만 살아지는 삶도 넘어서는 어떤 지대
(地帶) 같은 건 아닐까 짐작할 따름이었다. 그곳은 전쟁터에

서 곪아 터진 마음의 상처도 절뚝거리는 걸음걸이도 넘어서
는 곳이고, 쉽게 건들거리는 마음과 불안이나 슬픔, 분노 같
은 감정을 뛰어넘는 곳이며, 고요한 정적이 깃든 곳이며, 어
떤 무엇이 있는가 싶으면서도 또 없는 그런 자리로 여겨졌다.
자신도 알아차리지 못한 그곳을 흰 바위는 이미 알고 있다는
느낌이 들었다. 그 지점을 느낄 때마다 가실은 있고 없는 그
자리가 차츰 부피를 내고 공간이 부여되는 기분이 들었다. 그
흰 바위 앞으로 가실이 가고 있었다.

흰 바위는 수천 년 동안 풍찬노숙을 견디며 절벽 위에서 거
리와 사람들을 굽어보았다. 서라벌에 불교가 들어오기 전, 먼
아득한 옛날부터 흰 바위는 그 자리에 있었다. 하지의 태양이
기세를 떨치며 정수리를 달굴 때도 북풍한설에 얼어붙을 때
도 벼락이 내리칠 때도 흰 바위는 꿈쩍도 하지 않았다. 사람
들은 가끔 고개를 들어 흰 바위를 무심코 바라보았고, 흰 바
위는 그들과 그들의 선조들이 나고 죽으며 겪는 희로애락을
굽어보며 그 자리를 지켰다. 왕실과 귀족들의 비호 아래 신라
의 남산에도 부처며 보살상이 수없이 들어섰다. 사람들은 바
위만 보면 경쟁하듯 모두 정으로 쪼거나 갈아서 부처나 보살
의 형상을 만들어 세웠다. 남산에는 그들이 믿음의 증거로,
소망의 상징으로 세운 불상들이 넘쳐났다. 흰 바위는 벼랑에
서 있는 까닭에 사람의 손길을 피할 수 있었다. 사람들은 그
흰 바위를 가리켜 천년바위라 불렀다. 그 천년바위를 향해 가

실이 걸음을 옮기고 있었다.

비파골 절벽, 천년바위 앞에 가실이 매달려 있다. 어떻게
그곳까지 갔는지, 언제부터 그렇게 매달려 있는지, 무슨 수로
밧줄을 그곳에 걸었는지, 왜 매달린 자세로 있는지 아무도 알
지 못했다. 모두 제 앞가림하기에 바쁘게 사는지라 인적이 드
문 산자락 절벽의 바위를 유심히 보는 사람도 드물었다. 흰
바위만이 그 존재를 알고 가만히 가실을 받아들였다. 그곳은
깎아지른 절벽이라 사람이 서 있을 만한 공간도 확보되지 않
았다. 밧줄에 매달린 채로 가실은 문득 생각에 빠졌다.
  '그날 점박이 놈이 무척 짖어댔었지. 그놈이 짖지 않았더
라면, 달라졌을까?'
  그날은 가실이 돌아온 지 석 달 열흘이 되는 날이었다. 밖
에는 눈이 내렸고 가실은 등잔 그을음을 짚으로 닦고 설화는
바느질하는 중이었다. 소리도 없이 내리는 눈을 바라보다가
가실은 문득 설화가 애처로워 보여서 슬그머니 손을 잡았다.
  "설화, 고생시켜서 미안하오. 사실······"
  하고 싶은 말이 밀려 나오는데 차마 말로 꾸려낼 수가 없
었다.
  "그런 말씀 마시어요. 살아 돌아오신 것만으로도 저는 고
마워요."
  곱게 웃는 설화를 보자 가실은 먹먹했다.

"전쟁터에서 돌아오면 모든 게 끝나고 좋은 날이 시작될 줄 알았어. 왜 그런지 나도 정말 모르겠는데 그냥 모든 게 두렵고 자신이 없어. 아직도 눈을 감으면 화랑 친구들이 피투성이가 되어 죽어가던 때가 생각나. 내 도끼날에 닿던 사람들의 몸, 그 느낌이 자꾸……"

설화는 바느질감을 뒤로 밀어놓고 다가앉았다.

"육 년이라는 시간 동안 당신이 얼마나 초조하고 불안했을지, 쫓기듯 살았을지 저도 조금은 짐작할 수 있어요. 그렇다고 해도 그곳에서 무슨 일을 겪었는지 얼마나 마음이 허물어지고 다쳤을지 제가 어찌 다 알겠습니까? 순식간에 사람 목숨이 파리 목숨이 되는 전쟁터가 아닙니까? 당신에게는 시간이 좀 더 필요할 것으로 보여요. 시간을 너그럽게 쓰면서 이제는 안전하다는 걸 몸이 느끼게 되면 좋아질 겁니다."

"정말 그럴까?"

설화가 말없이 고개를 끄덕였다.

"눈이 참 조용히도 오는군."

"그러네요. 정말 조용히 오네요."

이부자리를 펴면서 설화가 대꾸했다. 가실은 일어나서 나가려고 했다. 그동안 가실은 답답증으로 고생하고 있었다. 육 년 동안 한뎃잠을 자던 습관 탓인지도 몰랐다. 가실이 돌아오고 한 달쯤 되었을 때 설 길사가 죽었다. 한동안 설화는 아버지의 방에서 기거했다. 돌아가신 아버지를 기리는 시간이 필요한 것 같아서 가실도 각방을 썼다. 이제 그만 방을 합쳐도 될 것 같은데 가실은 그러지 못했다. 방에 들어가면 갑갑하여 목이 조이는 것처럼 숨이 막혔다. 가실은 마구간에 가서 잠을 자는 둥 마는 둥 하며 밤을 지새우는 날이 더 많았다.

"서방님, 부탁입니다. 오늘은 가지 마시어요."

설화의 말에 방을 나서려던 가실이 얼어붙은 듯 가만히 서 있었다.

"눈도 오고 하니 함께 따뜻한 이부자리 속에서 밤새 눈이나 보면 어떻겠어요?"

"눈을 보며 밤을 새우자고요?"

"그러면 어때요? 조용히 눈을 보면 좋지 않겠어요?"

설화가 먼저 위해를 벗고 버선의 끈을 풀며* 이부자리 속으로 들어갔다.

"이렇게 엎드려서 밖에 내리는 눈을 보면 마음이 편안해질 것 같아요."

"그러다 잠이 오면 어쩌고?"

가실이 엉뚱한 소리를 했다.

"잠이 안 오면 눈을 보고 잠이 오면 눈을 감고서 세이레 강아지들처럼 서로 기대어 잠을 자면 그만이지요."

가실도 버선의 끈을 풀었다.

* 신라시대 버선에는 끈이 있었다.

"이리 들어오시어요."

설화가 이불을 들쳐주자 가실이 머뭇거리면서 옆에 엎드렸다.

"눈도 참 눈처럼 오네."

"어머, 눈이 눈처럼 오지 솥단지를 두드리며 되바라진 소리라도 낼까요?"

설화의 웃음에는 어쩐지 물기가 묻어 있었다.

"내가 지어준 별명을 아직도 기억하오?"

설화의 목덜미에 손가락을 대는 시늉을 하며 가실도 물기 젖은 소리로 말했다.

"기억하고말고요. 눈 설에 옷 의, 붉을 자, 설의자였지요."

가실은 여전히 창백한 피부에 입술이 붉은 설화를 바라보았다.

"서방님은 제가 아직도 설의자처럼 보이시는지요? 어림도 없어요. 그동안 나이도 들어 얼굴도 많이 망가졌고 험한 일을 많이 하여 손도 이렇게 거칠어졌으니, 아무래도 이제는 설의자로 보이지 않으시죠?"

설화가 가실을 바라보며 걱정스러운 표정을 지었다. 가실은 그런 설화가 가엽고 사랑스러운데 어쩐지 입이 자꾸 말랐다. 더구나 엎드려 있어서 여윈 어깨가 조금 위해 밖으로 빠져나왔는데, 가실은 어찌할 바를 몰랐다. 달뜬 마음과 달리 몸은 허리춤이라도 잡힌 듯 나아가지 않았다. 몇 달째 뭔가 자신의 몸을 붙들고 놓아주지 않는 기분이었는데, 그것이 무엇인지 알 수가 없어서 더 괴로웠다.

"서방님, 밖에 눈이 꽤 쌓였네요. 저렇게 쌓여 있어도 며칠 내로 처마에 낙숫물이 똑똑 떨어질 거예요. 저는 서방님 마음에 쌓인 눈이 녹고 낙숫물이 흐르고 봄바람이 불어 매화꽃이 흩날릴 때까지 기다릴 수 있어요. 먹고사는 일에 부담일랑 갖지 마시어요. 서방님이 계시지 않을 때에도 저는 홀로 살림을 꾸려나갔어요. 낙엽을 긁고 나무를 해서 불을 피울 수도 있고, 장작을 패는 일쯤은 혼자서도 너끈히 합니다. 보리가 필요하면 아버지가 만들어놓은 니람을 좀 내다 팔면 되고요. 또 제가 혼인식에 만들었던 서방님의 옷을 본 사람들이 그런 옷을 지어달라고 부탁하고 있어요. 아마 화랑들의 옷과 비슷해서 사람들이 좋아하는 것 같아요. 전쟁이 계속되고 있지만 어디에선가는 혼인을 하고 사랑을 하고 아이를 낳아요. 제가 만든 혼례복이 자꾸 주문이 들어오니 사는 걱정은 덜 수 있어요. 그러니 악공을 그만둔 제가 뭘 해서 먹고살까 하는 걱정일랑 내려놓으시어요. 그냥 지금은 눈이 오시는 모양이나 지켜보아요."

답답한 마음에 가실은 설화의 어깨에 기대어 조금 울었다. 그러다가 설화의 어깨와 새초롬한 팔이 어찌나 사랑스러운지 가만가만 쓰다듬었다. 설화는 점박이처럼 조용히 엎드려서 자신의 손길을 그대로 받아주었다. 가실은 그런 설화가 너무

나 어여뻐서 가만히 안아보았다. 정수리에서부터 뜨거운 것
이 흘러내리는 기분이었다. 오늘이라면, 이렇게 눈이 오니까,
설화를 잘 안아줘야겠다는 생각을 할 때였다. 갑자기 점박이
가 맹렬하게 짖어대더니 누군가 사립문을 흔들며 가실의 이
름을 불렀다.

문을 열자 한 사내가 가실의 품으로 무너지며 쓰러졌다.
"에구머니나! 뉘신지 꽁꽁 어셨네요."
설화는 저고리를 다시 입느라 허둥거렸고 가실은 자신이
엎드렸던 자리를 사내에게 내어주었다.
그는 고구려와의 전쟁이 있을 때 북한산군에서 만났던 원
술랑이었다. 그는 화랑으로 가실이 소속된 부대의 소감이었
다. 가실이 화살을 맞고 넘어지고 다리까지 부러졌을 때 적지
에 남겨두지 않고 산성까지 데려다준 은인이었다. 며칠째 굶
었고 젖은 눈을 맞은 탓에 원술랑은 심하게 떨다가 의식을 잃
었다. 설화는 뜨거운 물수건을 준비했고 가실은 원술랑의 몸
을 문질렀다. 정신이 들자 원술랑은 우명산성으로 배치되었
던 일을 털어놓았다. 고구려군의 공격을 받아 말도 잃고 부상
당한 채로 부대와 떨어져서 정처 없이 헤매다가, 집으로 돌아
가는 길이라고 했다.
"고구려 놈들이 신라 사람들을 팔천 명이나 잡아갔다네. 성
을 지켜냈는지 어떻게 되었는지도 잘 모르겠어. 이렇게 어깨

를 다쳤으니 집으로 돌아가서 후일을 기약하자는 생각이었는데, 도중에 눈이 너무 많이 와서 이리되고 말았네."

"소감 나리, 고생이 많으셨습니다. 오늘 밤은 눈을 좀 붙이세요. 눈이 그치고 날이 밝은 후에 출발하셔도 늦지 않을 겁니다."

가실은 다음 날 끼니로 준비했던 피죽과 한 벌뿐인 겉옷을 내어주었고, 설화가 있는 방으로 원술랑을 들여보냈다. 가실은 춥고 대접할 것이 없으니 아내라도 양보하는 것이 은인에 대한 예의라고 믿었다.* 옆방이라지만 고스란히 소리가 들렸다. 가실은 그 방에서 들리는 소리를 듣고 있을 자신이 없어서 마구간으로 가서 밤을 보냈다. 그날 밤 눈은 오래도록 펑펑 내렸다. 가실의 마음에도 눈이 내려 차곡차곡 쌓였다. 가실은 그날 밤 설화를 안을 수도 있었던 상황을 몇 번이나 떠올리면서 빨갛게 지새웠다. 눈치도 없이 말은 자꾸 콧바람을 불며 장난을 걸었고 눈은 계속 내려 먹먹하게 쌓이는데, 가실은 말도 눈도 원술랑도 설화도 자신의 운명도 모두 원망스러웠다. 가실은 마음에 높이 쌓여버린, 녹지 않는 눈 사이를 아무렇게나 걸으면서, 부처님이든 하늘이든 구름이든 모두 부숴버리겠다고 종주먹을 날리며 으르렁거렸다.

다음 날 원술랑이 묘한 얼굴로 가실을 쳐다보더니, 고맙다

---

* 당시 신라에서는 대처제(貸妻制)라 하여 손님에게 아내를 빌려주는 풍습이 있었다.

는 말을 남기고 길을 나섰다. 가실은 건성으로 인사하고 방문을 나서는 설화를 다시 안으로 밀쳤다. 가실은 급하게 설화를 덮쳤다.

"서방님, 무슨 일이십니까? 어찌하여 이러십니까?"

놀란 설화가 가실을 밀어내면서 온몸으로 버텼다. 설화의 위해에서 고름이 떨어졌는데도 가실은 계속 직진이었다. 일을 치른 후에 가실은 찢어진 고름을 꿰매는 설화를 볼 수가 없었다. 그때부터 설화는 가실과 눈을 마주치지 않으려고 했다. 가실은 자신의 분노를 이해하지 못하는 설화가 미웠고, 신혼의 달콤함을 찢어버린 자신이 싫었으며, 하필이면 그 시간에 원술랑이 찾아온 운명에게 화를 냈고, 노여움을 멈출 수 없는 자신을 혐오했다. 몇 달이 지나자 설화의 배는 눈에 띄게 불러왔다. 가실은 이 모든 일을 보고 있기가 민망했고, 설화의 마음을 달랠 길이 없어서 안타까웠다. 부서진 마음을 설명하거나 설화의 망가진 감정을 위로할 자신도 없어서 가실은 남산을 오르는 방법을 택한 것이었다.

"그래, 모든 건 점박이 때문이었어. 그놈이 짖지만 않았다면, 모든 게 바른 순서대로 되었을 거야. 점박이 놈 때문에……"

가실은 계곡을 타고 오르는 매서운 바람 채찍을 온몸으로 맞으면서 으르렁거렸다.

그때 천년바위 근처에 있는 소(沼) 주변을 걸어가는 사람들이 있었다. 젊은 청년과 나이가 든 스님이었다.

"스님, 여러 날 따뜻하더니 소에 물이 많이 고였습니다."

젊은 사람이 말했다.

"저렇게 고운 비췻빛이지만 눈 녹은 물이니 얼마나 차갑겠느냐? 산짐승들이 자칫 물에 빠지기라도 한다면 목숨이 위험하겠지. 물이 흐르는 방향이 있다면 물살을 타고 빠져나오기 수월하지만, 소의 물은 맴돌기 때문에 빠지면 자칫 깊은 곳으로 처박히게 되거든. 게다가 눈 녹은 물이니."

"스님도 조심하십시오. 주변이 매우 미끄럽습니다."

젊은 사람이 스님을 부축하려고 몸을 돌리다가 절벽에 사람이 매달려 있는 것을 발견했다.

"스님! 저기 좀 보십시오. 누가 절벽에 매달려 있습니다."

"저런, 저런…… 젊은이가 무슨 마음으로 저렇게 매달렸단 말이냐. 필시 자진하려 하는 게 틀림없구나."

스님이 가실을 향하여 호통을 쳤다.

"이봐, 거기서 뭐 하는 게야! 어서 내려오지 못하느냐!"

스님의 호통 소리는 계곡과 봉우리들 사이에서 부딪쳐 울렸고, 되울려 튀어나온 소리는 다시 다른 봉우리에 부딪혀서 잘린 메아리가 된 탓에 무슨 소리인지 알아듣기 힘들었다. 가실이 앞과 뒤가 잘린 메아리로 짚어보니 왜 천년바위를 범하고 있냐며 나무라는 소리로 들렸고, 스님이 듣기에는 살아보려고 했다며 얼버무리는 소리로 들렸다. 스님이 지팡이를 들어 가실을 향하여 또 소리를 쳤다. 밧줄에 매달렸던 가실이 주섬주섬 절벽 위로 올라와서 스님 앞에 엎드려 절을 했다.

"죽을 결심을 했다면 살 결심은 왜 못해!"

"스님, 무슨 말씀이신지요…… 저는 일을 하고 있었습니다."

"무슨 일을? 죽으려고 밧줄을 매지 않았더냐?"

노기를 품은 메아리가 이곳저곳에서 쩡쩡 울렸다.

"스님, 저 천년바위에 부처님이 들어 계십니다. 그걸 꺼내 드려야 해서."

"무어라? 바위에 부처님이?"

젊은이를 살려야겠다는 생각에 소리를 지르며 애를 쓴 탓에 스님은 다리에 힘이 풀려 그 자리에 주저앉았다.

"그렇습니다. 저는 어렸을 때부터 아버지로부터 성벽을 짓기 위해 바위를 다루는 방법을 배워왔습니다. 그래서 바위를 볼 때면 성벽의 어떤 자리를 차지하면 적합하다는 생각을 할 뿐입니다. 이 바위는 성문의 지주가 되어야 하고, 저 바위는 해자에 쓸 수 있다거나, 치를 만들 때 쓰면 훌륭하다는 생각을 할 뿐입니다. 어렸을 때는 작은 돌에 뭔가를 새겨 넣으며 즐거워했는데, 어느 날부터는 부처님을 새겨서 성벽의 맨 아래에 넣곤 하였습니다. 그렇게 하면 성벽의 기반에 부처님이 계실 테니, 부처님의 원력이 성이 무너지지 않도록 돌봐주신다 믿었기 때문이었습니다. 이상스러운 일은 군대에서 돌아와서 집 마루에서 저 바위를 바라보는데, 그 안에 계신 부처님이 손짓하는 기분이 들곤 했습니다. 밖으로 나오려는 그 몸짓이 저를 이끌어서……"

"그러고 보니 너는 설화의 바깥사람이구나? 내 말이 맞느냐?"

"예. 제가 가실입니다. 대사님, 처음 뵙습니다. 부끄럽게도 아직 바깥사람 몫을 하지 못합니다."

스님은 원광이었고 함께 걷던 젊은이는 가리였다. 몸속으로 파고드는 늦겨울 추위에 원광법사가 팔짱을 끼고 가실을 바라보았다.

"그랬구나. 아직도 내 생각은 짧고 아집이 가득하구나! 멋대로 판단했으니. 그러니까 자넨 바위 안에 들어 있는 부처님을 알아보았고 그분을 꺼내드려야 한다고 생각했던 게로군!"

"그렇습니다. 외람되게도 그것이 제가 할 일이라 믿었습니다. 스님께 걱정을 끼쳐드렸습니다."

"아니네. 내 생각이 짧았어. 도와줄 일이라도 있는가? 부처님을 꺼내드리는 일이라면 도와야지. 대왕께 간청하면 군사들을 보내거나 식량을 대줄 수도 있는데."

가실은 눈을 둥그렇게 뜨며 손사래를 쳤다.

"그럴 일이 아닙니다. 이것은 오로지 저만의 일이고, 제가 감당해야 할 몫입니다. 바위를 깨고 성을 쌓는 것밖에 모르던 제가 언제 또 부처님을 꺼내드리는 일을 해볼 수 있겠습니까?"

"그렇다면 나는 자네의 안전을 부처님께 청하는 공양을 올리겠네. 또 추위에 손을 보호해야 할 테니, 쇠가죽으로 만든 손싸개를 보내주겠네. 그것만은 거절하지 말게나. 차가운 돌에서 부처님이 나투시려는* 중인데 내 어찌 모른 체하겠는가?"

원광이 가리를 돌아보며 말했다.

"가리야, 지난번에 화랑들이 겨울에 말을 탈 때 쓰라고 만들었던 쇠가죽 손싸개를 하나 더 만들 수 있겠느냐? 전쟁에서만 쓰일 줄 알았던 그것이 부처님이 나투시는 데 쓰일 줄은 몰랐구나."

"예, 스님. 좋은 일에 쓰이게 된다는데 제가 곧 만들어드리겠습니다. 밧줄을 잡는 데 불편하지 않도록 가죽을 더 얇게 펴서 부드럽게 만들면 사용하기에 좋을 것 같습니다. 또 절벽에 거는 밧줄도 젊고 실한 놈으로 구해서 가져다드리지요."

가실은 원광에게 감사의 절을 올린 후 다시 절벽 위로 밧줄을 걸었고, 가리와 원광은 황룡사를 향하여 길을 재촉했다. 아무 말 없이 걷던 원광이 남천 부근에 이르렀을 때 가리에게 말했다.

"가리야, 이 나이에도 부처님은 항상 배움을 주시는구나. 그동안 나는 대왕의 청에 따라 수많은 화랑을 전쟁터로 보내기 위한 교육을 했다. 가르침 자체가 나쁘다고 할 수는 없으

---

* 나투다 : 깨달음이나 믿음을 주기 위해 사람들에게 나타나다.

나 그 목적이 전쟁터로 보내기 위한 교육이었으니 옳은 지도였다 할 수 있었나 싶구나. 많은 화랑이 젊은 목숨을 잃었다. 나라를 위하여, 대왕을 위하여, 혹은 자신이 믿는 신의를 위하여 꽃 같은 젊음이 죽어나갔어. 나는 그들에게 임전무퇴와 살생유택의 가르침을 내린 사람이다. 신라의 존망을 위협하는 적들을 대함에 있어 내가 살고 가족이 살며 신라가 살아남기 위해서는 국경을 넘으려는 적을 살생하지 않을 수 없고, 피를 보는 전쟁을 피할 수도 없기 때문이었지. 나는 그들에게 명예는 충(忠)에서 나온다고 가르쳤어. 이 신라를 지켜내기 위해서는 왕께 충성하면서 결속된 힘이 필요했기 때문이었다. 수많은 전쟁터에서 꽃 같은 피를 뿌린 지금, 다시 화랑들에게 가르침을 내려야 한다면, 설사 대왕의 명이라 해도 그때와 같이 임전무퇴와 살생유택을 말할 수 있을 것인가 하는 의문이 드는구나. 그때처럼 왕을 위해 충성하고 나라를 위해 희생하면 다음 생에는 그 복을 받게 된다는 말을 자신 있게 할 수 있을까 싶구나. 부처님 경전 어디에도 그런 지복에 대한 말은 없는 걸 알면서도 나는 화랑들에게 그렇게 가르쳤어. 그저 충을 시대와 현실에 맞게 풀어서 가르치기만 했어야 했는데, 내가 경전의 선을 넘었어. 부처님이 가르치신 법을 어겼어. 나라를 위해 살생하고 희생하면 다음 생에 그 복을 받는다고 가르치다니…… 누군가는 해야 하는 일이었지만 그것이 내 몫이 되어 족쇄가 될 줄은 몰랐구나…… 그 죄업을 어찌

할꼬! 저 가실이라는 사람을 보아라. 바위를 잘라내어 적들을 방어하는 성을 쌓으며 살았는데, 이제는 바위에서 부처님이 계심을 알아본다는구나. 그는 이 추위에 부처님이 나투시는 순간을 위해 저 절벽에 매달렸구나. 과연 누가 부처님의 경전을 잘 실천하였다 하겠느냐? 가리야, 평생 불법을 공부하고 지켰다지만 나는 참으로 어리석고 내 죄는 참으로 크구나!"

원광의 깊은 한숨 소리에 가리는 차마 대답을 하지 못했다.

"가리야, 네가 율리에 좀 다녀와야겠다."

먼 길을 걸어온 탓에 걸음이 헛놓이는 원광을 부축하면서 가리가 말했다.

"네, 스님. 제가 다녀오겠습니다. 일전에 스님과 함께 갔던 그 집이지요?"

"그래. 이런 겨울에 저렇게 홀로 절벽에 매달려 있다가는 무슨 사달이 날지도 모르겠어. 몰랐다면 몰라도 내가 봤는데 그냥 모른 체할 수는 없지. 식량도 좀 보내줘야겠다. 다람쥐도 버티기 힘들어 숨어 있는 이 추위에 산에서 무얼 먹고 버티겠느냐?"

*

가실은 절벽에 고스란히 여섯 달을 매달려 있었다. 가실의 첫 마음과는 달리 천년바위는 차가운 돌덩이였다. 틀림없이 부처님이 계신다고 믿었는데, 막상 바위 앞에 서자 가실은 자신의 뜻이 헛되고 허망한 꿈이었음을 알았다. 성벽에 쌓을 바위를 다듬던 자신이 부처님을 조각하겠다는 희망을 가진 것부터가 잘못이었다. 사실 처음부터 천년바위에는 사람의 손길이 필요하지 않았는지도 몰랐다. 번개가 스쳐 떨어져 나간 부분은 웃는 눈처럼 보였고, 비바람에 씻기고 깎이며 둥그스름해진 부분은 부드러운 턱선이 되었으며, 바위 윗부분은 떨어진 조각이 기울어진 채로 남아 관모를 쓴 듯 보였기 때문이었다. 멀리서 보면 사람처럼 보일 수도 있고 부처님처럼 보일 수도 있었다. 가실은 아무래도 자신이 착각했거나 마음 붙일 곳을 찾다가 허황된 망상을 지어낸 것이라고 여겼다. 그 모든 의심과 의문을 넘기고 작업을 한다 해도 바위의 어떤 곳에서부터 손을 대야 할지 도대체 알 수가 없었다.

밧줄에 매달려 바람을 맞은 탓에 가실은 입술이 터지고 얼굴도 햇볕에 심하게 그을렸다. 원광이 보내준 가죽 손싸개에도 불구하고 밧줄에 내내 매달려 있던 가실의 손은 물집이 잡혀 쓰리고 아렸다. 가실은 자신이 설화에게 한 짓을 떠올리면 절벽에 매달려 고통을 당하는 편이 옳다는 생각으로 버텼다. 늪에 빠진 자신을 꺼내주었던 백제 군사에게 왜 도끼를 휘둘렀는지, 아무리 생각해봐도 용서받을 수 없는 일이라 여겨졌다. 전쟁에 비껴 늪의 나무 아래 숨어 있었다는 사실을 소감에게 들킬까 봐 그랬는지도 몰랐다. 적을 죽이는 공을 세우면 인정받을 수 있기 때문이라고 믿었는지도 모른다.

'도대체 그런 마음은 어디서 왔던 것일까? 공포와 공명심은 간발의 차이로 나를 당기고 가두었다.'

가실은 자신이 절벽에 매달려 있는 이유가 바위에 갇혀 있는 부처님 때문이 아니라, 스스로 가둔 자신을 꺼내고 싶어서였던 것은 아닐까 의심하기도 했다.

'소중한 것을 부숴버리려는 마음은 어디에서 시작된 것일까? 사람은 왜 그런 마음을 지어서 자신을 놓치고 사랑을 놓치게 될까? 스스로 자신을 짓밟고 전쟁터에서조차 지키려고 애썼던 나다움을 잃어버리다니.'

가실의 후회는 무겁고 쓰렸다.

'나다움이라니. 그런 게 있기나 했던가?'

가실은 처음 밧줄을 걸 때보다 더욱 고통스러운 몸과 마음이 되었다. 파리하고 수척해진 가실은 자꾸 헛놓이는 걸음을 추스르며 집으로 돌아갔다.

집에 들어서던 가실은 설화의 비명 소리를 먼저 들었다. 설화가 혼자 몸을 푸는 중이었다. 아침부터 시작된 산통이 다음 날 새벽까지 이어졌다. 가실은 두려움에 사로잡혀 이성을 잃을 지경이었다.

'아이를 낳다가 설화가 죽기라도 한다면 어떻게 하나! 내 마음을 제대로 전해보지도 못했고, 서방 노릇도 제대로 해본 적이 없는데. 나를 부수고 설화를 부수는 어이없는 잘못을 저지르고 변명도 없이 남산으로 도망쳤는데, 어찌하면 좋단 말인가!'

가실은 부처님과 천지신명과 각종 보살님의 명호를 부르며 설화를 살려달라고 빌다가, 태어날 때 설화를 받아줬다던 감나무집 할머니에게 달려갔다. 자다가 새벽에 끌려나와 속곳 차림인 할머니는 가실에게 가마솥에 물을 끓이고 가위를 그 안에 넣으라고 지시했다. 한 시진이 채 지나기도 전에 할머니가 방에서 나오면서 목 쉰 소리를 냈다.

"거, 아들이오."

가실은 아무런 말도 못하고 굳은 채 서 있었다.

"큰일 날 뻔했소. 조금만 늦었어도 둘 다 세상 하직할 뻔했다고! 저렇게 장작개비처럼 마른 몸으로 어떻게 혼자 애를 낳으려고 했는지, 고집도 참!"

방으로 들어가자 더 창백해진 설화가 땀에 흠뻑 젖은 채 아기를 안고 있는데, 그 모습이 어룽져 보였다. 가실은 이런저런 복잡한 것들이 끼어들어 들썩거리는 마음으로 울먹거렸다.

"고생했소. 나는 따끈한 미역국을 끓여야 해서……"

미역국을 핑계로 눈물을 감추며 일어서려는데 설화의 말이 허리춤을 붙잡았다.

"당신의 아들이에요."

가실의 눈이 혼란스럽게 방 이쪽저쪽과 설화의 얼굴을 더

344

들었다.

"원술랑은 좋은 사람이더군요. 제 처지를 이해해주셨어요. 오히려 당신이 얼마나 힘들었을까 걱정했어요. 그날 저는 윗목에서 고스란히 밤을 새웠어요."

설화의 말에 가실은 제방이 무너진 것처럼 그 자리에 허물어졌다. 차곡차곡 쌓아놓았던 눈덩이들이 와르르 녹아 멋대로 흘러내리며 무너졌다. 가실은 미안함에 울음소리조차 낼 수 없어 가만히 눈물만 흘렸다.

"미안하오. 내 생명을 구해준 은인이라 어쩔 수 없어서……"

가실은 그날 밤에 해야 했던 변명을 이제야 겨우 털어놓았다.

"당신은 가끔 참으로 못나셨습니다. 그 오랜 세월을 당신만을 기다렸던 제가 다른 남정네의 품에 안겼으리라고 믿으셨습니까? 아버지의 뜻도 거역하고 당신만을 애처로이 고대했던 제가, 당신의 뜻이라고 해서 다른 남정네 곁에서 딴맘을 먹었으리라 그리 여기셨습니까?"

설화가 조용히 아기를 건네주었다. 어린놈이 벌써 세상을 보겠다며 까만 눈을 동그랗게 뜨고 있었다.

"참으로 미안하오. 예나 지금이나 미안하기만 하니 어쩌면 좋을까!"

"서방님 그런 말씀 마시어요. 저로 인해 전쟁터에서 고생하신 당신에 비하면 외로움쯤이야 견딜 수 있어요. 다만 저를 믿지 않고 의심부터 하셨으니 제가 화났을 뿐입니다. 집에 오시

면 이야기를 하려고 했는데, 이제야 집에 오시다니 정말 너무
하십니다. 인편에 자주 먹을 것을 보내드리긴 했지만, 척박한
곳에서 끼니나 제대로 챙겨 드셨는지요? 서방님, 부쩍 수척
한 게 다시 전쟁터에 다녀오신 몰골입니다."

가실은 설화의 손을 잡았지만 뭔가 목울대로 북받쳐 올라
말을 잇지 못했다.

"내 몰골도 흉하지요? 이제 설의자라는 별명은 어림도 없
어요."

설화가 흘러내린 머리를 귀 뒤로 넘기며 애써 웃었다. 열이
있는지 설화의 입술은 한껏 붉었다. 가실은 문득 천년바위의
붉은 지점을 떠올렸다. 처음부터 가실은 붉은색이 도는 천년
바위의 손바닥만 한 그곳이 마음에 쓰였다. 돌 색깔이 자연적
으로 붉은 것이 그 자리에 위치했을 뿐인데, 왜 그것이 그토
록 신경 쓰였는지 이제는 알 수 있었다.

"설화, 그대가 부처님을 꺼내는구려."

"부처님이라니 무슨 말씀이세요?"

"남산의 천년바위에 부처님이 계시는데……"

가실이 설화에게 그간의 사정을 설명하는데 갑자기 아기가
울었다.

"아기가 부처님에 대해 자세히 듣고 싶다고 우나 봅니다."

설화가 비스듬히 앉아 젖을 물렸다.

"아기가 잘 울면 노래를 잘한다고 해요. 그러니, 아가?"

설화의 해쓱한 얼굴이 그 어느 때보다도 촉촉하고 평화로운 표정을 지었다.

"엄마를 닮았으면 노래만이 아니라 공후며 비파도 잘 탈지도 모르지요."

가실이 환하게 웃으며 대꾸했다.

"사내이니 서방님을 닮아 돌을 잘 다룰지도 모르지요. 서방님께 부탁이 있습니다. 앞으로는 천년바위에 가셔도 매일 집에 들르시어요. 아무렇게나 먹고 아무 곳에서나 쓰러져 자는 일은 전쟁터에서 충분히 하셨어요. 잠은 집에서 주무시고 새벽밥을 지어드릴 테니 드시고 가시도록 하세요. 길이 멀어도 그편이 일하시는 데 훨씬 수월할 겁니다. 공후를 잘 타려면 어찌해야 하는지 아십니까? 공후 연습을 하지 않아야 합니다. 공후를 잡으면 몰두하여 연습하여도, 하지 않는 시간은 오로지 하지 않음으로 비워두어야 합니다. 공(空)은 비어 있다 하여 공이라 하지 않는다는 말이 있습니다. 제 경우에는 하지 않는 그 시간이 있어야 공후 연주가 늘곤 하더이다. 이상한 말이지만 공후 연주를 하는 사람이라면 연주를 하지 않는 시간에도 공후는 연주되고 있다고 믿습니다. 그러니 천년바위에 부처님이 계시다면 부처님을 새기려고 애쓰지 않는 그 시간에 부처님이 슬그머니 그 자리에 오셔서 현현하실 수도 있지 않을까 합니다. 절벽에 내내 매달려 있기보다 오고 가는 시간 동안 바위 안에서 나오시려는 부처님에 대해서 잘 생각해보면 좋으실 겁니다. 제가 바위에 대해서 무얼 안다고 이런 소리를 하는지 모르겠습니다. 서방님께서 걸러서 들으셔요."

설화가 아기를 낳은 지 달포가 지나자 가실은 다시 남산으로 향했다. 가실이 천년바위에 처음 정을 댄 곳은 붉은 얼룩이 있는 지점이었다. 처음부터 가실은 하필이면 바위 중앙에 있는 붉은색이 신경 쓰였다. 그곳에 무언가 평화로운 것, 다정한 것, 사랑스러운 것이 있다고 느껴지는데, 그게 무엇인지 도대체 알 수가 없었다. 여섯 달 동안 허공에 매달려 그 지점을 바라보았지만 가실은 의문을 해결하지 못했다. 이제 가실은 바위의 붉은 얼룩에 가장 작고 얇은 정을 얹어 조금씩 내리칠 수 있었다. 하루가 지나자 붉은 얼룩은 사랑스럽고 평화로운, 뭔가 다정한 말을 꺼내려는 표정의 열릴 듯 말 듯 조용한 입술로 표현되었다. 그것은 언제나 고요한 미소를 품은 설화의 붉은 입술과 닮아 있었다. 입술이 드러나자 점차로 반달 같은 이마며 단정하면서도 정겨운 느낌의 코, 화관을 쓴 두상, 정병을 든 갸름한 팔뚝, 있는지 없는지도 모를 만큼 얇은 옷자락과, 옷 속에 보일 듯 말 듯 숨 쉬는 따사로운 젖무덤과, 섬세하게 펄럭거리는 옷의 주름들이 드러났고, 마지막으로 선정에 든 고요한 눈이 새겨졌다. 몇 달이 더 지나자 천년바위에는 평화롭고 아름다운 관세음보살상이 섬세한 표정으로 나투게 되었다.

배를
띄워
놀다

황룡사로 사람들이 모여들고 금당 문도 활짝 열렸다. 천 개의 불상과 천 개의 보살상, 천 개의 나한상이 모셔진 금당 안에 천 개의 등불이 환히 밝혀졌다. 며칠째 황룡사에서는 팔관회 준비로 분주했다. 전쟁에서 죽은 병사들의 영혼을 달래주는 위령제인데, 이번에는 가뭄 해소를 위한 백고좌법회도 함께 치르게 되었다. 수나라 사신 왕세의도 사십팔 명의 고승과 함께 신라에 당도했다. 그들의 행차는 수많은 예인과 악사들과 수행원들로 긴 행렬을 이루었다. 전국 각지에서도 고승과 대덕들이 황룡사로 속속 도착했다. 원광법사가 인왕반야바라밀다심경을 강설하기로 했다. 고구려와 백제에서도 고승들과 악사들을 보내와서, 어느 때보다도 그 규모가 큰 행사로 치러지게 되었다.

팔관회 식전 행사로 선랑들의 행진이 중앙로에서부터 시작되었다. 꽃을 꽂은 네 명의 선랑들은 각자 배 모양의 수레를 타고 행진했다. 불을 뿜는 용의 머리가 붙은 수레는 붉었고, 날아가는 봉황이 붙은 수레는 청색이었다. 말의 머리로 장식한 황색 수레의 뒤를 코끼리의 형상으로 치장한 흰 수레가 뒤따랐다. 흰 수레에는 공작 깃털로 만든 공작선을 든 선랑이 타고 있었다. 수레 뒤로는 북을 든 악사들과 요고*를 어깨에 멘 악사들이 따랐다. 향비파를 연주하는 악사들과 생황을 든 악사들은 대금 연주자와 함께 박자를 맞추면서 행렬과 함께 움직였다. 박을 든 연주자는 음악의 시작과 끝만 연주하는지라 조용히 뒤를 따랐다.

동시에서도 가무와 재주놀이가 펼쳐졌다. 공을 던지며 노는 포구악을 즐기는 사람들 사이에서 연신 탄성이 터져 나왔다. 진 사람들의 얼굴에 붓으로 먹칠을 할 때마다 상대편 사람들이 크게 놀리며 웃었다. 장대 위를 서서 걷는 재주꾼들과 둥근 박 열 개를 떨어뜨리지 않고 연속으로 돌리는 재주를 구경하는 사람들로 동시 거리가 웅성거렸다.

"야장 어르신도 나오셨네요. 오랜만에 뵙습니다."

가실이 환하게 웃으면서 인사를 했다. 양피수가 가실의 손을 덥석 잡았다.

---

* 장고.

"소문 들었네. 아들을 생산하셨다며? 축하하네. 자네도 식구들을 위해서 열심히 두드려야겠구먼. 나처럼 말이야."

양피수가 쇠메를 두드리는 시늉을 해 보였다.

"어르신, 저도 열심히 두드리고 있습니다. 뜨거운 쇠가 아니고 차가운 돌이지만요."

"그렇지. 뭐든지 두드려야 먹고사는 법이지. 오늘만큼은 그만 두드리고 같이 한잔하세. 나도 마누라가 애들이랑 북새통을 치르는 동안 잠깐 시간이 나네."

양피수가 가실의 손을 잡아 동시의 주막으로 이끌었다. 주막에는 이미 거나하게 취한 막쇠가 혼자 앉아 있다가 가실을 보고 손을 번쩍 들었다.

"어, 행운을 잡은 친구가 오는군. 여기 앉아. 이 집 대구탕은 정말 끝내준다고. 어서 먹어보세."

"이 사람, 초저녁에 벌써 취했나 보이! 아직 밤이 되려면 멀었는데 말이야. 그럼 우리도 귀한 대구탕이나 좀 먹어볼까나."

가실과 양피수가 동시에 대구탕에 숟가락을 넣었다.

"맛나구먼. 어, 그래 맛있어. 술도 이렇게 술술 넘어가고 달도 달달이 뜨고 지니 세상을 사는 맛이란 게 이런 대구탕 같은 게 아니겠나. 허이허 허이허."

양피수가 가락을 붙이자 막쇠가 일어나서 비틀거리며 춤을 추었다.

"모름지기 사람은 술이 들어가야 본성이 나온다니까. 막쇠

저놈이 늙은이고 젊은이고 할 것 없이 전쟁터로 끌고 갈 때는 눈이 뒤집힌 것 같더니, 술이 들어가니까 저렇게 보드랍고 야들야들하게 구는구먼. 사람 참!"

양피수가 춤을 추는 막쇠를 보며 혀를 찼다.

"어르신, 저는 황룡사에 가보고 싶습니다. 오늘은 솔거의 소나무 그림도 볼 수 있다고 하던데요."

가실이 잔을 들어 양피수에게 권했다.

"그려, 어서 들고 황룡사로 가보자고. 선랑들의 춤도 보고, 솔거인지 벽거인지가 그린 소나무도 보고 말이야."

황룡사 금당 벽에 둘러쳤던 휘장이 벗겨졌다. 솔거가 금당 벽에 소나무를 그린 이후로, 벽을 들이받고 죽는 새들이 늘어났다. 황룡사에서는 궁여지책으로 그림에 휘장을 둘러쳤는데, 큰 행사가 있는 날이니 휘장을 걷은 것이었다. 솔거가 그린 그림 속의 소나무는 가지의 휘어짐이나 소나무 줄기와 탈각된 껍질의 거친 질감의 묘사가 정교하고 활달할 뿐 아니라, 배경으로 그린 하늘과 구름이 진짜처럼 보였다.

"정면을 향하여 튀어나올 듯 뻗은 가지와 솔잎의 세밀한 묘사가 소나무보다 더 소나무처럼 보입니다. 거기다 하늘과 구름이 그림 속에서 저렇게 연결되니 과연 새들이 나무이고 하늘이라 착각하여 들이받을 만도 합니다."

금당의 소나무 벽화를 둘러보며 왕세외가 왕을 향해 즐거운 표정으로 큰 눈을 굴렸다. 단상에는 손님들과 왕족들이 자리했다. 책을 좋아하는 덕만 공주는 고승들 틈에 끼어서 질문이 끝이 없었다. 왕세외는 왕의 왼편에 자리했고 오른편에는 원광법사가 앉았으며, 그 옆으로는 용춘공이 자리했다. 단 위에 고승들과 대덕들도 모두 자리를 잡았다. 단에 앉은 귀빈들의 소개와 인사가 끝나자 범패가 행사의 시작을 열었다. 자운 스님의 짓소리가 덤덤하고 유장하게 탄탄한 길을 열었다.

가자 가자 어서 가자 피안으로 어서 가자
파람*으로 가는 자여, 깨달음이여 행복하라

반야바라밀다심경에 가사를 들여 노래하는 자운의 범패 소리는 황룡사 마당을 잠시 정적 속에 잠기게 했다. 범패 소리에 사람들은 저마다 자신의 뒤에 길게 붙어 있는 푸른 그림자를 들여다보며, 행복한 기분에 잠기거나 아스라한 슬픔에 사로잡히거나 남모를 기쁨에 젖어 들었다.

곧이어 맞은편에 설치된 채붕** 아래 무대 중앙에서 악사들의 연주가 시작되었다. 연주자들 앞쪽으로 긴 멍석이 깔리더니 그 위로 붉은 비단이 펼쳐졌다. 나인 몇 명이 커다란 의자

---

* 산스크리트어 파라미타(पारमिता, pāramitā)의 음역이며, 진리를 깨닫고 도달할 수 있는 완전한 경지.
** 거대한 비단 막으로 무대의 배경이 된다.

를 들고 종종걸음으로 나와서 붉은 비단의 끝자락에 의자를 놓았다. 자개로 화려하게 장식된 팔걸이가 있는 검은색 의자였다. 왕이 단상에서 천천히 내려와서 의자에 앉았다. 좌우로는 육부의 수장들이 왕께 헌납할 물건을 들고 줄지어 서 있었다. 왕관이 출렁거리며 왕관에 붙어 있는 영락들이 촤르르 바람 소리를 냈다. 무수히 많은 영락과 곡옥들이 왕의 권위를 증명하며 해사한 빛을 뿜고 반짝였다. 둥둥 북소리가 울렸다. 각 부의 수장들이 북소리를 등에 지고, 왕에게 진상하려는 물건들을 붉은 비단 보자기 위에 얹어 들고 들어왔다. 그들은 왕 앞으로 걸어 나와 무릎 꿇고서 공물을 바치는 의식을 행했다.

수장들이 걸어가는 동안 악사가 커다란 북을 쳤다. 북소리는 멀리 남산을 울리고 모인 사람들의 가슴을 울렸으며 또한 수장들이 들고 있는 은쟁반을 울려, 미세한 진동을 일으켰다. 수장들이 들고 나온 물건들은 각 부에서 생산되는 특산물이었다. 질 좋은 차밭이 있는 양부에서는 차를, 무기를 만드는 공방이 있는 사량부에서는 활과 화살을 바쳤다. 왜의 장사치들이 사려고 줄을 서서 기다린다는 소문난 유기를 생산하는 습비부에서는 가반*을 들었다. 유기의 광택이 금붙이처럼 현란하게 번들거렸다. 마을 전체가 누에고치를 키우는 한기부와 본피부는 홀보드르르한 광택이 빛나는 비단을, 옥 세공과

---

* 크기가 점점 줄어드는 대접을 여러 개 포개고 그 위에 뚜껑을 덮은 대접 세트.

구슬 목걸이로 유명한 모량부에서는 옥으로 만든 머리꽂이와 형형색색의 목걸이를 받쳐 들었다. 수장들의 뒤를 따라 아리따운 처녀들이 비단 보자기에 싼 물건들을 두 팔로 높이 쳐들고 들어와서 왕 앞에 놓았다. 처녀들의 치마 뒤에는 같은 소재의 살랑거리는 긴 천이 어깨에서부터 흘러내려 있어서, 마치 긴 꼬리를 끌고 다니는 색색의 공작새들처럼 보였다. 행렬은 길고 길게 이어졌다.

담장 위에 올라앉아 구경하던 꼬마가 소리를 친 것은 행렬이 끝나갈 무렵이었다.

"남산에 부처님이 오셨다!"

꼬마의 외침에 왕과 손님들, 고승들과 대덕, 무희들과 보초를 서는 병사들까지도 모두 남산을 향해 시선을 돌렸다. 과연 남산 비파골의 천년바위 위에 긴 옷자락을 늘어뜨린 부처가 현현(顯顯)해 있었다. 마침 서쪽으로 넘어가는 해가 마지막 환한 빛을 부어주어 흰 바위를 밝게 빛나게 했다.

"늘 웃는 표정이더니, 정말로 부처로 환생하셨네."

"부처가 나타났다고?"

사람들은 부처님이 나타나셨다며 수군댔다. 원광이 그 사연을 왕께 설명했다.

"저것은 가실이라는 청년이 조각한 관세음보살상입니다."

"내가 아는 그 민담 속의 가실이란 청년이 정말로 돌아왔는가? 그건 그렇고 법사의 이야기꽃의 효력이 참으로 가상하오!"

왕은 놀라 자리에서 벌떡 일어서서 남산을 바라보았다.

"네. 그러하옵니다. 일전에 제가 만났습니다. 절벽에 밧줄로 매달렸기에 처지를 비관하여 죽으려는 줄 알고 호통을 쳤는데, 천년바위에 부처님이 계셔서 꺼내드려야 한다고 했습니다. 지난겨울부터 그 일을 하고 있었는데, 엊그제 가리가 가봤더니 선정에 든 관세음보살상이 앉아 계셨다는 말을 들었습니다. 그냥 앉아 계시지 않고 좌대에서 한 다리를 내리고 일어나시려는 모습이라고 했는데, 그것이 마치 세상을 구하시려고 막 일어나시는 모습처럼 보였다고 하옵니다. 젊은이의 간절함이 기적을 드러나게 만든 것이 아닌가 합니다."

"관세음보살이 앉은 자리에서 일어나시어 이 나라 백성들을 구하러 오시려나 보구나. 남산에 관세음보살상이라니!"

왕이 고개를 끄덕이며 가실의 공로를 치하하라고 명하는 소리가 들렸다.

해가 지자 황룡사 마당은 더욱더 화려해졌다. 바퀴 모양의 걸이에 달린 수십 개의 윤등은 깃발을 펄럭이면서 무대에 빛을 더했다. 나무마다 가지마다 등이 밝혀져서 무대와 마당은 환하고 밝았으며 바람까지도 청명했다. 원광대사가 인왕경을 설법하고 전몰사졸들을 위한 위령 천도재가 끝나자 본격적으로 축제의 장이 열렸다.

화랑들의 검무와 사선무가 끝난 후에 징이 한 번 울리더니 악사가 "배를 띄워 놀자!"라고 크게 외쳤다. 나인들이 화려하게 치장한 배를 끌고 들어와서 마당 가운데 놓고 나갔다. 오색으로 단장하고 용두로 멋을 낸 배 위에는 용모가 수려한 화랑들이 돛대를 잡고 서 있는데, 배 양쪽으로 선 무희들이 배를 끄는 시늉을 하며 노래를 불렀다. 악사들이 뒤를 따르자 배 뒤쪽으로 긴 꼬리가 달렸다. 징 소리가 세 번 크게 울리자 배가 떠나고, 주위에 서 있던 무희들이 빙글빙글 돌며 춤을 추었다. 붉고 노란색 비단옷을 입은 무희들이 돌며 춤을 추는 모습은 반짝이는 별들처럼 보였다.

수나라에서 온 무희들은 황금빛의 큰 탈을 쓰고 들어왔다. 수나라 악사들이 연주하는 곡에 맞추어 무희들은 춤을 추었다. 수나라의 음악은 신라와 달라 음역대가 높아 날카롭고 가늘었다. 무희들은 느리고 의젓하게 돌고 또 돌았다. 무희들이 황금 가면을 쓰고 있어서, 춤을 보는 사람들은 먼 이국땅의 어느 곳에 와 있는 듯 신비로운 기분에 취했다.

어둠이 내리자 악공들의 연주는 점점 빨라졌고 무희들은 더 빨리 돌았다. 와공후를 연주하는 설화도 빨라지는 연주에 뺨이 붉어졌다. 예인들과 악공들을 모두 초대하여 치르는 큰 행사라서 설화도 연주에 참여하여 공후를 연주하고 있었다. 단 위에서 춤을 추던 무희들이 황룡사 밖으로 나와서 빙글빙글 돌며 구경하던 사람들의 흥을 부추겼다. 구경꾼들도 악공들의 음악에 맞춰 춤을 추기 시작했다. 처음에는 몇 명만이 흥을 타더니 점점 사람들이 합세하여 큰 원이 그려졌다. 곧 군중들 대부분이 빙글빙글 돌며 원을 그렸다. 누구라고 할 것도 없이 사람들은 손에 손을 잡았다. 군중들은 음악에 맞추어 팔을 들었다 놓았다 하며 원무를 그렸다.

감간—수할라, 감간—수할라, 감간—수할라……*

누가 가르친 바도 없고 어찌해야 한다는 의도도 없는 자연스러운 가락이 마당을 둥글게 채웠다. 가뭄으로 뾰족하고 흉흉했던 민심은 둥글게 추는 춤으로 그 모서리가 녹아내렸다. 권력이 음악과 춤을 자신들의 잇속을 위한 도구로 사용하고 이용하는 듯싶어도, 결국에는 음악이 사람의 마음을 보드랍게 했고 춤이 섞여야 백성들의 웃음이 펼쳐졌다. 사람들은 잡은 손을 통하여 체온을 나누고 마음이 통하고 즐거움이 번져나갔다. 날은 점점 어두워졌지만 동시는 사람들의 웃는 소리로 환해졌다. 선창자가 앞서며 소리를 매기면 모인 사람들이 후렴을 밀었다.

영험하신 우리 대왕, 감간수할라
천사옥대 받으신 우리 대왕, 감간수할라

* 강강술래의 고대 원형 발음.

가뭄은 곧 끝나리라, 감간수할라
비야 어서 내려라, 감간수할라
올가을엔 풍년이 들어, 감간수할라
밥공기가 수북수북, 감간수할라⋯⋯

　진양조장단은 중모리장단으로 바뀌고, 다시 자진모리장단
을 넘어 휘모리장단으로 돌아쳤다. 춤은 이제 마구 달리는 동
작으로 바뀌었다. 춤의 빠르기를 따라가지 못하는 사람들이
바깥으로 떨어져 나갔다. 주저앉아 거친 숨을 몰아쉬는 사람
들도 휘모리장단으로 돌아가는 춤판이 흥겹기만 했다. 어쩐
지 가뭄은 곧 끝날 것만 같고, 올가을에는 풍년이 들어서 먹
고 입는 걱정이 없어질 것 같은 희망에 부풀었다. 푸른 밤은
점점 더 촘촘해지고 동시는 군중들의 춤으로 출렁이는 바다
가 되었다. 춤사위의 흥겨움에 취한 남산의 산신 상심(詳審)
도, 비파골 천년바위의 관세음보살도 군중들 사이에 섞여 춤
추었다.

에필로그

　꽃 그림자를 마주한 것은 꽃살문에 화선지를 붙인 날이었다. 풀이 잘 마르도록 창에 기대두었던 꽃살문에 달빛이 들자 근사한 추상화가 펼쳐졌다. 아슴아슴한 달빛을 등에 진 꽃살문에 그림자가 깃들었다. 꽃마다 살마다 빛의 각도가 다르고 그림자의 깊이 또한 다른, 어디에서도 보지 못한 신비롭고 느린 동영상이 이어졌다. 달의 각도에 따라 그림자의 문양은 조금씩 달라졌다. 그림자는 한쪽이 길어지거나 다른 쪽이 짧아지다가도, 느닷없이 다른 방향에서 예측하지 못한 새로운 형상이 고개를 내밀며 새로운 무늬를 보냈다. 그는 경주에서 노파가 했던, 달빛에 올라앉으면 극락이 보인다던 말을 떠올렸다.

　꽃 그림자 너머로 동그란 얼굴이 그를 바라보고 있었다. 감정이 들끓는 표정이 아닌 무덤덤하고 평온한 눈빛이었다. 그녀의 말간 눈동자는 이제 네 마음을 다 알아, 하고 말하려는 듯 고요했다. 동그란 얼굴을 향하여 그의 입에서 한숨처럼 흘러나온 말은, 오랫동안 참고 아꼈던 한마디였다. 미안해. 그땐 내가 너무 어렸고, 또…… 그는 말을 더 잇지 못했다. 그녀의 입가에 희미한 미소가 물결처럼 번졌다. 꽃살문에 달빛이 비치면 기적 같은 그림을 눕히고 세우는 꽃 그림자처럼, 그녀의 웃음에도 많은 무늬가 담겨 있었다. 시간이 지나니 모든 일들은 다채로운 그림자 무늬로 변했다고 말하려는 것 같았다. 거긴 괜찮니? 마지막 말은 묻지 못하고 꿀꺽 삼켰다. 달이 산을 넘어 문득 사라졌고 꽃살문은 적막 속에 잠겨버렸다.

어두운 방 안에 앉아서 그는 생각했다. 그녀가 자신에게 아버지도 모르는데 어머니마저 모르냐고 묻지 않았더라면 어땠을까? 그때는 둘 다 성숙하지 못해서 상대를 그대로 품지 못했고, 각자 품은 환상으로 서로를 바라보았다는 사실을, 수십 년이 지난 지금에서야 그는 알았고 또 이해했다.

꽃살문이 다시 열렸을 때 황룡사에서는 축제 한마당이 펼쳐지고 있었다. 그는 잠깐 망설이다가 꽃살문을 향해 다가가서 몸을 구겨 넣었다. 그가 그들의 세상으로 건너갔을 때, 그쪽은 여전히 뜨겁고 분주하며 왁자지껄했다. 황룡사의 축제판에 복장이며 두발 상태가 낯선 이방인 하나가 슬쩍 끼어들었지만 대부분 눈치채지 못했다. 그의 왼쪽 편에 있던 사람들

사이에서 환호성이 터졌다. 사람들에게 둘러싸인 젊은이는
이제 막 전쟁터에서 돌아오는 길이었다.

원고를 탈고하려고 경주로 갔다. 환하게 불을 밝힌 고분은
밤에도 잠들지 못하고 있었다. 열일곱 살의 내가 낯설고 묘한
경주의 분위기에 압도당하여 멍하니 서 있었던 그때와는 많이
달라 보였다. 그 시절의 감동을 묵혔다가 이야기로 꾸렸다.

『삼국사기』 열전의 「가실과 설씨녀」를 기본으로 하여 그 시
대의 전쟁과 사랑을 담았다. 당시는 국가가 불교를 정책과 치
세의 도구로 사용하던 시기라서 대부분의 이야기가 불교적인
관점에서 진행되고 펼쳐졌다. 설화(薛華)는 주인공의 이름이
기도 하지만, 예로부터 전해 내려오는 민담(說話)과 소설의
본래적 의미인 이야기꽃(說花)을 피운다는 뜻을 함께 담았다.

소설에서 큰 비중을 차지한 원광법사의 부도탑을 찾았다.

왕의 측근에 있었던 그가 죽어서 다시 심심산골 삼기산으로 들어온 이유가 궁금했는데, 부도탑 근처에서 누군가의 사십구재를 치르는 것을 보았다. 그는 여전히 범부 중생들을 보살피는 중이었다.

진평왕은 벌판을 바라보며 고요히 쉬고 있었다. 이슬 품은 풀들이 발목을 간지럽히자 마침 고분의 능선을 넘던 해가 까르르 웃었다.

석굴암으로 향하는 길은 급커브의 연속이었다. 간신히 한 치 앞만 열어주는 차의 헤드라이트에 의지해 꼬부랑길을 더듬어 간 어두운 그 길은, 고대 신라를 향한 나의 맹목적인 사랑과 닮아 있었다. 별도 달도 없고 새벽이라고는 영영 올 것 같지 않던 그 길의 끝에서 기어코 해가 떴을 때, 내가 지나온 절벽들을 떠올렸다.

아막성 전투를 교정할 때 우크라이나에서 전쟁이 일어났고, 우리나라는 20대 선거가 있었다. 전쟁과 생명, 국가와 권력에 대해 좀 더 생각하는 기회가 되었다.

꽃살문 저쪽 세상으로 가버린 '그' 때문에 당분간 그쪽 세상을 더 보고 읽어야 할 것 같다. 고대를 연구한 학자들의 수많은 저서와 자료가 없었더라면 이 책을 쓸 엄두도 내지 못했을 것 같다. 그분들에게 고개 숙여 감사한다.

내 글씨를 좋아했던 어머니는 나를 '글씨 쓰는 사람'이라고 소개하곤 했다. 어머니가 고향으로 떠나신 후에 새겨보니 내가 가야 할 길이 '글의 씨'를 찾는 일은 아닐까 생각했다.

몇 년째 책상 서랍에 처박혀 죽어가던 '설화'를 살려주신 강출판사에 감사드린다.
이 글을 읽어주시는 당신과, 당신이 피우고 있는 '꽃'에도 감사 인사를 드리며……

2022년 10월
동천동에서

설화

© 안영실

1판 1쇄 발행 ｜ 2022년 10월 28일

지은이 ｜ 안영실
펴낸이 ｜ 정홍수
편집 ｜ 김현숙 이명주
펴낸곳 ｜ (주)도서출판 강
출판등록 ｜ 2000년 8월 9일(제2000-185호)

주소 ｜ 서울시 마포구 동교로17안길 21 (우 04002)
전화 ｜ 02-325-9566
팩시밀리 ｜ 02-325-8486
전자우편 ｜ gangpub@hanmail.net

값 14,000원
ISBN 978-89-8218-305-8   03810

* 이 책은 경기도, 경기문화재단의 지원을 받아 발간되었습니다.